Viajes PENÍNSULA

Colm Tóibín

Mala sangre

Peregrinación a lo largo
de la frontera irlandesa

TRADUCCIÓN DE MARÍA ISABEL BUTLER DE FOLEY

EDICIONES PENÍNSULA

BARCELONA

Título original: *Bad Blood: A Walk Along the Irish Border*.
© 1994 by Colm Tóibín.

Primera edición: mayo de 1998.

© de la traducción: María Isabel Butler Pontes, 1998.
© de esta edición: Ediciones Península s.a.,
Peu de la Creu 4, 08001-Barcelona.
E-MAIL: edicions_62 @ bcn. servicom.es
INTERNET: http://www.partal.com/Ed62

Diseño de la cubierta: Llorenç Marquès.
Ilustración de la cubierta: Barry Lewis-Network,
Galway City, A.G.E. FOTOSTOCK.

Impreso en Romanyà/Valls s.a., Plaça Verdaguer 1, Capellades.
Depósito legal: B. 21.017-1998.
ISBN: 84-8307-128-2.

El editor agradece la ayuda económica de ILE
(Translation Fund), Dublín, Irlanda.

Contenido

Agradecimientos

A Faber & Faber y a Seamus Heaney por haberme dado permiso para citar fragmentos de los poemas *Hercules and Anteus* y *North*; a Victor Gollancz por permitirme extraer citas del libro de Eugene McCabe *Heritage*; y a Methuen por la misma autorización para citar del libro de Desmond Hammill *Pig in The Middle: The Army in Northern Ireland*.

Hay muchas personas con quienes tengo deudas de gratitud; la mayoría de ellas se mencionan en el libro, pero hay también otras y entre ellas se cuentan: Aidan Dunne, que dibujó el mapa; David McKenna y Fintan O'Toole, que leyeron el manuscrito; Ian Hill de la Junta del Turismo de Irlanda del Norte; Edward Mulhall, Cathal Goan Y Helen Shaw de *Irish Times;* Obbie McCormack; Finnian Ferris; Des Smith, que me proporcionó alojamiento; y David Neligan por sus cuidados dentales. Y agradecimiento especial a Bernard y Mary Loughlin del Centro Tyrone Guthrie en Annaghamkerrig.

A mi madre

1

Una cama para pasar la noche

Me puse en camino desde Derry en dirección a la frontera una tarde hermosa y despejada, dejé atrás los pubes destartalados, la fábrica de camisas abandonada, las nuevas urbanizaciones y las barcas que navegaban por el río Foyle. Era sábado. Yo llevaba una mochila. Cuando cruzara la frontera tiraría por la derecha y cogería la carretera que lleva a Lifford.

En media hora estaría en la República de Irlanda, el precio de la gasolina sería mucho más elevado, el de la bebida un tema de discusión constante y todo lo demás—coches nuevos, equipos de alta fidelidad, televisores, vídeos—costaría más que en el Norte.

El río se ensanchaba. Olía a hierba recién cortada. Había hombres jugando al golf al otro lado del río; más abajo de la carretera unos muchachos estaban pescando.

En la frontera, el soldado salió de su caseta y se dirigió hacia mí.

—¿De paseo, señor?—me dijo.

—Sí—contesté.

—Y ¿adónde va usted, señor?—me preguntó

—A Lifford—dije yo.

—Dé usted la vuelta allí, señor—me dijo, señalando la carretera.

—¿A qué distancia está?—pregunté.

—No lo sé, señor, quince kilómetros, tal vez veinticinco.

Yo me dirigí a los puestos de aduanas. El primero, que pertenecía a su Majestad la reina, estaba cerrado. A nadie se le hubiera ocurrido transportar contrabando del Sur al Norte. El funcionario de aduanas irlandés, sentado en la segunda caseta, hacía señas a los coches para que pasaran. Eran todos de la localidad, dijo, los conocía muy bien; no había por qué pararlos, les molestaría. Seguramente habían pasado la frontera para comprar gasolina más barata.

«Failtego Dun na nGall», decía el cartel. «Bienvenido a Donegal».

Hacía calor, podía divisar de nuevo el río Foyle a lo lejos. Lo que me pareció extraño fue la opulencia de las casas, la extensión de los campos, la sensación de que ésta era una tierra buena y rica. Había seguido esta carretera por el lado republicano del Foyle porque pensé que estaría más tranquilo. Pensé también que la tierra sería más pobre. Esperaba ver paredones de piedras secas, tierra de pasto húmeda y pequeñas casitas de campo.

Al pasar más allá del pueblo de Carrigans, donde tres hombres hablaban en un pub sobre el precio de la bebida (uno de ellos se había gastado 32 libras el día de Año Nuevo), hacia St. Johnston, empecé a fijarme en las dependencias anexas a las casas de labranza, en lo esmerado que era el trabajo de piedra y lo bien pintado que estaba el de madera. Pasé granja tras granja, observando los bien recortados setos, las grandes casas, los extensos campos utilizados para el ensilaje o la preparación del terreno para la labranza, las grandes manadas de vacas en los otros campos; pero sobre todo las dependencias anexas.

Me eché un trago en el pueblo siguiente, St. Johnston, y, como todos los pequeños grupos en el pub hacían lo posible para que nadie pudiera oír de lo que estaban hablando, terminé deprisa mi bebida y di una vuelta por el pueblo. A mano derecha se erguía el Orange Hall, pintado de vivos colores.* El Orange Hall explicaba las bien cuidadas casas de

*El lector hallará una definición de este organismo, así como de las demás instituciones, costumbres y efemérides irlandesas, en el glosario que figura al final del libro. (N. de la t.)

labor y las grandes granjas. Este lugar, aunque situado en el sur, era territorio protestante.

—¿Se utiliza mucho este edificio?—le pregunté a un transeúnte.

—Se usa de vez en cuando para jugar a los bolos—contestó.

Se podía oír, en la lejanía, el sonido de una banda de música. Al bajar la calle vi un acordeón y una banda de gaitas, precedidos de varios coches, y oí que estaban tocando una interpretación de *When the Saints go Marching In*. La banda de música la conducía un muchacho que enarbolaba la bandera irlandesa; la gente había salido de los pubes y de las casas, y estaba de pie, mirando pasar el desfile. Era una banda escolar que mezclaba tonadas como *Amazing Grace* con himnos republicanos bien conocidos como *Roddy McCorley*:

> *O Ireland, Mother Ireland, you love them still the best*
> *The fearless brave who fighting fell upon your hapless breast.* *

Decidí entrar en el pub de Toland y tomar una pinta de cerveza, eran casi las seis y estaba cansado de andar. Si Lifford estaba a una distancia de quince kilómetros, podía estar allí hacia las diez de la noche. Estaría cansado, reventado, pero podía descansar unos días allí y si había un festival, como me aseguraron las mujeres que despachaban detrás del bar, podría tomar parte en los festejos.

Las camareras empezaron a hacerme preguntas. ¿De dónde era? ¿Dónde vivía? ¿Cómo había llegado a St. Johnston? La clientela, alineada en forma de herradura en torno al bar, escuchaba atentamente, y cuando comenté que había ido andando, exclamaron: ¿Desde Derry? ¿Andando? ¿Y no estaba cansado? Sí, lo estaba, les dije.

Dos muchachos, a mi derecha, desaparecieron en busca de una guitarra. Tardaron algún tiempo en volver. Durante

---

*Oh, Irlanda, madre Irlanda, amas todavía más que a nadie / a los bravos que cayeron en el combate sobre tu seno desventurado.

su ausencia convencieron a un hombre menudo y pelirrojo, que estaba en un rincón y que me había estado observando fijamente, de que cantara. Se echó un gran trago de lo que estaba bebiendo, carraspeó y, en un tono profundamente conmovedor y con una voz aguda, cantó una versión de *Nobody's Child*. Tenía los ojos cerrados.

Pero no tardó en surgir un motivo de irritación en la persona de un hombre viejo, que estaba borracho y no dejaba de interrumpirle con comentarios que no logré entender. La mujer que servía en el bar le dijo que se callara y escuchamos entonces la canción lo mejor que pudimos. Tan pronto como el hombre pelirrojo terminó, el viejo empezó. Esta vez no tuve dificultad en entenderle. Su canción trataba de un orangista que fue a Cavan, donde se encontró con el diablo. La canción iba dirigida al cantante anterior que, a juzgar por sus protestas contra la canción, supuse que era orangista o por lo menos protestante. Las camareras trataron de hacer callar al viejo, pero él se empeñó en concluir la canción, en la cual el orangista terminaba en un negro agujero. Fuera, la tarde de verano se desvanecía rápidamente sobre las aguas del Foyle. Había llegado el momento de irse. Habría mucho tráfico, me dijeron, no tendría dificultad en hacer autostop, alguien me llevaría en su coche.

Salí y me quedé de pie en la carretera. Había trazado un plan y me había impuesto ciertas reglas. Todos los trayectos a lo largo de la frontera debía hacerlos a pie, ésa era mi decisión. Si quería ver algo que se salía de mi camino, podía hacerlo tomando un taxi o haciendo autostop, pero todo movimiento hacia mi destino definitivo, Newry, tenía que ser a pie, excepto si surgía algún peligro, en cuyo caso haría lo que fuera—alquilar un helicóptero, si era preciso—para escapar lo más aprisa posible.

Esto quería decir que podía llegar a Lifford esta noche o pernoctar en algún sitio por el camino. Pero la mujer del bar no creía que hubiera una casa de huéspedes entre St. Johnston y Lifford. Pasé por una iglesia y un cementerio situados frente al Foyle y entré a mirar las lápidas de las tumbas y los apellidos protestantes: Roulston, McCracken, Barr, Moody, Hanna, Buchanan. «Esta congregación fue fundada en 1726», decía una inscripción. La iglesia era como una iglesia de Nueva Inglaterra. Se había construido en 1849 y reconstruido en 1984, después de haber sido destrozada por un rayo.

La carretera empezó a empeorar. Crepúsculo. Un sol rosado descendía sobre las colinas. Salpicados a lo largo de la carretera había bungalós nuevos con arcos estilo español y ornamentación de ladrillos multicolores, así como ventanales y tejados de azulejos. Pero la zona, a pesar de algunas parcelas de turba, estaba llena de grandes casas antiguas, campos llanos y fértiles, grandes propiedades. En todas las verjas de entrada había letreros en los que se leía «Cuidado con el pastor alemán». Hasta en algunas de las casitas de campo más pequeñas habían puesto ese mismo letrero.

Los coches empezaban a transitar velozmente en dirección a Lifford y durante una media hora venían también coches de la dirección opuesta; habían estado en las carreras de perros de Lifford. Tenía que caminar con mucho cuidado por la estrecha carretera. Atardecía y una blanca neblina había descendido sobre las colinas por encima del Foyle. Escarabajos negros iban saliendo de las cunetas bajas y encaramándose a la superficie. Traté de no pisarlos. Luces de colores parpadeaban en lo alto de un poste en la colina de enfrente.

Eran las doce y media cuando llegué a Lifford. Los pubes estaban todavía abiertos, pues las horas de apertura se habían prolongado por razón del festival. El hotel, sin embargo, estaba cerrado. Había cerrado hacía unos meses y se decía que no volvería a abrir sus puertas porque el negocio no iba bien. Unas cuantas casas en la ciudad ofrecían cama y desayuno—*bed and breakfast*—y se me indicó cómo llegar a ellas, todas estaban llenas. Quedaba solamente otro lugar, dijo alguien, pero seguramente también estaría lleno. De todas maneras, añadieron, debía intentarlo.

Lo intenté. Estaba cansado y habría dormido en un agujero en la pared. Tenía los pies como dos bloques de cemento, doloridos. Llamé al timbre pero no me abrió nadie. Permanecí allí un buen rato hasta que un coche de la Garda con varias mujeres en el asiento de atrás llegó y se paró delante de la casa; una de las mujeres bajó del coche y dijo que era la dueña. Le expliqué mi situación y ella, a su vez, me explicó que los Gardaí, la policía de la República, las llevaban a ella y a sus amigas en el coche al sitio donde tenía lugar el baile, a unos kilómetros de allí. Los Gardaí me miraban. Podía pasar allí la noche, si quería, no le gustaba dejarme en la situación en que me encontraba, pero tendría que dormir en un sofá. Le contesté que me parecía muy bien. Tendría entre treinta y cinco y cuarenta años, parecía muy simpática y sinceramente preocupada por encontrarme un sitio donde dormir.

¿Por qué no me iba con ella y su amiga al baile? Le expliqué que me dolían los pies. Ella contestó que debía soltar mi macuto e ir al baile, pues su niño estaba dormido dentro de la casa y su tía y el hijo de ésta iban a venir a cuidar de él hasta que ella volviera del baile. Le dije que eso me parecía bien pero que simplemente iría a acostarme. Ése era el problema, dijo ella, sólo había una habitación donde se podían sentar y en esa habitación estaba el sofá.

Los Gardaí, impacientes, empezaron a tocar la bocina del coche. Le dije que lo único que deseaba era un lugar donde sentarme. En aquel mismo momento llegaron la tía y su hijo. La mujer dijo que me vería después y fue a reunirse con sus amigos en el coche de la Garda. Quedé a merced de la tía y de su hijo. Los miré. Mi intención era dormir en la habitación donde ellos se querían sentar. El hijo puso la televisión, la tía fue a preparar una taza de té. Cuando regresó le sugerí lo más costésmente posible que ella y su hijo se fueran a casa y que yo cuidaría del niño.

—¿Y si el niño se despierta y lo ve a usted?—me contestó mirándome fijamente.

—Bueno, si me dice usted lo que debo hacer...—contesté con vacilación.

—Tiene usted que esperar ahora a que termine el baile—

dijo con firmeza—. El niño se daría un susto terrible—dijo, mirándome otra vez de arriba abajo. Sirvió el té y su hijo iba saltando de un canal a otro en la televisión. Eran más de la una de la madrugada y lo único que había en la pantalla era tenis.

—Eso no tiene interés—dijo el hijo y apagó la televisión. Estábamos ahora abandonados a nuestros propios recursos. Hablamos del festival, de la clausura del hotel, de mi lugar de nacimiento, mi ocupación, hasta que la tía preguntó:

—¿Está usted encargado de los juegos?—Yo no sabía de qué estaba hablando.—Sí, los juegos—repitió, y su hijo me examinaba detenidamente para ver lo que yo iba a contestar. —Ya lo sabe usted, los juegos de palancas y resortes, las máquinas tragaperras—dijo la mujer.

—No—contesté yo—, en realidad no sé nada acerca de todo eso.

Ambos parecieron desilusionados. Trabajaban en una galería de atracciones. Había visto varias al recorrer Lifford en busca de alojamiento. Era muy popular, los dos estaban de acuerdo. Estaría abierta la mañana siguiente y podía ir si me apetecía.

Las agujas del reloj de pared se movían lentamente. Eran solamente las dos menos cuarto, el baile no terminaría hasta las dos y pasaría otra media hora hasta que regresara la dueña de la casa. Les pregunté por Strabane al otro lado del puente, en el Norte, pero me dijeron que no iban mucho por allí. Otros quince minutos transcurrieron con un relato de la tía acerca de un robo en la galería de atracciones. Estábamos de acuerdo en que los tiempos eran malos, pero lo peor era que eran todavía las dos y cinco.

Hablaron un rato entre ellos, mientras yo permanecía en el sofá sintiéndome muy desgraciado. Tomé la decisión de que después de esto iba a descansar varios días y de que en el futuro caminaría en etapas más cortas. Por espacio de una hora más nos esforzamos para dirigirnos la palabra el uno al otro, y lo logramos sólo de manera relativa. Finalmente, a las cuatro menos cuarto, llegó la dueña de la casa y relevó a la tía y a su hijo. Buscó unas mantas y abrió el sofá para convertirlo en cama.

Caí en un profundo sueño del cual me despertó, a la mañana siguiente, una pregunta: ¿qué quería para desayunar? Me incorporé y miré a mi alrededor. Las nueve, dijo ella. Algunos huéspedes ya estaban desayunando. ¿Quería hacerlo yo? Le contesté que esperaría un poco.

Cuando me volví a despertar calentaba ya el sol de las primeras horas de la tarde. Era hora de lavarme, pagar la cuenta y seguir mi camino.

Había un festival en Lifford. Un grupo de muchachos había llevado un enorme transistor a una parcela de hierba cerca del puesto de aduanas en el puente. Se sentaron allí, desnudos de cintura para arriba, bebiendo cerveza, tratando de atraer la atención de un grupo de muchachas que estaban sentadas en el antepecho del escaparate de una tienda cercana, entregadas a juegos y bromas bulliciosas. En la plaza mayor, un hombre sentado en el estrado tocaba al acordeón aires irlandeses tradicionales; la gente se paraba y lo escuchaba.

A la vuelta de la esquina había un campo donde iban a tener lugar carreras y juegos, pero a la mayoría de los niños parecía haberles atraído un enorme edificio vacío, una antigua fábrica, con las puertas abiertas de par en par, húmedo y oscuro por dentro con las oficinas cerca de la planta de la fábrica. Los niños gritaban con todas sus fuerzas para oír el eco de sus voces.

Los pubes en el pueblo estaban llenos, con tipos de pie fuera del local y pintas de cerveza en las manos. En un pub, con toldos, mesas y sillas, en un jardín, un hombre tocaba al órgano canciones bien conocidas: *Yesterday, The Way We Were.* Un poco más allá, en un bar desvencijado, un grupo escuchaba a una banda de música que interpretaba canciones pop. Tomé allí unas copas y, como el festival no prometía mucho, me encaminé a la frontera, hacia Strabane.

El ejército estaba parando a algunos de los coches en el puesto de control, pero a mí no me hicieron el menor caso cuando pasé junto a ellos. Nada pasaba en Strabane. Unos cuantos chavales pululaban en torno a una galería de atracciones; los pubes permanecerían cerrados todo el día, como es costumbre en el Norte. El Hotel Fir Trees estaba en la otra punta de la ciudad.

La mujer que estaba en el mostrador de recepción me dijo que podía darme habitación sólo por una noche. El bar del hotel estaba abierto; y evidentemente haciendo buen negocio.

Para entretenimiento de los huéspedes, el hotel había proporcionado un ejemplar gratuito de una revista, llamada *The Ulster Tatler*, llena de fotografías de modas, con una columna sobre la vida social de Belfast, a cargo de una mujer que firmaba «The Malone Ranger» y que frecuentaba las fiestas de la Malone Road. No se mencionaba el acuerdo anglo-irlandés, firmado el previo mes de noviembre por los gobiernos británico e irlandés, que había aumentado la tensión en el Norte, desencadenando una campaña por parte de los protestantes con el eslogan «El Ulster dice No». El Norte, según *The Ulster Tatler*, estaba lleno de fiestas desenfrenadas, atractivas y espaciosas casas, bellas mujeres luciendo indumentarias costosas y grandes restaurantes. Durante los meses siguientes yo iba a descubrir que las cosas eran, en realidad, bastante distintas al mundo descrito por *The Ulster Tatler*.

2

La feria de contratación

—Yo lo he visto a usted en alguna parte—le dije al sacerdote.

—¿Dónde?

—Estuve en el funeral—repliqué yo. Él asintió. No tuve que explicar qué funeral, a pesar de que había tenido lugar hacía ya un año.

»Oí lo que dijo usted en su sermón—continué—. Dijo usted que era una ejecución.

—Sí, así es.

Estaba en Strabane. Era la tarde siguiente. Había ido a casa del sacerdote. Cuando entró en la pequeña sala de espera, fue como si de repente estuviera viendo una cara conocida en circunstancias distintas. Tardé un rato en recordar esas circunstancias. Me di cuenta de que hacía poco más de un año, un día gris, había observado su rostro, mientras él, de pie, a las puertas de la iglesia católica, esperaba que el tercer ataúd atravesara el control de la policía.

Tres jóvenes de la localidad, Michael y David Devine y Charles Breslin, habían sido asesinados por los SAS a primera hora de la mañana cuando estaban atravesando un campo. Iban armados y era evidente que o estaban trasladando armamento o volvían de una emboscada que había fracasado. Se disparó contra ellos sin previo aviso y desde un terreno elevado. La gente del pueblo decía que los había oído pedir ayuda, que los SAS los habían atrapado, habían apuntado contra ellos sus metralletas y abierto fuego. Se dispararon ciento setenta balas; la mitad dio en el blanco. El otro lado no disparó.

El más joven de los muchachos tenía dieciséis años, el mayor veintidós, dos eran hermanos y uno de éstos había sido campeón de billar. Los padres de los hermanos Devine no sabían que sus hijos eran miembros del IRA. La gente parecía anonadada por lo ocurrido, horrorizada ante el hecho de que estos muchachos, a quienes todos conocían, hubieran sido asesinados. Los sacerdotes de la localidad hicieron pública una declaración en la que expresaban su convicción de que los muchachos podían muy bien haber sido apresados y arrestados, y consideraban lo ocurrido como un asesinato.

Los padres de los hermanos Devine no quisieron para sus hijos un entierro al estilo militar del IRA, así que no hubo dificultad en llevar los dos féretros a la iglesia. Pero a Charles Breslin se le iba a dar un entierro paramilitar; su féretro, cubierto con la bandera tricolor, con la gorra y los guantes, fue transportado a hombros por las calles. La RUC, la policía de Irlanda del Norte, denegó el permiso; se produjo un *impasse*. En el interior de la iglesia la gente esperaba la entrada del tercer féretro.

Recuerdo aquel día gris en Strabane, las nubes bajas, la suave llovizna. Recuerdo que la campana de la iglesia repicaba a intervalos. Recuerdo la multitud, en la urbanización, rodeando el ataúd. Recuerdo la tensión, la sensación de que la multitud podría echarse hacia delante y arremeter contra la policía.

Entre los asistentes había caras muy conocidas: Gerry Adams, presidente del Sinn Fein; Martin McGuinness, del Sinn Fein, de Derry; Danny Morrison, jefe de publicidad del Sinn Fein. Un oficial de la RUC se mantenía alejado de la multitud; su rostro tenía una expresión implacable y decidida. Su bastón tenía una longitud de casi un metro y estaba hecho de madera oscura y gruesa. Tenía el aspecto de alguien que estuviera dispuesto a esperar mucho tiempo.

Los que estaban reunidos en la calle daban la impresión

de ser un grupo de desposeídos, unos rostros amargos, tristes, agotados. La escena traslucía una total y absoluta desolación.

Después de un largo rato llegaron a un compromiso: se podía usar la bandera, pero no la gorra y los guantes. La multitud avanzaba lentamente hacia la iglesia, una campana repicaba una y otra vez. Durante el trayecto rezaban el rosario.

El entierro de los hermanos Devine tuvo lugar en privado en un cementerio situado en una colina por encima de la ciudad. Cuando concluyó la ceremonia, los francotiradores, en ropa de camuflaje, se apostaron en los terrenos alrededor del cementerio. Al entierro paramilitar le debía seguir una oración recitada por Gerry Adams, presidente del Sinn Fein. Desde arriba se veía claramente la ciudad, el río que serpenteaba y el terreno en la otra orilla. La RUC estaba esperando a que empezara el entierro de Charles Breslin. Se habían apostado cerca de los muros que rodeaban el cementerio. Tan pronto como el féretro atravesó las verjas, los portadores se detuvieron, y la gorra y los guantes se volvieron a colocar sobre el féretro.

Detrás del féretro una pequeña banda de música de gaitas tocaba aires republicanos. La ceremonia fue breve mientras se hacía descender el ataúd, interrumpida solamente por los esfuerzos de la RUC para impedir que muchachos de la localidad se sentaran encima del muro.

El clero salió deprisa en cuanto Gerry Adams empezó a hablar. Lo hizo de una manera clara y objetiva, como si estuviera leyendo un boletín de noticias. «El sábado pasado por la mañana tres voluntarios del IRA transportaban armalites, bombas y municiones a un depósito cuando un grupo de desconocidos, gente que no son de aquí, que no pertenecen a este lugar y no tienen derechos en él, los asesinaron a sangre fría, sin darles oportunidad de que se rindieran».

—Los llaman ahora los Mártires—le dije al sacerdote algo más de un año después.

—Sí, lo sé.

Había recorrido los pubes de Strabane esa mañana y charlado con la gente. ¿Sabía lo que había pasado el sábado?, me preguntaron. ¿No lo sabía? Los miembros de la Martyrs Memorial Band intentaron ir de Strabane a Lifford para asistir a un festival y la RUC los detuvo porque llevaban una bandera tricolor, la bandera irlandesa.

La banda se había formado en recuerdo de los dos Devine y de Breslin. Habían tratado de ir al mismo festival que la banda con la que me encontré en St. Johnston. Según me dijeron, la mayoría de ellos tenía menos de veinte años.

La formación de una banda no fue el único resultado del asesinato de los tres muchachos. Según el IRA había un espía, alguien que había suministrado información a las fuerzas de seguridad, así que asesinaron a un muchacho llamado Damien McCrory en Strabane, acusándole de haber sido el culpable.

Todos los pubes eran pubes católicos; la mayor parte de la población en Strabane era católica. Había habido una vez un pub protestante que servía a las fuerzas de seguridad, pero que había sido bombardeado. La ciudad tenía también el porcentaje de paro más alto de Europa occidental; más del cincuenta por ciento de la población adulta masculina estaba oficialmente en el paro. En la década de 1970 el IRA había bombardeado la ciudad hasta dejarla casi en ruinas; la mayoría de las tiendas había sufrido el impacto. Yo me senté en un pub cuyas paredes estaban recubiertas de viejas fotografías de lo que era Strabane antes de la campaña del IRA: apacible, casi hermosa, victoriana.

Algunos de los huecos se habían rellenado, pero el estilo victoriano del lugar había desaparecido. Reinaba una abrumadora sensación de desesperación. El sacerdote me aseguró que, en los meses posteriores a la ejecución de los hermanos Devine y Charles Breslin, había tenido lugar un aumento enorme de gente joven que se unió a las filas del

IRA. Yo habría creído que los asesinatos los habrían desanimado, pero él me dijo que ocurrió todo lo contrario; la indignación ante lo que había ocurrido los enardeció.

Todo el mundo hablaba acerca de lo que la RUC y el ejército estaban haciendo. Al final del verano, el obispo católico de Derry iba a publicar un informe minucioso de lo que estaba pasando en Strabane. Daría a conocer informes detallados de cómo las fuerzas de seguridad ordenaban a los muchachos de la localidad que se quitaran los zapatos y calcetines en la calle, día tras día, sin razón alguna aparente. Daría también informes detallados de acosos mezquinos. Por dondequiera que fuera, todo el mundo hablaba de ello.

Me enviaron a visitar a James Bradley, antiguo secretario del ayuntamiento de Strabane, que conocía la historia de la ciudad. Me encontré con él en un bungaló claro y espacioso al otro lado del puente en Strabane. Organizó mi alojamiento en casa de una familia en una urbanización cercana y un bungaló más pequeño. Volví a casa de Bradley varias veces para tomar el té, para eludir el ambiente deprimente de la ciudad, para intentar descubrir lo que estaba pasando en Strabane.

En el curso de una de mis visitas su mujer empezó a hablar de un pariente suyo, el escritor y activista político Peadar O'Donnell, y de los temas sobre los que había escrito, la pobreza y la emigración. Mencionó de pasada que su propio padre había sido contratado en la feria de contratación de Strabane. Empezaron los dos a hablar de la feria de contratación, mientras estábamos los tres sentados en la cocina de su casa. La señora Bradley dijo que su padre salió de casa un buen día a medianoche, cuando aún no tenía quince años, y anduvo hasta la mañana siguiente, cogiendo entonces un tren para Strabane donde fue contratado por un granjero protestante. Tuvo que esperar aquel día en la ciudad hasta que el granjero terminara sus asuntos y después ir andando detrás del caballo de éste hasta Castlederg. Trabajó allí durante seis meses, recibió entonces su jornal y fue luego contratado por otro granjero.

¡Qué deprisa habíamos progresado en una sola generación, de la pobreza, casi el feudalismo, a esta cocina, el comedor a un nivel diferente al de la cocina, un lavavajillas, una lavadora eléctrica, un frigorífico! Pero yo tenía aún mis dudas acerca de esa feria de contratación. En el sur de Irlanda no había oído nunca a nadie hablar de esa feria, donde se contrataba a labradores por un período de seis meses. Así que les pregunté más cosas acerca de ella.

James Bradley recordaba la feria de contratación de Strabane. Le miré el rostro, que tendría unos sesenta años, tal vez sesenta y cinco, pero no más. ¿Cómo podía acordarse de la feria de contratación? Él insistió. Dijo que de camino a la escuela solía observar a los grandes granjeros, los granjeros protestantes del valle del Lagan, las granjas en ambas riberas del río Foyle, por donde yo había caminado, y los granjeros de alrededor de Strabane. Solía observarlos palpar a los muchachos para comprobar que fueran musculosos, tocarles los brazos para ver si eran lo suficientemente fuertes. Añadió que los niños, de camino a la escuela, solían encontrar esto muy divertido.

Tenían la costumbre de reunirse en el vestíbulo del ayuntamiento, que ya no existe debido a una bomba. Entonces, ¿cuándo terminó la feria de contratación? Reflexionó un momento, le preguntó a su mujer y los dos titubearon. 1938, dijo él, 1938. Terminó justo antes de la guerra, la guerra lo cambió todo, había más trabajo y más dinero. Yo le dije que nunca había oído hablar de ella. Todo el mundo en Strabane la recordaría, añadió él, todo el mundo por encima de cierta edad.

Volví a la casa de huéspedes con algo nuevo en la cabeza, más allá de la miseria de Strabane y del legado de los hermanos Devine y Charles Breslin, más allá de las cifras de paro y de las quejas acerca de la policía, más allá del hecho de que el IRA había amenazado con matar a cualquiera—incluidos los empleados del ayuntamiento—que limpiara la basura de los cuarteles de la RUC. Aquí abajo, en la carretera, dos veces al año, niños de doce años venían del campo y gente a quien ellos no conocían los contrataba durante seis meses, los llevaba a un lugar que tampoco conocían y los hacía trabajar. Los contratados eran católicos y los que contrataban eran, en su mayor parte, protestantes.

Estaba desayunando una mañana, asombrado del olor a perro que había en la cocina y meditando sobre cómo un solo perro pequeño—ruidoso, maloliente, enojoso e inquieto—podía resultar tan molesto en una casa que, por lo demás, emanaba un ambiente normal y agradable. El dueño de la casa jugaba sin cesar con el perro, excitándolo, haciéndole saltar y ladrar, mientras yo trataba de comer tocino, salchichas, huevo y tostadas y beber té.

—¿Le gustan a usted los perros?—me preguntó la señora de la casa cuando su marido y el perro se habían ido.

—No, no mucho—contesté yo.

Hablamos un rato, ambos con el ligero malhumor de las mañanas, comentando algunas cosas, lo que había visto en Strabane, lo que pensaba de todo ello. Nos servimos más té. Me dijo que su hijo estaba en la prisión de Long Kesh, cumpliendo una larga condena. No lo sabía y me quedé sorprendido. Ella me confesó que cuando se enteró de que lo habían apresado, se quedó atónita. Era lo último que hubiera podido creer; sabía que había estado implicado hacía años, pero no creyó que estuviera aún en el IRA. Pero así es la vida, su hijo estaba en la cárcel, ahí era donde estaba. Suspiró. Nos quedamos sentados en la cocina, sin decir una palabra.

Más allá de la casa de los Bradley estaba el Polideportivo, guardando una buena distancia respecto al centro bombardeado de la ciudad. Tenía una buena piscina e instalaciones deportivas. La parroquia de Mellmount tenía también un enorme centro nuevo, con bares y salón de actos, un nuevo colegio, una iglesia nueva y una nueva casa parroquial. Decían que los campos de deportes, detrás del nuevo centro, tenían un sistema de desagüe para mantenerlos secos, así se podían usar en el invierno.

El artífice de todo esto era el padre Mulvey, párroco del distrito de Mellmount de Strabane. Estaba de pie a la puerta de su casa y noté, al acercarme a él, que tenía una especie de mueca suspicaz en el rostro. Me invitó a entrar. Su ama de llaves nos trajo té y charlamos. ¿Qué pensaba yo del referéndum sobre el divorcio que se estaba debatiendo tan acaloradamente en el Sur? Le contesté que yo estaba a favor del divorcio. Discutimos un rato sobre este tema y sobre si la influencia de la Iglesia en el Sur era positiva; yo pensaba que no lo era y él pensaba que sí. Hablamos sobre si la legalización del divorcio cambiaría realmente las cosas en el Sur.

Coadjutor en Derry durante muchos años, estaba allí cuando tuvieron lugar las primeras manifestaciones en pro de los derechos civiles; estuvo allí en el *Bloody Sunday,* el domingo sangriento. Con una sonrisa amarga, evocó a los principales personajes responsables de lo ocurrido. Recordaba un momento en el *Bloody Sunday,* después del asesinato de los trece católicos, un oficial moviéndose entre los soldados que habían estado implicados, dedicando unas palabras precipitadas a cada uno de ellos; tuvo el convencimiento de que, en ese preciso momento, se estaba inventando una razón para justificar lo ocurrido.

A lo largo de los años se había pronunciado con toda franqueza contra el IRA y me contó con cierta satisfacción y de manera muy dramática cómo había echado a Martin McGuinness del Sinn Fein de los terrenos de la iglesia donde estaba haciendo campaña para ganar votos.

Pero también había firmado la declaración que calificaba de «asesinato» el acto de disparar contra los Devine y Charles Breslin. Ahora, más inseguro, tenía sus dudas sobre el beneficio derivado de tal declaración.

¿Era posible, le pregunté, que la feria de contratación hubiera continuado en Strabane hasta 1938? Sí, asintió con un movimiento de cabeza, estaba casi seguro. Pensaba que hasta pudiera haber durado algo más. Yo le dije que nunca había oído hablar de ella. Añadió que muchas de las mujeres a quienes se contrataba eran después violadas. No estaba seguro de la cifra exacta, pero sí de que era elevada.

El ama de llaves llamó con los nudillos a la puerta y anunció la visita de James O'Kane, el presidente nacionalista independiente del Consejo del Distrito de Strabane. Se le hizo entrar en la habitación. Tenía ahora ante mis ojos la pesadilla protestante, la autonomía como el gobierno de Roma: el presidente del Consejo del Distrito, sentado en la casa del párroco, debatiendo amistosamente lo que se permitiría o no se permitiría hacer. Pero la charla versó sobre anécdotas y viejas historias. Se sirvió más té. Como de pasada, el padre Mulvey le preguntó si habría algún problema en relación con una parcela de tierra, cerca del río, que pertenecía al ayuntamiento y que a la iglesia le gustaría utilizar para deportes. El presidente del Distrito del Consejo le contestó al sacerdote que no habría ningún problema.

Había una referencia en mi mapa al crómlech, o círculo de piedras, de Beltany, en la República, a pocos kilómetros de Lifford. El día siguiente James Bradley me llevó allí. Era difícil de encontrar porque no había señalizaciones, pero él sabía dónde estaba. El cielo estaba gris, las nubes eran altas y el viento las movía deprisa. Condujimos más allá de Raphoe, a lo largo de una serie de estrechas carreteras, pasamos de largo la entrada al círculo de piedras y tuvimos que dar la vuelta.

Finalmente, lo encontramos y subimos con el coche por un arduo sendero hasta la colina donde estaban las piedras. Se podía ver desde allí el paisaje a una distancia de kilómetros y kilómetros, por todos los lados, más allá de pequeñas colinas otras pequeñas colinas, algunas de ellas todavía pobladas de árboles. En todas ellas se habían plantado árboles cuando se colocaron por primera vez las piedras, alrededor del 2000 a.C. Las piedras eran grandes y toscas, no se había intentado decorarlas, embellecerlas o esculpirlas en manera alguna. Eran simplemente piedras irregulares, con picos, colocadas en forma de un amplio círculo en la cima de esta colina. No era arte; era magia.

Me vino a la mente aquel momento, aquel segundo en que se puso en su sitio la última piedra y quedó formado el círculo: ¡qué impresión le habría hecho a la gente que lo colocó allí: algo nuevo, poderoso, completo! El que no hubiera nada artificioso en ello, el que las hubieran simplemente llevado allí y colocado en un círculo confería a las piedras un espíritu más elevado. Me paseé alrededor de ellas, tocándolas, mirando el panorama a mis pies. Beltany debía de proceder de *Bealtaine,* la palabra irlandesa con que se designa el mes de mayo, le dije a James Bradley.

—No, no—me contestó—. Es aún más antiguo que eso, no *Bealtaine,* sino su raíz, *Baal Tine,* el fuego de Baal—. Baal era un dios celta. *Tine* es fuego en la lengua gaélica.

Descendimos la colina dejando las piedras entregadas a su magia, alejándonos del recuerdo de que una vez, en este lugar, no había católicos ni protestantes; el nebuloso pasado estaba erguido allí en la cima de la colina, eso era, por una vez, una historia que no nos podía hacer daño, ni enseñar, ni inspirar, ni traernos recuerdos, ni hacernos señas para atraernos, ni amargarnos: una historia encerrada en piedra.

En el curso de los días que siguieron le pregunté a todo el que me encontraba información sobre la feria de contratación. Quería encontrar a alguien a quien hubieran contratado, alguien que me pudiera hablar de cómo funcionaba el sistema, alguien que todavía viviera aquí. Pero al parecer, la mayoría de los contratados emigraron a Norteamérica o a Inglaterra, tan pronto como la edad les permitió hacerlo, y los que se quedaron no querían que se supiera; era una especie de estigma. Había hombres que hablaban irlandés, que procedían de una zona de habla gaélica, y que vivían en Derry y Tyrone. No querían que nadie supiera que hablaban irlandés, pues eso supondría que habían venido de Donegal para ser contratados. Me iba a resultar muy difícil encontrar a alguien que me hablara de ello.

Me dio el nombre de un pueblo a donde podría ir —Drumquin—y el nombre de una mujer—Rose McCullough—, una persona que la conocía. Tal vez hablara, como lo había hecho una vez por la radio. Fui en taxi a Drumquin y emprendí la busca; la encontré en una urbanización del ayuntamiento, casi fuera del pueblo.

Tendría unos setenta años y era una mujer corpulenta, simpática, abierta, jovial. Me dijo que había ya hablado por la radio acerca de su contratación. ¿No me sería posible encontrar una cinta en que estuviera grabada su charla? No, contesté yo, lo que yo quería es que fuera ella misma la que hablara de esto. Empezó.

Tenía trece años cuando la contrataron por primera vez. Fue en el mes de mayo. Salió de la casa con su hermana y su madre a las dos de la mañana y se fueron andando hasta Fintown, se pararon en el camino en la casa de otra hermana para tomar una taza de té. Caminaban descalzas con las botas colgadas del hombro; en la estación de Fintown se pusieron las botas y cogieron el tren para Strabane a las ocho de la mañana. Eran en total treinta. Recordaba que el billete de Fintown a Strabane costaba seis peniques, pero si te agachabas y simulabas ser más joven, podías viajar por cuatro peniques.

El tren llegó a Strabane a las diez u once de la mañana. Los granjeros estaban esperando en la estación de Strabane en busca de los mejores y más fuertes, pero la mayoría de aquellos que querían ser contratados iban a la zona alrededor del ayuntamiento donde había un pasadizo abovedado para refugiarse. «¿Estás aquí para que se te contrate, chiquitina?», solían decir los granjeros, y la madre decía que sí porque «se moría de ganas de que nos contrataran», recordaba Rose McCullough. Entonces el granjero recitaba la larga lista de todas las cosas que quería que hiciera la niña: ¿podía ordeñar, lavar, guisar, hacer mantequilla? Y la madre contestaba que sí a todo, lo supiera o no lo supiera hacer la niña: hacía falta dinero en casa.

Los granjeros eran todos protestantes. El acuerdo incluía permiso para que las chicas fueran a misa un domingo sí y otro no. Les pagarían 5 o 6 libras al final de los seis meses.

Cuando contrató a Rose, el granjero la llevó a un café en Strabane, le puso delante un tazón de cacao y un gran panecillo, y le cogió su hato de ropa, que se llevó. Quedó en encontrarse con ella más tarde en Correos.

«Ahora, chiquitina, tienes que venir conmigo», le dijo. Ella lloró, pero su madre no mostró la menor emoción.

Señaló hacia afuera a través de la ventana de la casa.

—Un lugar allí a lo lejos—dijo. Ahí es donde la llevó. Rose no sabía leer ni escribir. El granjero había dejado su caballo en un establo en Strabane. Rose lo recordaba saltando sobre el lomo del caballo y diciendo «tú vienes detrás de mí», y ella, detrás del caballo, corriendo cinco o seis kilómetros, desde Strabane. Cuando llegaron a la casa le dieron una taza de té y un poco de pan. Entonces le trajeron un montón de patatas. «Ahora frota y limpia bien esas patatas y déjalas ahí hasta mañana», le dijo el granjero. En la casa vivían el hombre que la había contratado, su hermano, y su anciana madre. La mandaron a dormir en una especie de corral en lo alto de las escaleras.

Por la mañana la despertaron a las seis. Era la hora de ordeñar las vacas. Jamás había ordeñado una vaca. Cuando logró sacar de cada vaca un cubo lleno hasta el borde pensó que lo estaba haciendo muy bien, pero, al conocer el resultado, la volvieron a mandar a que les sacara más leche. Dijo que no le daban la comida en un plato, sino que po-nían una bolsa en la mesa y metían la comida en el interior. Se acordaba de que lloró el primer día porque la leche estaba agria.

Contaba los días. En el mes de noviembre concluyó su contrato. El viaje a Strabane fue como ir camino del cielo. Creía que se iba a quedar en casa durante el invierno. Pero su madre les dijo a ella y a su hermana que no había dinero y que tendrían que volver para ser contratadas de nuevo.

Recordaba aquel día que nevaba en Strabane en que su hermana Annie y ella se quedaron de pie, en la calle, lloran-

LA FERIA DE CONTRATACIÓN

do. Los segundos seis meses fueron peores. La comida era peor. La sorprendieron robando comida. El granjero la cogió de una oreja y le hizo dar vueltas por toda la cocina hasta que ella le amenazó con el cuchillo del pan y él se detuvo. Entonces apareció su hijo y se hicieron las paces. El hijo no se comportaba demasiado mal. Rose no tenía ni idea de cómo guisar, un día le pidieron que hiciera pan, pero olvidó poner la levadura y tuvieron que tirar el pan a las gallinas.

Cada seis meses se la volvía a contratar, hasta que cumplió los diecinueve años y se casó. Su marido también estaba contratado, cerca de Omagh. Fue a buscarla en una bicicleta y se casaron en la misa de las nueve. Después de la ceremonia se dirigieron a una casa cercana donde la dueña había puesto tocino, huevos y pan en la mesa. Después fueron a la estación de Omagh y cogieron el tren para Strabane. Pasaron el día allí y regresaron después a Omagh.

—Me puso en la barra de su bicicleta y me llevó a donde yo vivía, me dio un beso y un achuchón y se marchó a donde él vivía—añadió.

»Ninguno de ellos era bueno—continuó—. En uno de los sitios donde estuve contratada solía ir a una plantación y me echaba a llorar. Contemplaba la colina allá en lo alto y pensaba que si pudiera ver más allá de la colina, vería mi hogar. Pensaba en el castigo que se me había impuesto; teníamos que hacerlo o morir de hambre.

»Todos los granjeros pagaban al terminar los seis meses, con la excepción de uno que me descontó dinero por haber roto la puerta del horno. Había también otros que no pagaban, un hombre en particular llamó a la policía cuando uno de los muchachos que había contratado cogió dos terneros en lugar del salario. Todo el mundo le miraría en la feria de contratación pero siempre podría encontrar a alguien para contratar—dijo Rose. Hubo otro hombre del que se decía que había matado a varios muchachos, pero nadie trató de averiguar la verdad.

—¿Trató alguno de abusar sexualmente?—le pregunté.

—No—contestó, ninguno de los granjeros la tocó, pero

sabía de otra chica que concibió gemelos de un granjero y tuvo que irse a su casa a dar a luz. El granjero no quiso saber nada de ella.—Aquello no era vida, sabe usted—me decía—, no veías más rostros que los de los granjeros. Fueron tiempos muy duros. Conozco a mucha gente por aquí que no quiere hablar de ello. De todos ellos abusaron lo mismo que de mí.

La mayoría de sus hermanos y hermanas emigró como lo había hecho la mayoría de familiares de sus padres y como lo hicieron sus propios tres hijos y una hija. Se marcharon, a Inglaterra y a Norteamérica. Uno de sus tíos se hizo millonario en Norteamérica.

Sus problemas no terminaron cuando su marido y ella, finalmente, pudieron vivir juntos. Él murió a la edad de treinta y ocho años, dejándola con cinco hijos. Tuvo que volver a trabajar y trabajar otra vez en una granja.

—Te hacían trabajar como una bestia, nada les parecía suficiente—dijo—. No tenían el menor asomo de compasión. No sé qué clase de país era entonces el nuestro. Era realmente un país donde reinaba la crueldad.

Estuvo recientemente en la casa donde había nacido, en Donegal, donde vive todavía su familia. Los cambios eran asombrosos; alfombras por todas partes, nuevas habitaciones añadidas a la vivienda, una chimenea nueva, una ducha. Parecía estar maravillada del aspecto de la casa.

—Ojalá conociera las reglas de ortografía, ojalá pudiera escribir un poco yo misma. Me tildarían de mentirosa si contara lo que pasaba. Eras como una esclava. No tenías ni un solo día libre. No tenías dinero. La gente no quiere hablar de ello porque les avergüenza. Yo no veo ninguna razón para avergonzarme. Después de todo lo logré superar.

Su biznieta y una amiga entraron y se sentaron para escuchar el final de la historia. Una de las hijas de Rose, que murió, se quedó en la casa, así que pudo tener una familia en Drumquin. Las dos niñas escucharon atentamente aquello de que su bisabuela no podía deletrear. Pensaban que era curioso que un adulto no pudiera hacerlo. También Rose pensaba que era extraño, y aclaró que podía deletrear palabras cortas pero no largas como «carretilla». Al oír esto las dos pequeñas se morían de risa.

Cuando me despedí de Rose vagué por las calles del pueblo de Drumquin: necesitaba un trago. Pedí un taxi y me senté en el bar. Conté en el bar que había ido a ver a Rose McCullough y entonces todos empezaron a hablar sobre la feria de contratación, sobre quién fue contratado y quién no. Un hombre, a mi lado, dijo que habían contratado a su madre, pero que no creía que su padre hubiera sido contratado. Señalaron a un hombre, en el otro extremo del bar, y dijeron que, con toda seguridad, había sido contratado; rompieron todos a reír y lo llamaban a gritos. El hombre parecía sorprendido por la atención que se le dispensaba.

El taxista recordaba acontecimientos más recientes mientras volvíamos a Strabane. A dos de sus amigos los había cogido el ejército en el puesto de control, en el puente, en dirección a Lifford y se les había ordenado que se quitaran la ropa. Cuando se la quitaron les dijeron que se la volvieran a poner y que se podían marchar. El ejército y la policía estaban ordenando a todo tipo de menos de treinta años que se quitara los zapatos y calcetines, me contó el taxista; la mayoría de las veces el ejército ni siquiera se molestaba en mirar los zapatos y los calcetines. En Strabane, lo mismo que en Derry, no había discotecas. Si querías pasarlo bien, te tenías que ir a la República. Esto favorecía mucho el negocio de los taxistas.

La Martyrs Memorial Band procedía de una parte de Strabane conocida como «Head of the Town», una urbanización que no tenía más de veinte años. La sensación de depresión que se respiraba allí era abrumadora. Algunas de las casas estaban tapiadas, otras se habían arrasado. Era el principal semillero del IRA en Strabane. En el extremo de uno de los tejados había un enorme mural: «¡Los cabrones, los muy cabrones, han matado a nuestros *Fenian*!». La bandera irlandesa ondeaba en lo alto de un mástil y se habían pintado los colores verde, blanco y naranja en las aceras y las paredes.

La tarde era calurosa cuando tomé la carretera en dirección a Clady, que estaba, como Strabane, justo en la frontera. Había tenues nubes en el firmamento y otras más oscuras, amenazadoras, detrás de ellas.

Mi destino era Castlederg.

Un helicóptero del ejército sobrevoló los campos y el pueblo antes de dar la vuelta y alejarse. Dejé atrás el vertedero de basura del pueblo y el río. Pasé a lo largo de la pared de lo que parecía una urbanización abandonada, antes de llegar a Clady, donde, aunque sólo había caminado unos cuantos kilómetros, decidí que había llegado el momento de tomar un trago. Había una bandera irlandesa ondeando en la urbanización que acababa de atravesar.

El hombre del bar me aseguró que no había ninguna posada entre Clady y Castlederg. Si caminaba por las colinas, Castlederg estaba a unos quince kilómetros. Le enseñé mi mapa, un mapa Michelin de las carreteras de Irlanda que me iba a causar enormes problemas. Lo miró unos instantes, se encogió de hombros y se volvió a atender las apuestas hípicas de unos muchachos de la localidad.

Había un control del ejército más abajo en la colina y más allá los restos de una taberna que aún conservaba el nombre escrito en letras muy claras: The Smugglers' Inn. Justo antes de llegar al puente, hacia el Sur, había una estación de servicio, una tienda diminuta donde se vendían bebidas y otra pequeña tienda, conveniente para los que querían beneficiarse de los precios más bajos del Norte sin tener que pasar también por el puesto de control del ejército. Entra, llena tu coche de gasolina barata y sal otra vez.

El hombre que estaba a cargo de los tres negocios entre el puesto de control y la frontera era Billy Flanagan, hasta hacía poco consejero del SDLP en el Consejo del Distrito de

Strabane, pero le había quitado su escaño uno del Sinn Fein. Había perdido también su taberna, The Smugglers' Inn, por culpa del IRA.

Los bombardeos no eran algo nuevo. El puente de Clady, el mismo que todavía se extendía sobre el río Finn, había sido volado primero en 1688 durante las guerras de Guillermo III. Este año, hasta ahora, había habido dos bombas, una en enero y otra en mayo. Ambos ataques habían sido perpetrados por personas coaccionadas: el IRA forzando a punta de pistola a alguien a meterse en un coche; y, las familias convertidas en rehenes, a conducir con la bomba hasta un cierto punto, en este caso el control del ejército en Clady, que estaba justo enfrente de la The Smugglers' Inn.

La bomba más reciente había sido colocada a las once y diez de la noche. Salieron corriendo del pub y del puesto de control y se quedaron esperando a que explotara. Lo hizo poco después de medianoche. Bill Flanagan había ampliado su pub con un anexo que podía proporcionar comidas para doscientas personas. El pub fue destrozado por completo. Había cerrado después de la bomba de enero; ahora era evidente que tendría que cerrar para siempre. Bill tenía poco más de cuarenta años y ofrecía el aspecto de alguien que no había logrado deshacerse de una profunda tristeza: los hombros encorvados, la preocupación y la ansiedad grabadas en las arrugas de su frente.

Clady, me dijo Flanagan, cien por cien católico, era un lugar libre y despreocupado hasta 1980, año en que el ejército empezó a construir el puesto de control a causa de la sospecha de que el cruce de la frontera se estaba utilizando para pasar armas clandestinamente. El bar dejó de servir al ejército o a la RUC. Cuando explotó la segunda bomba el ejército estaba ocupado en los trabajos de intensa reparación del puesto de control. Ningún contratista quería trabajar para ellos. El IRA había publicado una declaración que decía: «Nuestro primer aviso tiene aún validez. Cualquiera que trabaje para la RUC, en la capacidad que sea, será ejecutado en cuanto se le identifique». En las semanas que siguieron, ejecutaron a unos cuantos contratistas bien conocidos.

Recorrimos el pub destruido. El hijo pequeño de Flanagan vino con nosotros. Vimos cómo las latas de cerveza estaban abolladas a consecuencia de la explosión de la bomba. El chaval cogió algo del suelo y lo miró, examinándolo un rato antes de enseñárselo a su padre.

—Papá—dijo—, ¿qué es esto?—. Su padre le dijo que lo tirara al suelo.

Me indicó cómo ir a Castlederg a través de las montañas, me advirtió que me encontraría primero en el Sur, luego en el Norte, después en el Sur y por último en el Norte.

—¿Cómo voy a saber si estoy en el Sur o en el Norte? —le pregunté.

—Lo sabrás—me replicó, y logró esbozar una desganada sonrisa.

En unos meses se quedaría sin medios de sustento, no solamente su pub, la estación de servicio, la tiendecita y la tienda de vinos y licores serían confiscados por el ejército, que quería extender el puesto de control hasta el puente. Le obligarían a marcharse. Las gentes de Strabane verían pasar por la ciudad durante la noche un convoy de treinta y dos vehículos, lleno de suministros para el nuevo puesto de control en Clady. La indemnización por lo que había perdido no sería jamás suficiente compensación.

A unos setecientos kilómetros colina arriba y más allá de Clady aparecía como un mundo distinto, un mundo hecho de diferentes colores, diferentes tipos de casas y campos. La zona entre Strabane y Clady era un terreno de campos fértiles y espaciosos. Ésta, sin embargo, era en su mayor parte terreno pantanoso. Campos llenos de brezo, aulaga y juncos. Campos húmedos y anegados. La carretera se estrechaba conforme iba ascendiendo, recta, la colina. El día templado empezaba a desvanecerse, pero quedaban al menos tres o cuatro horas de luz. Vi un conejo corriendo a través de un prado.

Conforme iba ascendiendo la colina, el terreno empeoraba, unas cuantas ovejas pastaban con aire taciturno entre los juncos, unos pocos árboles escuálidos rompían la monotonía. Me encontré con un hombre y le pedí que me indicara al camino a Castlederg. Contestó que lo mejor que podía hacer era volver a Clady, donde sería más fácil hacer autostop. Le dije que quería caminar. Y él me contestó que no estaba seguro de si la carretera era transitable. Solía serlo, dijo, pero no estaba seguro de si habrían abierto o no un cráter en la carretera en el lugar de la frontera. Añadió que nadie iba ahora por allí.

Una alambrada bloqueaba la carretera, pero había claramente un sendero por la colina, así que trepé por encima de la alambrada y seguí mi camino. En un campo había un granjero solitario en un tractor. Por espacio de un segundo abandonó sus ocupaciones. Me di cuenta de que me observaba. Anduve a lo largo de una hondonada y subí una ligera pendiente para dirigirme a él. Movió el tractor por el sendero para acercarse a mí y se detuvo.

—¿Estoy en el Norte o en el Sur?—le pregunté.

—¿Adónde va usted?

—Voy a Castlederg. ¿Estoy en el Norte o en el Sur?

—Está usted en el Norte—dijo—. Eso es el Norte, esa hondonada en la carretera. Y eso es el Sur, allí, de donde viene usted.

Yo no sabía que había estado en el Sur al menos desde que salí de Lifford. Consulté mi mapa, pero esta carretera no estaba señalada.

—¿Así que ya se ha aclarado usted?—me preguntó el hombre desde lo alto del tractor.

—Sí—contesté yo.

Más allá de un campo cubierto de un brezo color de púrpura había un vertedero de basura lleno de sillas rotas, bolsas de plástico, botellas y chatarra de coche. Al otro lado de la colina había unas cuantas granjas, con largas avenidas que llevaban a las residencias de las granjas. Podía oír en la distancia el sonido de disparos; alguien estaba intentando matar cuervos o asustarlos para que se marcharan. La carretera estaba ahora alquitranada. Le pregunté a un hombre que estaba de pie al lado de una casita de campo si me hallaba en el Norte o en el Sur y me contestó que ahora estaba en el Sur. Le dije qué carretera había seguido y le pregunté si era posible que hubiera venido del Norte al Sur, entrado en el Norte de nuevo y una vez más en el Sur, sin haber visto una sola señal de carretera o puesto de control, sin ningún cambio significativo en el aspecto del paisaje o la calidad de la carretera.

Se echó a reír. Sí, era posible, tan posible como el hecho de que, si caminaba unos tres kilómetros adelante, volvería a estar en el Norte, pero esta vez sí me encontraría con un puesto de control. Esto debía de ser un paraíso para los dedicados al contrabando, le comenté. Se podía conseguir una subvención para comprar un animal en el Norte y llevarlo después al Sur y venderlo ¿no es verdad? Volvió a reír, pero no dijo nada.

Apenas había ahora tráfico en la carretera. Hacía todavía calor y el duro asfalto empezaba a castigarme los pies. Pasé un control de la *Garda* y uno de los *Gardaí* se quedó mirándome. Estaba de nuevo en el Norte, en una bifurcación en la carretera, sin tener la menor idea de cuál de las dos me llevaría a Castlederg. Me quedé allí de pie en espera de una repentina inspiración cuando vi a un soldado británico asomándose por la cuneta, muy cerca de mí. Llevaba indumentaria de camuflaje y tenía el rostro ennegrecido; su uniforme negro y pardo se confundía con los colores de los campos y de la cuneta. No estaba solo, había unos cuantos de sus compañeros vagando por el campo, con sus fusiles apuntados en línea recta por delante de ellos, como si estuvieran buscando algo.

¿Adónde me dirigía?, me preguntó el soldado. Le dije que iba camino de Castlederg. ¿Sabía qué carretera debía tomar?, le pregunté. Él a su vez me preguntó si yo era del Sur y yo le dije que sí. Ambas carreteras conducían a Castlederg, respondió. ¿Cuál era la más corta? No estaba seguro. Decidí seguir adelante. Le saludé y él bajó la cabeza en gesto de jovial asentimiento. Uno de sus compañeros estaba sentado en la cuneta, sin hacer caso de ortigas o cardos, con una radio junto a él y una larga antena. Yo le saludé y él me devolvió el saludo.

En el campo siguiente había una choza completamente en ruinas, el tejado se había hundido. Podía ver desde allí la otra carretera a Castlederg, a mano derecha. Era la hora de ordeñar y conducían a las vacas desde los campos a los ordeñaderos.

Al pasar un pequeño bungaló, junto a la carretera, vi a una mujer en la ventana, dándome la espalda. La ventana no tenía cortinas y la podía ver con claridad. Al darse la vuelta me vio de repente primero por el rabillo del ojo y después totalmente. Dio un grito, porque, al parecer, le había dado un susto. Era difícil saber qué hacer. Era una carretera solitaria, y probablemente no esperaba ver a un desconocido por allí.

Decidí que no merecía la pena pararme para explicarle que no quería hacerle daño. La mera idea parecía ridícula. Así que proseguí mi camino y cuando miré hacia atrás, aún estaba allí, en otra ventana, con unas cuantas mujeres más, todas más jóvenes que ella, todas mirándome. Continué andando lo más deprisa posible.

En el camino hacia Castlederg pasé por un lujoso bungaló con tres enormes ventanas abuhardilladas en el tejado, construido al lado de una vieja casucha medio en ruinas, con el tejado galvanizado. La casucha había sido abandonada. Era como si el dinero hubiera llegado deprisa, de golpe: sencillamente, habían construido la nueva casa y, una vez lista, abandonaron la vieja. Los dos edificios, colocados insolentemente uno junto al otro, constituían un historial para cualquiera que estuviera interesado en la inevitable sucesión de los cambios sociales.

Había más bungalós nuevos en el camino de regreso a la ciudad. Pasé por la iglesia y la comisaría de la RUC y entré en el primer pub que vi, donde pedí una pinta de cerveza. Se hizo un silencio sepulcral. Los hombres que estaban jugando al billar continuaron el juego y nadie dijo una sola palabra.

No me encontraba aquí muy seguro de la situación. Sabía que Castlederg estaba dividido. Había pubes católicos y pubes protestantes. Pero no sabía en cuál de ellos estaba. No obstante, me senté y terminé mi bebida. Me habían dicho que había un hotel aquí y se lo pregunté al camarero, que me señaló el otro lado de la carretera.

Cuando salí a la calle se me acercó una patrulla de la RUC. Un policía muy joven bajó de la parte delantera del coche y otro de la parte de atrás. Al mismo tiempo que el policía joven me pedía la documentación, el otro cruzó la calle y me apuntó con el rifle, mientras yo hurgaba en mi mochila. Estaba a punto de preguntarle si podía decirle al otro que bajara el fusil, pero no quería que me llevaran a la comisaría ni mezclarme en manera alguna con la RUC. Me dijo que iba a inspeccionar mi equipaje y me informó de que una sección de no sé que Acta del Parlamento le autorizaba a hacerlo. Yo asentí. La gente, en la ventana del pub, no apartaba los ojos de la escena. El policía al otro lado de la calle seguía con el rifle apuntado hacia mí, lo cual me tenía muy inquieto. El otro tipo empezó a examinar mis libros, entre los que se contaba uno de Patrick McCabe, *Heritage*, lo miró un momento; la historia trataba de la muerte de un hombre del UDR en Fermanagh. Me preguntaba si sabría algo del asunto; se había hecho una adaptación teatral para la televisión.

—¿Dónde se aloja usted?—me preguntó.

—Allí—contesté, señalando el edificio donde se me había enviado. Me ayudó a poner las cosas otra vez en la mochila y se volvió andando hacia el coche. Su amigo el del rifle cruzó la carretera, abrió la puerta trasera del coche y se sentó; el coche se puso en marcha.

«Allí» era un lujoso pub nuevo con una inmensa pantalla de vídeo. No, la parte del hotel estaba cerrada, estaban de obras, dijo el propietario. Según el camarero, el único sitio donde me podía alojar era en casa de una mujer, al otro lado de la carretera, que a menudo acogía huéspedes. Cuando me acerqué a ella, me dijo que también estaban haciendo obras en su casa; me enseñó la habitación de delante, que estaba en un estado de caos. No, no podía hacer nada por mí. Lo mejor que podía hacer era ir a Strabane.

Strabane parecía estar a una distancia infinita. Tenía la sensación de que había pasado una semana desde que estuve allí y la idea de volver me horrorizaba. Volví a entrar en el pub y les expliqué mi problema. Siguió una discusión entre los hombres que estaban en el bar. Yo dije que no quería ir a Strabane. Uno de ellos conocía un lugar a unos diez o doce kilómetros llamado The Hunting Lodge, en la carretera de Omagh. Alojaban a huéspedes. Ésta me pareció la mejor solución y todos estaban de acuerdo en que se podía pedir un taxi por teléfono para que me llevara allí.

Adiviné por el nombre del taxista que era protestante, y en el curso del trayecto a The Hunting Lodge le pregunté si había pubes en Castlederg donde él no iría. En estos tiempos sí los había, me contestó. Todo estaba terriblemente dividido. La gente joven estaba totalmente separada en dos campos diferentes, lo cual no había ocurrido en tiempos de sus padres. Hubo un tiempo en que católicos y protestantes vivían en una armonía relativa en Castlederg.

Condujo a través de una complicada red de carreteras y cada par de kilómetros se encontraba con una encrucijada. Dijo que había varias formas de llegar a The Hunting Lodge al haber tantas carreteras. La mayoría apenas tenían tráfico y había muy pocas casas. Llegamos a The Hunting Lodge al final de una larga y empinada colina con un bosque a cada lado. Pagué al taxista y él esperó hasta estar seguro de que tenían una habitación libre. La joven en el mostrador de recepción parecía nerviosa y se fue a buscar a un hombre más viejo y muy alto. Parecían sentirse incómodos, pero me dijeron que tenían una habitación libre. Le hice una señal con la mano al taxista y se marchó.

Durante todo el día, desde que me había encontrado

con el ejército en la carretera de Castlederg, había notado una atmósfera de temor, de cautela. En The Hunting Lodge—supuse que tanto los propietarios como los clientes eran protestantes—todo el mundo me miraba por el rabillo del ojo. Nadie me miraba de frente y ninguno me saludó. La chica que me sirvió la cena lo hizo con una amabilidad forzada. Yo me sentía incómodo y, después de mirar un rato la televisión, me fui a la cama.

Esa noche llamé a un tal Tommy Kerrigan—un nombre de lo más católico—, antiguo miembro del DUP de Ian Paisley, consejero local y, por supuesto, protestante. Sí, le gustaría mucho charlar conmigo. Quedamos en que vendría a desayunar conmigo a la mañana siguiente. Yo esperaba con impaciencia su visita, por varias razones, entre ellas que su presencia confirmaría a los que regentaban el hotel que no tenían nada que temer de mí.

Llegó tarde, por la mañana, y estuvimos solos en el comedor. Era un hombre corpulento y cuando le pregunté acerca de la situación en Castlederg halló sin dificultad el inicio del relato. En enero, Victor Foster, miembro del UDR, soldados locales paramilitares, acompañaba a su novia cuando un bomba del IRA lo hizo pedazos al explotar a unos trescientos metros de su propia casa. Su novia perdió un ojo; ahora, cuando iba a Castlederg, se burlaban de ella por la calle.

En abril, a William Pollock, otro miembro del UDR que se había trasladado a una zona nacionalista, también lo reventaron cuando enganchaba un remolque al coche de su padre. William Pollock había estado en el funeral de Foster y le había dicho a un amigo que si le pasaba algo a él no quería tener la banda de música del ejército o de la policía en su funeral. Tommy Kerrigan fue a casa de Pollock la misma noche en que lo asesinaron; casi todos los padres de todos los protestantes que habían sido asesinados habían venido a mostrar su solidaridad.

Dijo que sería como sacar agua de una piedra. «No podemos ver la luz al final del túnel, no vemos más que oscuridad.» Mencionó otros nombres, otros asesinatos. Puso de relieve el hecho de que toda la información acerca de los desplazamientos de los hombres que fueron asesinados debía de haber procedido de la gente de la localidad, de los vecinos, de los católicos que vivían cerca. Mencionó una boda en la que había estado en 1982; el novio, la hermana de la novia, el padrino y un invitado a la boda habían sido todos asesinados por el IRA en un espacio de seis meses.

—La gente vive siempre con la inquietud y el temor de quién va a ser la próxima víctima, de qué va a ocurrir, de qué funeral va a tener lugar—me dijo. Continuó hablando mientras la camarera recogía las cosas del desayuno.

Justo un mes antes, el ejército se había topado con dos hombres armados y había habido un tiroteo; los hombres lograron escapar y cruzar la frontera hacia la República. De los seis asesinatos en la zona de Castlederg en los dos años precedentes, ninguno había sido inculpado. Ni se había arrestado a nadie por las cuarenta bombas que habían devastado los pubes, hoteles, establecimientos de negocios, así como la comisaría de policía de Castlederg. No había, dijo Tommy Kerrigan, seguridad ninguna.

Los del IRA se estaban volviendo cada vez más atrevidos, añadió. Recientemente, en Castlederg, habían transportado un camión con una bomba en la parte de atrás a los terrenos de la iglesia católica, dentro de la cual había cien niños aprendiendo irlandés, y trataron de bombardear desde allí la comisaría de policía al otro lado de la carretera.

El ejército patrullaba por Castlederg aquella tarde, en grupos de cuatro, con los fusiles a punto. Uno de ellos iba andando hacia atrás. Yo subí a una urbanización en la parte alta de la ciudad para ver a un consejero del Sinn Fein, Charlie McHugh. Nos sentamos en la habitación de delante de su casa, tomando más té.

Me contó que cuando se mudaron a esta urbanización ocho años antes, había mezcla de católicos y protestantes, pero ahora los protestantes se habían ido. Habían tenido a un hombre del UDR y a otro de la RUC viviendo con sus familias muy cerca de ellos, pero ambos se habían marchado. La mayoría de los protestantes se habían ido en los tres últimos años.

—Ha habido muchos hombres del UDR asesinados aquí—dijo. Añadió que eran miembros de las fuerzas de ocupación. Aunque vivían en el barrio, eran miembros del UDR, un regimiento del ejército británico. Estábamos en guerra. No estaba dispuesto a aceptar la palabra «asesinato».

Hablamos un rato más sobre el pueblo, de cómo surgían las disputas entre católicos y protestantes después de que se cerraran los pubes los sábados por la noche, de cómo de vez en cuando se hacían añicos los cristales de las ventanas, pero añadió que la atmósfera en Castlederg era generalmente tranquila, aunque tensa; la gente se paseaba por las calles con los ojos bajos.

Me preguntó que adónde iba y yo le contesté que iba a entrar de nuevo en el Sur e ir en peregrinación a Lough Derg. Le enseñé el jersey que había comprado para protegerme del frío que hacía por la noche en la isla. Me dijo que la carretera entre Castlederg y la frontera era cien por cien *Provo*. No correría el menor peligro caminando a lo largo de ella.

3
Noche oscura del alma

A la mañana siguiente me puse en camino hacia Lough Derg, después de haber tomado un taxi desde The Hunting Lodge hasta Castlederg. Era también un día perfecto, bañado de un sol brumoso, y más allá de Killeter se levantó una ligera brisa. No había desayunado: las reglas para los peregrinos que van a Lough Derg especifican que no se tome nada, excepto agua, desde la medianoche antes de llegar. Lough—o lago—Derg ha sido un lugar de peregrinación desde el siglo XII.

Era viernes por la mañana. Durante todo el viernes y el sábado no me darían de comer nada en Lough Derg, excepto té sin leche y una tostada a secas.

Por la noche tendría lugar una vigilia de ayuno y oración. No podría dormir hasta el sábado por la noche. Me tenía que quitar los zapatos en el momento de llegar y no me los devolverían hasta que dejara la isla el domingo por la mañana. La mayoría de las oraciones se recitarían al aire libre, aunque estuviera lloviendo. Durante el verano los peregrinos llegaban día tras día; no era necesario avisar la llegada.

Dos hombres que pasaron en un coche se pararon y se ofrecieron a llevarme pero yo les dije que quería ir andando a Lough Derg. El hombre que iba en el asiento de delante me dijo que había hecho esta peregrinación diez veces. Solía ir a finales del verano. Añadió que cada año era peor. Yo tenía suerte de que era la primera vez que venía, porque así no sabía lo arduo que iba a ser todo. Eso era lo peor, dijo, como si de repente se estuviera acordando.

Al parecer, el conductor no había hecho nunca la peregrinación. Dijo que era un hombre de buenas costumbres, así que no la necesitaba. Su amigo dijo que lo peor era el mantenerse despierto toda una larga noche; lo del hambre no le importaba. Me desearon suerte y continuaron su viaje.

Había ovejas por todas partes tratando de encontrar sustento entre los juncos, la hierba mojada, los matorrales, los árboles escuálidos, los brezos y las aulagas. No se veía ni una sola construcción en ninguna parte: era como si el paisaje se desvaneciera poco a poco. De noche sería fácil salirse de la carretera y perderse en las ciénagas; no había luces por ninguna parte. Si éste era territorio *Provo,* como me había dicho Charlie McHugh, la razón era simplemente que no podía haber nadie más que quisiera habitar aquí. Súbitamente, vi un bungaló con un letrero en la verja de entrada que decía «Perro guardián» y, unos ciento veinte metros más abajo, a un hombre que llevaba unas vacas al establo. Le dije que iba a Lough Derg y me garantizó que no vería un alma viviente entre donde estaba y mi destino.

Había andado unos cuantos kilómetros más y no había visto nada de interés excepto montones de turba al aire libre dentro de bolsas de fertilizante de vivos colores. Pasé por una casa en el lado derecho de lo que se iba convirtiendo en un sendero que cruzaba las colinas. Había un coche delante de la casa y yo estaba seguro de que había un hombre sentado dentro. Un poco más arriba, detrás de la casa, había un tractor interceptando la carretera y un coche aparcado al borde de la hierba. Podía ver dos pares de piernas debajo del tractor, pero la carrocería me impedía ver las figuras. Me paré. Había dos hombres, al parecer, escondidos detrás del tractor.

No sabía qué hacer. Sabía que los asesinatos al azar no eran frecuentes en el Norte. Aquellos a quienes se asesinaba eran cuidadosamente seleccionados de antemano. Así que no creí que los dos hombres detrás del tractor tuvieran un fusil apuntado hacia mí y que fueran a dispararlo en cualquier momento, pero sí pensé que había algo extraño en la presencia de estos dos detrás del tractor y la del hombre en el asiento del conductor del coche junto a la casa que tenía detrás de mí. Permanecí allí un rato. Iba a darme la vuelta, volver sobre mis pasos hasta Killeter y encontrar otra manera de cruzar la frontera, pero tenía que estar en Lough Derg antes de las tres. De no ser así tendría que esperar otro día entero antes de ir a la isla.

Me quedé allí de pie y les grité: «¡Eh, vosotros! ¿Qué estáis haciendo ahí?». Uno de ellos salió de la sombra del tractor y me miró con aire de indiferencia. Me dirigí hacia ellos y descubrí que estaban reparando una parte del tractor y que no tenían fusiles, ni bombas ni siquiera piedras que tirarme. Me saludaron con despreocupación y sin interés y yo les pregunté si la frontera estaba lejos. Como un kilómetro y medio, contestaron, y no tendría el menor problema en cruzarla si iba a pie. Los dejé como los había encontrado: ocupándose de lo que les concernía.

Había un arroyo que fluía por debajo de la carretera abandonada por donde yo iba caminando ahora. No se veían ovejas por ninguna parte y la tierra era estéril. Quedaban solamente los bordes húmedos donde se había cortado la turba y los terrones de turba que habían dejado a secar a la brisa que iba ahora en aumento. Pensé en la turba ardiendo débilmente durante el invierno, exhalando nubes de humo de color pardo sucio cada vez que se abría la puerta o cambiaba el viento. Parecía estar todavía húmeda, como si no hubiera suficiente viento o sol que lograra extraer de ella el agua que la empapaba.

Entre la turbera y la frontera no había más que una casa abandonada. No tuve la menor dificultad en divisar la frontera, pues alguien había hecho lo imposible por hacerla infranqueable. El sendero estaba bloqueado con una alambrada mohosa y enormes bloques de cemento con barras de hierro oxidado que salían en todas direcciones, como un edificio después de ser destruido por una bomba. Unos cuantos metros más allá me tropecé con un segundo bloque de cemento con los consabidos hierros y a continuación el puente sobre el arroyo, que también estaba bloqueado. Los esqueletos de unos cuantos coches abandonados yacían entre todas estas ruinas. Aun yendo a pie fue preciso cierto esfuerzo para trepar al otro lado. Una moto habría tenido gran dificultad; para un coche habría sido imposible. La frontera estaba realmente cerrada.

No se oyó el menor sonido cuando pasé del Norte al Sur, a no ser el del viento silbando entre los árboles y el agua del arroyo, poco profunda, rozando las piedras. Pero poco a poco empecé a oír el chirrido de una sierra de cadena en algún lugar del bosque que bordeaba ahora los dos lados de la carretera. Ésta estaba aquí alquitranada y daba la impresión de ser utilizada con regularidad.

De repente vislumbré Lough Derg. El cielo era de color azul pálido y el agua era también del mismo color, así que estuve mirándolo un rato antes de darme cuenta de que era efectivamente el lago. Se veían unas cuantas colinas entre los árboles y un poco después, a través de un claro en el bosque, pude ver la cúpula verde de una iglesia y entonces podía ya decir que estaba viendo la isla, Station Island. Había oído hablar de las peregrinaciones por las historias que me contaba la gente. Una historia corta, de Sean O'Faolain, se titula *Lovers of the Lake* (Los amantes del lago). Patrick Kavanagh y Seamus Heaney han escrito poemas acerca de la isla como depositaria de la fe de nuestros antepasados, el catolicismo irlandés, donde gente de fe sencilla venía con la esperanza de una cura o el favor de un acrecentamiento de esa fe. Hicieron esto durante la época en que se prohibió la práctica de la religión católica, en el siglo XVIII, y a pesar de la prohibición específica de esta peregrinación en 1704.

Hacía un día espléndido. El lago estaba precioso y la isla parecía mucho más pequeña de lo que yo me había imaginado. Aún no eran las tres, así que si andaba deprisa cogería la barca que llevaba a la isla. Tenía ahora hambre y temía también el hambre que me esperaba, la larga noche de ayuno. Conforme me iba acercando a la isla, me empecé a sentir intranquilo. Alguien se daría cuenta de que yo era un intruso, una persona cuyo diálogo con el Altísimo se había convertido en algo unilateral, por así decir. No iba a ser capaz de aguantar el hambre, la falta de sueño.

El aparcamiento junto al embarcadero donde estaban anclados los barcos estaba lleno de coches grandes y relucientes. Yo me había imaginado que la clase de gente que venía aquí era gente pobre, procedente de pequeñas granjas, de los suburbios de pueblos y ciudades. Una simple mirada al aparcamiento me convenció de que estaba equivocado.

En la ventanilla de un quiosco pagué diez libras. No eran todavía las dos. Tenía tiempo de sobra. Me dieron un folleto con las oraciones y el horario para los dos días en la isla y me indicaron dónde estaba el barco.

El barco estaba casi lleno, los peregrinos parecían muy alegres. Eran en su mayoría mujeres, mujeres de todas las edades, pero se veían también algunos hombres entre ellas. Se reían pensando en el estado en que nos encontraríamos dentro de dos días cuando saliéramos de la isla. Todo el mundo parecía haber hecho ya esta peregrinación y lo que más temían era la lluvia.

—Espero que haya traído usted su ropa de abrigo—me dijo una mujer que estaba a mi lado—. ¿Es ésta la primera vez que viene?—me preguntó. Le contesté que sí. Ella venía todos los años, añadió. Se encontraba muy bien después, aunque era difícil permanecer despierto, eso era lo más difícil.

Llegaron unos pocos peregrinos más, se soltaron las amarras y el barquero nos llevó a través de Lough Derg al Purgatorio de San Patricio, en Station Island.

Las primeras personas que vimos parecían ser habitantes de otro planeta. Daban la sensación de estar helados, tenían los rostros pálidos y, al vernos llegar hacia ellos, parpadearon. Parecían agotados y deprimidos. Iban descalzos.

—Si supierais lo que os espera, os daríais la vuelta—nos dijo uno de ellos, una mujer con acento del Norte. Y se rió. Yo sabía que esa mujer no iba a dormir hasta las diez de aquella noche, porque había leído el horario. Al caminar hacia la iglesia, vi a grupos de peregrinos apretados unos contra otros; la expresión de sus rostros parecía aún más afligida que la de los que estaban sentados a la orilla del agua.

En el dormitorio de los hombres solté mi mochila y una mujer me dio unas sábanas que el domingo por la mañana tenía que cambiar por las que estaban ya en la cama. Me dijo que el dormitorio estaría abierto entre las siete y las ocho, entonces podía echarme un rato si así lo deseaba, pero estaría cerrado toda la noche para la vigilia.

Miré el folleto, según el cual los peregrinos tenían que empezar las estaciones el primer día y completar tres antes de las nueve y veinte. Salí y anduve.

«Empezad la Estación con una visita al Santísimo Sacramento en la basílica de San Pedro», decía el folleto.

«Id después a la cruz de San Patricio, cerca de la basílica, arrodillaos y rezad un padrenuestro, un avemaría y un credo, besad la cruz».

La cruz de San Patricio era pequeña y estaba hecha de hierro. Había peregrinos arrodillados y algunos llevaban rosarios en las manos. Todos ellos tenían en los rostros una mirada de intensa concentración mientras sus labios se movían en oración. Me arrodillé a su lado. El credo era el Credo de los Apóstoles y estaba escrito para los que no lo sabían de memoria.

Al terminar cada persona sus oraciones se aproximaba a la cruz y ponía sus labios sobre el frío metal. Había un profundo silencio en la zona delante de la iglesia y los recién llegados del barco no rompían la atmósfera de reverencia.

«Id a la cruz de Santa Brígida, en la pared de fuera de la

basílica», continuaba el folleto. «Arrodillaos y rezad tres padrenuestros, tres avemarías y un credo. Quedaos de pie de espalda a la cruz y, con los brazos extendidos, renunciad tres veces al Mundo, la Carne y el Demonio».

Besé la cruz, continué hasta la siguiente estación y me arrodillé. Silenciosamente se volvieron a decir las oraciones y después cada uno de ellos se levantó, se quedó de pie dando la espalda a la pared, miró directamente frente a él y extendió los brazos diciendo en voz baja: «Renuncio al Mundo, a la Carne y al Demonio». Cada uno de ellos hizo esto tres veces, sin mostrar el menor bochorno, y yo hice lo mismo, diciendo también las palabras.

«Caminad despacio», decía después el folleto, «hacia vuestra derecha y dad cuatro vueltas a la basílica, mientras recitáis en silencio siete decenas del rosario y un credo al final».

Los peregrinos que no habían dormido estaban sentados a lo largo de la pared trasera de la basílica. Daban la impresión de estar desprovistos de vida; no parecían interesarse demasiado en lo que pasaba a su alrededor. Detrás de la basílica había un muro bajo construido exactamente en la dirección del agua del lago; el agua era limpia y serena. Contemplé las colinas al otro lado del lago, los colores suaves y apagados en el calor de la tarde. Di un paseo alrededor de la basílica, tratando de seguir el mismo ritmo de la gente a cuyo lado había estado arrodillado. No recé. Intenté vaciar mi mente, no pensar en nada en particular, no mantener mi concentración fija en nada, disfrutar del placer de estar allí entre extraños.

«Id a la celda penitencial o "cama", llamada la cama de Santa Brígida (la que está más cerca del campanario)», decía el folleto, «pero si hay cola, ocupad vuestro sitio en ella antes de ir a visitar la cama».

No había cola. Las camas, o celdas, eran muros circulares de ladrillo con una cruz en el centro y suficiente espacio para moverse o arrodillarse entre la pared y la cruz.

«En la cama», continuaba el folleto: «*a*) dad tres vueltas

por el exterior, empezando por el lado derecho, mientras rezáis tres padrenuestros, tres avemarías y un credo; *b*) arrodillaos a la entrada de la cama y repetid estas oraciones; *c*) caminad tres veces por el interior y volved a rezar otra vez estas oraciones; *d*) arrodillaos al pie de la cruz en el centro y recitad estas oraciones por cuarta vez».

Yo seguí al grupo y empecé a caminar por la parte de afuera de la cama. No resultó penoso o doloroso ir descalzo, pero el constante arrodillarse sobre la piedra se hacía cada vez más penoso y mis rodillas estaban cada vez más doloridas.

Había intimidad en las oraciones de cada peregrino, aunque el movimiento alrededor de las camas era común y público. En cada uno de los rostros había una expresión de profundo y personal recogimiento que permitía comprender por qué no se permitían fotógrafos en la isla.

Tan extraña e intensa, tan íntima y tan carente de rubor era la atmósfera, que un grupo de jóvenes empezó a reírse nerviosamente. Nadie les hizo caso. Su risa no se mofaba de nada y no tenían intención de burlarse de los que estaban rezando. Trataron de controlarse y al hacerlo, su risa aumentó y adquirió un tono ligeramente histérico. Se arrodillaron al pie de la cama, esperando que pasara este ataque de risa, con las cabezas inclinadas, los cuerpos sacudidos por el regocijo, conforme los peregrinos caminaban alrededor de las camas.

Después de haber seguido las instrucciones del folleto una vez, me di cuenta de que habría que repetirlo todo tres veces más al caminar alrededor de tres camas idénticas: la cama de San Brendan, la cama de Santa Catalina y la cama de San Columbano. La gente andaba lentamente con un fervor silencioso, como si estuvieran trabajando en un campo, arrodillándose y volviéndose a levantar, alrededor de una pequeña parcela de terreno, antes de volverse a arrodillar otra vez. Todo este rito equivalía sólo a una Estación. Tenía que repetirse nueve veces más antes de salir de la isla y la primera no había terminado aún.

El calor de la tarde empezaba a disminuir, aunque el día estaba aún templado. Continué en la Estación, aunque habían empezado a irritarme las instrucciones del folleto y el ritual de arrodillarse, levantarse, rezar y dar vueltas me parecía carente de sentido. Pero la primera Estación no había terminado todavía.

«Id a la orilla del agua; quedaos de pie», decía el folleto. «Rezad cinco padrenuestros, cinco avemarías y un credo. Arrodillaos y repetid estas oraciones».

Volví a interesarme otra vez mientras estaba allí con las manos juntas y de espaldas a los peregrinos que se iban moviendo entre las camas, arrodillándose, levantándose, moviéndose en círculo otra vez como hormigas en un hormiguero. Me detuve un momento a contemplar el lago y cómo las pequeñas olas de sus aguas tranquilas hacían surcos en las piedras. Tenía hambre, estaba cansado, estaba aburrido. Pero, indudablemente, había una extraña poesía en todo ello: cientos de personas moviéndose en un pequeño espacio de terreno, orando en silencio, se acercaban a la orilla del agua para mirar la costa y rezar.

Me quedé más tiempo que los demás, simplemente mirando, sin hacer nada, hasta que le eché otra ojeada al folleto y descubrí que había más instrucciones: «Volved a la cruz de San Patricio, arrodillaos y rezad un padrenuestro, un avemaría y un credo. Concluid la Estación en la basílica rezando cinco padrenuestros, cinco avemarías y un credo por las intenciones del papa».

No podía más. Ya había hecho bastante. Me escabullí cuidadosamente del grupo de peregrinos, asegurándome de que ninguno se había dado cuenta de que había omitido las dos últimas secciones de la Estación y me senté al sol con la espalda apoyada en una pared. Me encontraba deprimido, después de la euforia de hacía un momento al contemplar el agua. No sabía cómo iba a soportar los dos días que se avecinaban. Eran solamente las cuatro. La misa a las seis y media, oraciones de la noche y bendición a las nueve y media y después oraciones toda la noche y todo el día siguiente. Me dirigí hasta el embarcadero pensando si no sería una buena idea coger mi mochila e irme. Podía llegar al pueblo fronterizo de Pettigoe antes de que oscureciera, tal vez algo más lejos, cenar, tomar unas copas, pasar una larga noche durmiendo. Había visto la isla, sabía de que se trataba el asunto.

Iba pensando en ello mientras me encaminaba al refectorio, a la única comida del día. Se podía elegir té o café; el café, al parecer, era la única innovación introducida en la isla desde el siglo XIV. Había unos bollitos duros e insípidos, como piedras planas; había tostadas sin mantequilla o mermelada. Y para acompañar este festín pedí té solo. No había restricciones en la cantidad que se deseara tomar. La mujer que estaba a mi lado me aconsejó comer todo lo que pudiera; la noche iba a ser muy larga. Había un grupo muy numeroso; había oído decir que unas quinientas personas habían desembarcado hacia las tres y se quedarían hasta el domingo.

El té era fuerte y estaba caliente. Tomé taza tras taza, mucho después de haber renunciado a los bollitos, y traté de tomar las tostadas. Tuve visiones: los bollos y las tostadas mezclándose, formando una bola dentro de mi estómago, y pegándose a él durante todo el fin de semana. Terminé de comer a sabiendas de que ésta sería mi última comida durante veinticuatro horas.

Cuando salí al aire libre y di un paseo alrededor de la isla, observé que la mayoría de los peregrinos eran mujeres, pero también había hombres de mi edad y más viejos. Descubrí también que se podía leer lo que se quisiera. Un hombre llevaba *Station Island* de Seamus Heaney; otro tenía el libro de Lee Iacocca sobre su vida y peripecias en el mundo de los negocios. Pero lo más importante que descubrí fue que se podía hablar: no había regla de silencio; los que rezaban lo hacían de la manera prescrita en el folleto, o en la basílica. El resto del tiempo se pasaba charlando. Era fácil empezar una conversación. Cada vez que me sentaba al lado de alguien me preguntaba de dónde era y si ésta era mi primera vez.

Estos temas eran suficientes para ocuparnos unos cuantos minutos. Me enteré de que la mayoría de ellos procedían del oeste y noroeste del país: Mayo, Roscommon, Leitrim, Longford, Derry, Donegal, Sligo. Todos opinaban lo mismo respecto a lo que se padecía. El hambre podía pasar, los pies descalzos no constituían verdaderamente un problema. Era el tener que permanecer despierto, la larga noche de vigilia, lo que te partía el corazón.

A las seis y media nos reunimos todos en la iglesia para asistir a la misa vespertina. Éramos casi mil, la mitad de los cuales había venido el día anterior e iría pronto a acostarse. Después de misa, fui al dormitorio y me quedé acostado en mi litera. El hombre que había reservado la litera de abajo se había llevado su mochila sin dejar huella. No volvió a aparecer y concluí que había decidido volver a tierra firme.

A continuación tuvo lugar la oración nocturna, seguida de la Bendición. Siempre me gustó mucho la Bendición. Me sabía de memoria los himnos en latín, así que ésta era una gran oportunidad para participar plenamente en la peregrinación cantando en voz bien alta *O Salutaris Hostia*. El olor a incienso llenaba la iglesia y todos inclinábamos las cabezas cuando se alzaba la custodia.

Era casi de noche y la luna llena apareció en el firmamento. El aire estaba saturado de mosquitos: iba a ser una noche cálida. El agua del lago estaba tranquila. Una mujer me dijo que una noche cálida mejoraría la situación; no había nada más desagradable que una noche fría y lluviosa para la vigilia.

A las diez y cuarto las puertas se cerraron y empezó la vigilia. Un murciélago revoloteaba por la bóveda de la basílica, descendiendo de vez en cuando para consternación de los que estábamos en la iglesia. El sacerdote empezó preguntando a los peregrinos qué hacían cuando las malezas crecían en sus jardines: ¿cortáis simplemente las malezas? ¿Hacéis caso omiso o las dejáis crecer, las dejáis allí?, ¿las arrancáis de raíz, profundizando para deshaceros de ellas? La congregación permaneció sentada en sumiso silencio.

Levanté la cabeza para mirar al murciélago; sus movimientos me ayudaban a apartar mi mente del sermón, que continuó comparando un jardín con las malezas del alma en pecado. ¿Qué hacéis con el pecado?, interrogó el sacerdote. ¿Hacéis caso omiso de él, dejáis que se encone y que crezca? ¿O suplicáis la misericordia de Dios, verdaderamente arrepentidos? Nos rogó, al inicio de la vigilia, que eligiéramos la segunda alternativa. Nos dijo también que si aquella noche o el día siguiente nos encontraban tumbados o tendidos, nos dirían que nos levantáramos.

Al sermón le siguió el rosario y después del rosario se abrieron las puertas y empezaron las cuatro Estaciones. Nos quedamos en la iglesia, haciendo el recorrido entre las camas en nuestra imaginación. Nos movíamos por la iglesia simulando que estábamos entre las camas. Nos poníamos de pie, dábamos vueltas, nos arrodillábamos, rezando las oraciones a coro. Nos cruzábamos unos con otros, subiendo las escaleras hasta la galería, las bajábamos, subíamos por el otro lado, andando de un lado a otro de la iglesia, arrodillándonos sobre el suelo desnudo, o en reclinatorios. Éramos unos quinientos y empezamos todos juntos la oración que iba a durar toda la noche, con el agua del lago y la luna llena fuera, a nuestra mismísima puerta, y el murciélago volando por la bóveda de la iglesia. Había hecho sólo una Estación y no pude concluirla; los demás habían hecho tres. La cuarta empezaba a las doce y media, la quinta a las dos, la sexta y la séptima estaban programadas para las tres y media y las cinco de la madrugada.

Las dos primeras fueron insufriblemente largas y ningún movimiento de un lado a otro de la iglesia o salidas al aire libre, fueron capaces de aliviar la monotonía. Empecé a tomar parte en las oraciones como una manera de pasar la noche. Esto no era el Purgatorio de San Patricio, esto era puro infierno. A las tres de la mañana tenía la sensación de que había durado una eternidad. La noche pasó lentamente, y cada parte de la Estación parecía más larga que la anterior. Tenía hambre y estaba cansado. Hasta el rayar del alba careció de interés. La súbita aparición del sol no constituyó el acostumbrado espectáculo en el firmamento, sólo una gris monotonía que iba emergiendo poco a poco.

Entre una y otra Estación había una pausa. Nos apiñamos en una sala con vistas al lago, pero se parecía a la sala de espera de una estación de ferrocarril. Todo el mundo hablaba. Todos querían saber cómo les iban las cosas a los demás. Y todos decían que las horas que se aproximaban eran las peores. Si uno puede superarlas, no habrá problema. Todo el mundo era muy amable cuando hablaba con los demás. Parecía que iba surgiendo entre nosotros una especie de afabilidad y gentileza.

A las seis y media se celebró otra misa. Ahora era muy difícil permanecer despierto, sin movimiento ni oraciones en voz alta. Los que habían dormido toda la noche y estaban a punto de partir esa mañana parecían ser de una raza distinta. El prior celebró la misa. En varias ocasiones, durante la ceremonia, dio unas palmadas y ordenó a la congregación que se pusiera de pie de manera que aquellos que estaban durmiendo pudieran ser puestos en evidencia e incitados a despertarse. Había veces en que la gente tardaba un poco en darse cuenta de dónde estaba cuando se despertaba en la iglesia.

El sermón fue menos indulgente que el de la noche anterior, aunque igualmente libre en sus metáforas. El prior dijo que la epidemia de hambre en Etiopía había sido causada por la deforestación, causada a su vez por la sequía. En Irlanda sabíamos lo que era el hambre, pero, gracias a Dios, podíamos alimentar a nuestro pueblo. Pero teníamos sequía de otra índole: una sequía moral que terminaría por causar la decadencia de las prácticas religiosas, y con ella, la pérdida de la vida familiar y la santidad del matrimonio. Era nuestro deber atajar esa sequía. El prior no tenía necesidad de mencionar que el referéndum sobre el divorcio iba a tener lugar en la República el jueves siguiente: todo el mundo lo comprendía. Los sondeos de opinión indicaban que la Iglesia libraba una batalla perdida contra la legalización del divorcio; éste era un fin de semana crucial en la campaña.

A la misa le siguió la confesión que, dijo el prior, era particularmente importante para los que estaban haciendo la peregrinación. Dejó bien claro que la confesión estaría bien organizada, de manera que todo el mundo en la iglesia pudiera salir de sus asientos y subir al comulgatorio. Ahora sí que tenía yo un problema. Rezar era una cosa, cantar himnos me parecía bien, pero contarle mis pecados a un sacerdote era algo que no había hecho desde los quince años. No habría manera de escabullirse una vez en la iglesia. Tendría que quedarme fuera en una de las pausas y esconderme. De no ser así, tendría que empezar a recordar todos mis pecados.

Me senté en la sala de espera durante la confesión, que el folleto astutamente llamaba Sacramento de la Reconciliación, a pesar de los esfuerzos de dos sacerdotes por recordarme que se estaban oyendo ahora confesiones. Pasado un rato me escabullí al dormitorio donde los otros se estaban preparando para irse. Me cayó como una bomba la repentina revelación de que nada podía impedirme que me fuera con ellos. Incluso si alguien se daba cuenta, podía decir francamente que me bastaba ya lo que había visto y hecho. Me quedé de pie, en la ventana, contemplando el pálido cielo azul sobre el lago.

Eran solamente las nueve y el primer barco no saldría hasta dentro de una hora. Tenía tiempo de meditar sobre mi situación. Podía reservar una habitación en Pettigoe, ingerir un copioso desayuno, leer los periódicos de la mañana, meterme en la cama, escuchar un rato la radio y sumirme después en un profundo y bien merecido sueño.

El sol calentaba y era evidente que iba a ser un día muy caluroso en la isla. Fue eso, más que el deber, lo que me retuvo. No tendría nada de malo el tenderme al sol mientras los demás rezaban, o leer un libro a la orilla del agua al calor de los rayos del sol. El tiempo transcurrió lentamente; al mediodía renové las promesas del bautismo que incluían renunciar al diablo, lo cual no me desagradaba. Después entré en el comedor y devoré la tostada seca como si fuera caviar y el té sin leche como si fuera champán de la mejor marca. Todo el mundo decía que estaba cansado y dormiría a pierna suelta cuando esto se terminara; una mujer me preguntó cuántas Estaciones había hecho y yo le contesté que aún me quedaban algunas por hacer, esperando que no adivinara que no había completado ninguna.

Empezaron a llegar barcadas de peregrinos de tierra adentro y con aspecto de sentirse muy satisfechos de sí mismos. Ésta era la señal de que se acercaba el fin de nuestra dura prueba. Me encontraba mal. La fatiga iba en aumento y con ella la exacerbada percepción del paso del tiempo. Eran ahora las tres de la tarde, así que quedaban siete horas más hasta la hora de acostarse, casi el mismo período transcurrido desde las seis de la mañana, nueve horas, que había sido un período desorbitadamente largo. Decidí que otra Estación, si la hacía con seriedad, llenaría al menos una hora y mantendría mi mente ocupada en algo que no fuera el número de horas que faltaba para acostarse.

Después de la misa de la tarde, que era a las seis, subí al dormitorio y me eché en mi litera. A unos cubículos de distancia había un grupo de gente joven que mantenía una conversación en voz muy alta cuyo tema principal era la comida. Se preguntaban qué comerían cuando regresaran a sus casas al día siguiente. Tendrían que esperar hasta la medianoche, como prescribían las reglas y después—dijo uno de ellos—empezaría con cinco patatas de la nueva cosecha, en su jugo, dos hamburguesas, beicon, salchichas y judías blancas. Los demás añadieron otras cosas a la lista: se mencionaron patatas fritas, así como guisantes, chuletas, filetes, cebollas y champiñones. Abajo los nuevos peregrinos estaban haciendo el recorrido de las camas.

Se contaba y anotaba cuidadosamente cada hora que pasaba. Sólo quería dormir. Después de las oraciones de la noche y la bendición, me fui directamente al dormitorio.

Los dos hombres en las literas de enfrente eran amigos, tendrían cincuenta y tantos años. Nos deseamos unos a otros las buenas noches.

Uno de ellos me dijo:

—Te encontrarás como nuevo por la mañana.

Le contesté que estaba demasiado cansado para dormir.

—Dormirás, no te preocupes—me contestó. El dormitorio quedó en silencio mientras la noche de verano se aproximaba lentamente. Me quedé dormido.

Cuando me desperté por la mañana los pude oír hablando en voz baja.

—Mike—dijo uno de ellos—. Mike. Lo repitió varias veces. Yo estaba totalmente despierto y me encontraba cómodo en la cama. Un ligero resplandor matinal se filtraba por la ventana.

—Mike, ¿qué hora es?—preguntó.

—Son las cinco y media—contestó el otro.

Me sentía eufórico, dominado por una sensación de bienestar. Estaba preparado para oír la campana anunciando las seis de la mañana, preparado para levantarme a tiempo para la misa y las oraciones matutinas.

Se me había advertido que estuviera en guardia al final de la misa. Quedaba todavía una Estación por hacer y se formaría una larga cola; era importante estar entre los primeros. Los que terminaran antes la última Estación serían también los primeros en entrar en los barcos que salían. Me dijeron que me pusiera cerca de la puerta de la basílica y que me apresurara tan pronto como terminara la misa.

Otros tuvieron la misma idea y se dirigieron con la misma premura hacia la puerta para empezar la Estación. Esto suponía moverse a través de las primeras camas y después alrededor de la basílica, mientras rezaban siete décadas del rosario a velocidad vertiginosa. Yo estaba disfrutando de la mañana, de los destellos de la luz del sol sobre las aguas del lago y de la perspectiva de abandonar la isla.

62

No recé una sola oración, pero sabía que mis compañeros no habrían podido recitar los siete misterios del rosario mientras daban la vuelta a la basílica en dirección al embotellamiento a la entrada de la cama de Santa Brígida, donde un seminarista controlaba la cola. La mayoría hacía trampa, con gran indignación de los que observaban las reglas, que rezaban los siete misterios de manera ordenada, formando una larga cola.

Fui al hostal de los hombres y me lavé morosamente los pies en agua caliente, manteniéndolos sumergidos durante algún tiempo. A mi alrededor se podían oír suspiros de satisfacción de los otros peregrinos, que pronto se iban a volver a poner los zapatos. Yo cogí mi mochila y salí fuera para unirme a la impaciente cola del primer barco. Hablé con una mujer de Derry, de mediana edad, acerca del referéndum sobre el divorcio y los dos estuvimos de acuerdo en que sería estupendo que se ganara, a pesar del sermón que habíamos oído sobre el asunto.

El que había pronunciado el sermón, el prior de Lough Derg, monseñor Gerard McSorley, llegó poco después. Parecía un hombre distinto. Estaba de muy buen humor, reía y gastaba bromas. Nos bendijo cuando entramos en el barco y le saludamos alegremente con la mano al salir el barco camino de la otra orilla.

Nuevamente empecé a caminar, esta vez hacia el pueblo de Pettigoe. Apenas había andado unos ciento cincuenta metros cuando un coche se paró. Un hombre que había conocido en la isla bajó el cristal de la ventanilla y ofreció llevarme en su coche. Había una monja en el asiento de atrás.

—¿Dónde va usted?—le pregunté

—A Dublín—contestó. Yo no quería ir a Dublín.

—¿Pasa usted por Enniskillen?—le volví a preguntar.

Consultó su mapa y me dijo que sí. Me acomodé en el asiento delantero y él me presentó a la monja, que era su hermana. Me dijo que era sacerdote. Ambos creían que la peregrinación les había hecho mucho bien y yo contesté que también me lo había hecho a mí.

Me dejaron en el mundo real, delante de la misma estación de ferrocarril de Enniskillen. Era un domingo por la mañana, casí las doce del mediodía. Compré los periódicos y me senté en el Hotel Railway con una pinta de Lucozade, pues en el último día de la peregrinación se permitían bebidas sin alcohol pero sólo hasta la medianoche, excepto té solo y tostada sin mantequilla. El hechizo de Lough Derg se había desvanecido. El antiguo sistema de mortificación corporal no tenía ninguna significación para mí. Ni siquiera me sentía culpable, sentado entre los bebedores de domingo y pidiendo que me trajeran unos emparedados de pollo. Los devoré y cuando los terminé pedí más. Pasado un rato pedí el menú y en el comedor tomé una comida pantagruélica: sopa, rosbif, puré de patatas, patatas fritas, zanahorias, coliflor, macedonia de frutas y café. La peregrinación había terminado.

4

Una excursión en barca
por Lough Erne

El resultado del referéndum sobre el divorcio sería público
el viernes siguiente por la mañana. Era abrumadoramente
evidente que la gente había votado en contra. Yo estaba en
Monaghan, en Annaghmakerrig, la casa que sir Tyrone
Guthrie había legado a la nación irlandesa para retiro de
los cultivadores de las artes. Estaba a punto de empezar una
excursión en barco por Lough Erne con Bernard Loughlin,
director del centro Tyrone Guthrie, su mujer Mary y sus dos
hijos, Maeve y Eoin.

La casa de Guthrie era más una mansión modesta que
un castillo. Las ventanas de delante daban a un lago con
una colina al otro lado. La presencia de Guthrie se notaba
por toda la casa: los libros en cada una de las habitaciones
eran sus libros, con dedicatorias de colegas y amigos. Arriba, a lo largo del corredor, había un enorme tablero o
panel con fotografías de sus producciones, recortes de
periódicos acerca de su trabajo, artículos de revistas sobre
sus realizaciones como director. Al legar esta casa a la
nación, especificó en su testamento que los artistas tenían
que cenar juntos por la noche. La casa estaba subvenciona-
da por el Consejo de las Artes, del Norte y del Sur; acudía
gente de ambos lados de la frontera. La zona alrededor de
la casa era todavía mixta, con prósperas congregaciones
de la Iglesia de Irlanda, la presbiteriana y la católica.

Fuimos en coche a Enniskillen. Unos días antes había
regresado a Dublín para emitir mi voto, porque el «sí» estaba perdiendo terreno según los sondeos de opinión. «Una

joven que vota a favor del divorcio es como un pavo que vota por Navidad», era el eslógan. ¿De qué vivirán las mujeres y los hijos abandonados?, se repetía constantemente. La mayoría había votado a favor de mantener la prohibición del divorcio en la Constitución irlandesa.

Nos aprovisionamos de comida y bebida en Enniskillen y fuimos en coche hasta Kesh, donde nos esperaba nuestro barco. Lough Erne era navegable hasta Belleek, en el Oeste, y hasta Belturbet, en el Este.

Un calor blanquecino había descendido sobre el lago, húmedo y tormentoso conforme íbamos avanzando. Todo el paisaje en la distancia estaba envuelto y filtrado por esta luz serena. Los cormoranes se zambullían en busca de peces. Conforme íbamos navegando entre la costa y las pequeñas islas, el día mejoraba, el cielo blanco y vago se convertía en un evidente azul y la temperatura iba en aumento. El lago estaba desierto. Una garza solitaria estaba encaramada en una roca. Pasamos por la isla de Crevinish-aughy, llevando el timón según las reglas, avanzando por las líneas indicadoras blancas y rojas. Las islas y la costa estaban tachonadas de árboles. Habíamos corrido la parte del toldo que cubría el comedor. Sólo se oía el motor del barco, el esporádico graznido de un pájaro y el parloteo de los niños conforme nos aproximábamos a la Isla Blanca.

Amarramos el barco al malecón y subimos la cuesta hacia las ruinas de la iglesia, que tenía un arco de entrada hibero-románico poco común. Dentro de las ruinas, debajo de una especie de refugio de piedra socavado en el muro septentrional, había algo muy interesante. Ocho figuras, descubiertas en la isla en épocas diversas y que databan de los siglos IX, X y XI, estaban adosadas con cemento a un muro de piedra. Era evidente que algunas de las figuras estaban relacionadas y esculpidas por las mismas manos, pero otras destacaban, eran mucho más pequeñas y parecían servir a un fin distinto. Era como mirar a pasajeros en un tren, colocados unos junto a otros sin ninguna razón aparente.

Siete de las caras eran aún rudimentarias y la mayoría tenía una expresión de evidente desagrado. Una de ellas, la última de la serie, que era simplemente una cabeza de piedra adherida a una pared, parecía tener un gesto de indudable descontento. Las dos figuras más grandes ostentaban algo de la pompa de la Iglesia y sus campanas y báculos estaban esculpidos en la piedra con gran claridad. Las habían hallado entre las piedras de la isla; aquí daban la impresión de haber sido extrañamente desinfectadas por la manera en que las habían conservado; parecían estar unidas al resto de la población, Norte y Sur, en su elección del «No». El pliegue de sus labios repetía una y otra vez, para la eternidad: «No. No. No». «El Ulster dice No». «La República dice No». La primera figura, una mujer, daba, sin embargo, la impresión de poder sobrevivir en cualquier contexto. Se destacaría en cualquier compañía. Ha de decirse que sus manos no reposaban a ambos lados de su cuerpo. Estaban entre sus piernas, exhibiendo sus partes pudendas. Una mueca fija en su rostro parecía expresar los goces de la concupiscencia, provocando con una cara desbordante de tentación y las mejillas hinchadas: no tenía pudor, era una desvergonzada. «Sí», estaba diciendo, «sí, sí, sí».

Oficialmente se la llamaba una *síle-na-gig;* se habían encontrado estatuas semejantes a la de Isla Blanca en otros sitios en Inglaterra e Irlanda. Pero aquí, en la Isla Blanca, por estar compartiendo las mismas cuatro paredes con estos siete clérigos malhumorados, la representación de libertad, alegría y voluptuosidad que ofrecía, así como de fecundidad y de atracción sexual, era más enfática. Nos divertimos mucho mirándola, hablando de ella, poniendo palabras en sus labios, así como burlándonos de los pobres clérigos incrustados en la piedra e incapaces de defenderse.

De nuevo en el barco, dimos la vuelta hacia el pueblo de Belleek, la mitad del cual estaba en el Sur, fortalecidos por nuestro encuentro con la primitiva Irlanda cristiana.

En Enniskillen había comprado una botella de champán que estaba ya suficientemente frío para beberlo. Llenamos nuestros vasos de champán conforme nos dirigíamos a Belleek. Yo propuse un brindis por «la gente sencilla de Irlanda», por su sabia decisión según la cual en la República no podíamos tener derecho al divorcio. Brindamos por esto. Brindamos también por los obispos católicos de Irlanda, que habían alentado al pueblo a votar en contra, y por los diversos políticos por manifestar tan claramente sus opiniones. Brindamos por ellos, mientras el cielo azul se iba convirtiendo de nuevo en una calina blanca. Brindamos finalmente por la *síle-na-gig* en la Isla Blanca, hasta que se terminó el champán. Ya era hora de preparar la cena.

No estábamos seguros de si estábamos en el Norte o en el Sur, así que después de cenar nos pusimos a investigar en qué Estado nos encontrábamos, tratando de descubrir de dónde procedían los gritos y aplausos que habíamos oído durante la cena. El primer problema era casi irresoluble. Parecía que estábamos en el Norte cuando estábamos cenando, pero en nuestro camino hacia Belleek entramos momentáneamente en el Sur y una vez pasado el pueblo regresamos al Norte. Descubrimos que la fábrica en que se hace la porcelana y loza de Belleek estaba en el Norte; en el lado septentrional del puente.

Nos dijeron que había fiestas, que los pubes cerrarían tarde. La algarabía que habíamos oído era el desfile, que ya había terminado. Dimos un paseo por el pueblo y entramos en un pub donde nos aseguraron que habría música organizada por el Consejo de las Artes de Irlanda del Norte. No había música, a no ser los ronquidos de un tipo que se había quedado dormido en la barra y a quien nadie molestaba. Después de darles naranjada y patatas fritas, los padres llevaron a los niños al barco mientras yo cruzaba la frontera al Sur y entraba en el Border Inn para probar la cerveza, que costaba más de una libra por pinta. A pesar de los precios, el Border Inn hacía evidentemente negocio. Era mucho más cómodo que cualquiera de los pubes de Bellek o al menos de la parte de Bellek que estaba en el Norte. En una inmensa pantalla se pasaba el vídeo del desfile que acababa de tener lugar. Ésta era la atracción del pub del Sur para los parroquianos.

La clientela estaba de pie, contemplándose a sí misma, fascinada, ya que poco tiempo antes los parroquianos habían aparecido disfrazados. Se reían a carcajadas al ver en la parte trasera de las camionetas a vecinos y amigos que habían tomado parte en el desfile, pero conforme se aproximaba la hora de cerrar, a las once y media, todo el mundo tuvo que apurar sus bebidas y se apagó el vídeo. Para seguir bebiendo era preciso cruzar la frontera.

El sol calentaba de firme a la mañana siguiente, más de lo que lo había hecho en Lough Derg, pero aún había bruma en el horizonte y un calor blanquecino que presagiaba tormenta. Habíamos reservado una mesa para la cena en un buen restaurante en el pueblo de Ballinaleck, que se encontraba lago arriba, más allá de Enniskillen, así que teníamos un largo día de viaje por delante.

Fuimos en dirección este, siguiendo la estela del viaje del día anterior, y pasamos por la Isla Blanca, donde nuestra *síle-na-gig* exhibía sus atributos a los cuatro vientos. Un helicóptero del ejército se fue acercando a nosotros, volando cada vez más bajo hasta que estuvo justo encima de nuestras cabezas, antes de partir en busca de otra presa. El gran lago estaba casi desierto; unas cuantas embarcaciones de placer más y de vez en cuando un barco pesquero yendo y viniendo, pero la mayor parte del tiempo sólo nosotros.

Todas las islas fueron habitadas por los colonos cristianos primitivos y la alta cruz que habían erigido en Inishmacsaint tenía una exquisita sencillez; no se veían adornos, grabados ni dibujos en la piedra. La cruz databa del siglo VIII o IX y se erguía detrás de la iglesia. Era alta, tal vez de cuatro o cinco metros, impresionante, y rezumaba una solidez gris y prepotente. Yo me detuve a mirarla. Según las antiguas leyendas—mencionadas en el libro de Mary Rogers *Prospects of Fermanagh*—da tres vueltas alrededor de sí misma a la salida del sol todos los domingos de Pascua.

Pusimos el barco en movimiento otra vez y nos dirigimos hacia Enniskillen, y pasamos por la escuela Portora Royal, donde se educaron Oscar Wilde y Samuel Beckett. Beckett escribió en *The Unnamable:* «Me dieron cursos sobre el amor, sobre la inteligencia, valiosísimos, muy valiosos. También me enseñaron a contar y hasta a razonar. No puedo negar que algunas de estas estupideces me resultaron provechosas en ocasiones que nunca habrían surgido si me hubieran dejado en paz. Los uso aún para rascarme el culo». Pasamos por la comisaría de policía recientemente bombardeada por el IRA.

Amarramos el barco en Enniskillen, junto al nuevo Polideportivo, encontramos una tienda para los niños, les dimos dinero y les dijimos que entraran. Entonces anduvimos calle mayor abajo con rumbo determinado. Nuestro destino era el pub de William Blake, la mejor tasca de toda Irlanda, Norte o Sur. Tenía un alto techo de madera y el bar estaba iluminado por lámparas que arrojaban mucha luz. El lugar no tenía nada del *shebeen,* no había esa sensación de bebedores apretujados unos contra otros en un cuarto mal iluminado, lleno de humo y de olores rancios. Ésta era una tasca como una catedral, opulenta, orgullosa y hermosa. De la misma manera que el whisky madura en la madera, se experimentaba la sensación de que el aire en el pub, encerrado como estaba por techo, paredes y suelos de madera, había también madurado y mejorado la condición de los que bebían en él.

Después empezó a llover. Los truenos retumbaron durante toda la noche o al menos eso me dijeron. El barco se mecía, los relámpagos rasgaban el cielo, la lluvia caía a mares, pero yo no oí un solo ruido. Dormí de un tirón hasta la mañana siguiente, cuando los niños decidieron que era hora de que nos despertáramos todos y bajaron a espabilarnos.

Todavía llovía, así que no iríamos a nadar. Estábamos cansados, irascibles, y teníamos una leve resaca. La exposición al sol me había mareado un poco. No tenía sentido navegar bajo la lluvia. No sabíamos qué hacer. ¿Qué se puede hacer en un barco con tres adultos con resaca y dos niños rebosantes de energía? Regresamos a Enniskillen, más allá de las cabañas de pescadores en el Hotel Killyhevlin, más allá de la casa almenada cubierta de hiedra, a orillas del río y con su propio embarcadero, más allá del nuevo teatro.

Las calles de Enniskillen eran como las calles de una ciudad fantasma que hubiera sido azotada por una plaga o aterrorizada por un temible *cowboy*. No había nadie en la calle a las once y media de la mañana. Ninguna de las tiendas estaba abierta; la compra de los periódicos supuso un largo paseo pueblo arriba. Ni que decir tiene que los pubes estaban cerrados. Pero el Hotel Royal estaba abierto y nos aventuramos en él para tomar un café. No había nadie en el hotel. Fuimos en busca de alguien que hiciera funcionar la cafetera en el bar de arriba. Pero resultó que se estaba celebrando una no muy numerosa sesión de oraciones en una habitación trasera del hotel, dirigida por una secta que no tenía su propia iglesia. Procuramos no distraerlos.

Cuando, finalmente, salimos a la calle, después de tomar nuestro café, había filas de feligreses que, con expresión severa en el rostro, se dirigían hacia la iglesia protestante. Impecablemente vestidos, estos respetables ciudadanos de Enniskillen, ávidos de oración y deseosos de entonar himnos el domingo por la mañana. Nosotros íbamos desaliñados y nos sentíamos desdichados ante la perspectiva de un aburrido domingo de clausura en un barco. No había futuro para nosotros en Enniskillen; teníamos que ponernos en movimiento, así que pusimos el barco en dirección este, hacia Bellinaleck, con la intención de llegar a Knockninny.

Comimos sin mucho entusiasmo cuando llegamos a

Knockninny; nadie tenía mucho que decir, los periódicos no eran muy interesantes y se podían encontrar, en trozos arrugados, por todas partes del barco. Fuera, el agua era como sopa espesa y fría, pero el cielo iba aclarándose y había dejado de llover. Unos cuantos barcos estaban amarrados en el embarcadero. Decidimos ir andando a Derrylin, a unos cuantos kilómetros. Teníamos esperanzas de encontrar allí un hotel donde poder beber. Yo había llegado a la conclusión de que la bebida era lo único capaz de reanimarme. Caminamos a lo largo de la estrecha carretera mientras los grajos y grajillas armaban un jaleo tremendo en los árboles, pasamos por una pequeña iglesia metodista de techo bajo con parte de su congregación —unos cuantos hombres y muchachos—charlando de pie junto a la puerta, con las manos en los bolsillos. Bernard me habló entonces de un cura, en Derrylin, que estaba escribiendo un libro y había venido a trabajar al Centro Tyrone Guthrie. El cura vivía justo enfrente del escenario del asesinato del tercer hermano Graham. Los tres hermanos habían sido miembros del UDR y los tres habían sido asesinados por el IRA. El tercero trabajaba como conductor de autobús y recogía a los niños de la escuela católica para llevarlos a la piscina en Enniskillen, donde lo asesinaron. Al entrar en el pueblo, Bernard me contó que los asesinos huyeron en una camioneta, profiriendo rugidos, lanzando vítores de guerra, gritos de alegría y bravatas. El sacerdote había salido de su casa al oír los disparos. Los había oído y vio a dos hombres que se escapaban.

La calle de Derrylin estaba bordeada de coches. Algo se movía. Olfateamos un hotel. Bebida. Pasamos la estación de servicio y llegamos a la puerta del hotel. Las puertas estaban abiertas y todos los cuartos estaban llenos de gente bebiendo. La Asociación Atlética Gaélica—que Dios los bendiga—celebraba aquella noche un baile para recaudar fondos. El bar estaría abierto hasta las dos. Pero nos marchamos a medianoche, habiendo bebido ya lo suficiente, y regresamos a través de la oscuridad al embarcadero de Knockninny.

Nos sentamos en el tejado del barco y charlamos relajadamente. El agua, gris como el acero, estaba en calma, tan sólo alterada de vez en cuando por algún pájaro que se zambullía en ella. El silencio era turbado, brevemente, por el gorjeo de algún ave cuyas alas chocaban contra el agua. Algunas veces dejábamos de hablar y escuchábamos los sonidos de la noche.

Las islas se destacaban frente a nosotros, negras, contra el fondo gris del cielo y del mar. Todas ellas habían sido habitadas por monjes. El nombre Knockninny procedía de Cnoc Ninnidh, la colina de San Ninnidh, que había fundado también el monasterio en Inishmacsaint en el año 530 d.C. Se dice que ayunó durante toda la Cuaresma en la colina, por encima del lago, en Knockninny.

La noche era clara. Con cada sonido del agua, con cada pez que se daba la vuelta durante su sueño, parecía que había vida cerca, que algo se movía. Habría sido exactamente igual, tal vez con más árboles, cuando los monjes iban remando de isla a isla en el siglo VII. Algunas de las islas estaban habitadas entonces, como lo estaban aún unas pocas.

No dejó de llover el día siguiente, los niños estaban cada vez más malhumorados, las ventanas más empañadas. Este era el último día del viaje e iniciamos nuestro camino de regreso a Kesh con una breve parada en el nuevo teatro de Enniskillen donde tomamos café y una bocanada de aire fresco. El lago, en el que había centelleado el sol el sábado pasado, estaba ahora gris y parecía sucio. Yo me alegré de darles un beso de despedida a los niños y seguir mi camino, mientras que ellos regresaron en coche a Monaghan.

5
Música, más música...
y haciendo camino

Llegué a Ballinamallard, un pequeño pueblo del condado de Fermanagh, el día 12 de julio, y reservé una habitación en el hotel local. Poco después de medianoche me despertaron unos sonidos debajo de la ventana. «¡A la mierda el papa!», decía una voz.

Ballinamallard estaba bonito aquel día. Lo habían engalanado con banderas y colgaduras rojas, blancas y azules. Se habían acomodado graneros y cobertizos para poner en ellos largas mesas con manteles blancos para servir tés y refrigerios. Acababa de llegar al hotel una inmensa caja de salchichas, con suficiente capacidad para servir a un ejército. También llegaron hogazas de pan moreno. Un hombre nos dijo que esto era «hacer historia». Porque era la primera vez que el condado de Fermanagh iba a celebrar en Ballinamallard el desfile orangista del 12 de julio. Mañana sería un gran día para el pueblo.

Las noticias de la televisión rebosaban historias llenas de augurios y presagios acerca del Doce, de cómo los que desfilaban insistían en atravesar las urbanizaciones católicas, de cómo por todas partes reinaba la tensión debido a lo que opinaban los protestantes del acuerdo anglo-irlandés. Nadie en ninguno de los boletines de noticias de la BBC o RTE mencionaba a Ballinamallard; aquí no había problema, no lo había en las urbanizaciones católicas del ayuntamiento, como no había susceptibilidades católicas. Porque, sencillamente, no había católicos en Ballinamallard.

«¡A la mierda el papa!», repitió la voz debajo de la ventana. El hombre que lo decía había estado bebiendo. Después de mi regreso del viaje por Lough Erne me había quedado unos días en Enniskillen, echando algún que otro trago en el pub de Blake, nadando en la piscina pública y haciendo el menor esfuerzo posible. No había andado ni un par de centímetros, no digamos un kilómetro. Pronto empezaría a andar otra vez, pero todavía no. ¡No, Dios mío, no! Ahora, en la cama, me preguntaba si el hombre debajo de la ventana tenía la menor idea de que encima de él dormía un papista de Wexford. Finalmente, una vez puesto en claro su punto de vista, se marchó a su casa.

A la mañana siguiente había carteles por todas partes que anunciaban carne y tés sencillos. A la puerta de la estación de autobuses una brigada del Ejército de Salvación estaba tratando de salvar las almas de los seres humanos. Miembros de la RUC merodeaban de un lado a otro, bromeando con los residentes de Ballinamallard, cuyo gran día era éste. Las bandas de música marchaban desde una explanada en el lado de la ciudad que llevaba a Enniskillen, hacia el otro lado, se daban la vuelta y regresaban después a sus autobuses de regreso a su pueblo. Cuando llegaban a él volvían a desfilar de arriba abajo del pueblo, como lo habían hecho por la mañana, antes de dispersarse, cada uno a su casa.

Cada una de las bandas de música enarbolaba un hermoso estandarte con el nombre de su lugar de origen claramente inscrito y una escena de los grandes hechos del unionismo y el orangismo pintados en la tela. Procedían de lugares con nombres gaélicos: Claby, Meenagleragh, Mullaghboy, Cornafanog, Glasmullagh, Augharegh; de lugares con nombres ingleses: Florencecourt, Castlearchdale, Scotshouse, Brookeborough, Maguiresbridge, Church Hill. Algunos hombres llevaban espadas, otros sombreros de copa, la mayoría fajines, tocaban gaitas, tocaban tambores, tocaban acordeones. Yo estaba de pie al lado de un hombre de la RUC que se llamaba Harry. Me enteré porque uno o dos hombres de cada grupo lo conocían y le saludaban a gritos.

Todo el mundo estaba de buen humor, no llovía, el tiempo era «dudoso y aún podía caer algún chaparrón», me dijo Harry. Solamente la mujer que cantaba dolorosamente acerca de «La sangre de Jesús» conforme tenía lugar el desfile parecía triste. La tienda de campaña en el primer prado estaba llena de bebedores de cerveza y muchachos con faldas escocesas, que se mostraron encantados cuando una chica les gritó: «¿Qué lleváis debajo de la faldita?». Se vendían hamburguesas, así como fotos instantáneas en color, helados y casetes de canciones orangistas. Una gran pancarta, que cruzaba la vía por donde iba el desfile, rezaba: «Ballinamallard dice No», poniendo de manifiesto su oposición al acuerdo anglo-irlandés.

Los grupos empezaron a llegar hacia el mediodía al campo, al punto de reunión donde sus líderes intervendrían. La Orden de Orange, desde su victoria en 1690 sobre el rey papista Jaime, había desarrollado cierta habilidad para encontrar buenos lugares de reunión para la Asamblea. Éste, en las afueras de Ballinamallard, parecía hacer creer que el mismísimo Dios, sonriendo a los orangistas, había modelado el campo dándole la forma de una suave pendiente, de manera que todo el mundo pudiera ver. Los orangistas, hombres, mujeres y retoños, estaban sentados, descansando antes de que los discursos empezaran. Hombres corpulentos se quitaban los tambores de la cintura. Los niños lo estaban pasando de maravilla aporreando los tambores sin tener que levantarlos. Los estandartes descansaban en la tierra. Las faldas escocesas se mantenían cuidadosamente en su sitio. Se vendían pequeños paquetes que contenían un sándwich, un bollo y una servilleta de papel.

Había llegado la hora de los discursos. Hubo una bienvenida especial para los «grandes maestros» llegados a Ballinamallard desde los condados vecinos, los condados de la diáspora orangista: Cavan, Monaghan, Leitrim, Donegal en la República de Irlanda que no celebraba ya desfiles del Doce de julio. Entonces se hizo un momento de silencio por un hombre de la RUC, un miembro de la Orden de Orange en Fermanagh, a quien había asesinado recientemente el IRA. Era el cuarto miembro de la Logia a quien habían matado, y este año la Logia había decidido ausentarse del desfile. Todo el mundo permaneció en silencio. Se cantó *God Our Strength in Ages Past* (Dios, nuestra fuerza en tiempos pasados).

Nadie prestó mucha atención a los discursos que siguieron; estaban demasiado ocupados saludando a viejos amigos a los que no habían visto desde el año anterior y sentándose al lado de ellos para charlar. Los oradores clamaban contra el acuerdo anglo-irlandés, uno de ellos evocando el nombre del pueblo de Corinto, a quien se había dirigido san Pablo, que estaba sitiado como lo estaban los protestantes del Ulster. Un grupo reducido estaba de pie alrededor de la tribuna y escuchaba atentamente. El último orador fue John Brooke, lord Brookeborough, en cuyo acento no se notaba el menor rastro del habla del condado de Fermanagh.

En 1933 su padre, un futuro primer ministro de Irlanda del Norte, se había dirigido a esta misma asamblea en un lugar distinto, en un previo Doce de julio. El periódico *Fermanagh Times* informaba de este discurso: «Había un gran número de protestantes y orangistas que empleaban a católicos», decía el periódico, citando las propias palabras del orador. Y continuaba: «Creía que podía hablar impunemente sobre este asunto porque él no había dado empleo a un solo católico [...] Los católicos estaban tratando de penetrar en todas partes e intentaban, con toda su fuerza y poder, destruir el poder y la Constitución del Ulster. Había indudablemente un complot para suplantar el voto de los unionistas en el Norte. Por consiguiente hacía un llamamiento a los lealistas para que emplearan a los buenos muchachos y muchachas protestantes». Su hijo, cincuenta y tres años después, era más moderado y censuraba el acuerdo anglo-irlandés en tonos más suaves.

Los grupos se volvieron a reunir, rebosando buen humor. Sería una buena noche para aquellos que no fueran miembros de la liga antialcohólica. Resonaban en el aire las viejas canciones, incluida una cuyos primeros acordes se parecían a una canción rebelde de Wexford que yo solía cantar cuando era niño. La oí muchas veces durante el día. Casi todas las bandas ofrecían una versión diferente al tocarla y cada vez me afianzaba en la creencia de que el propio diablo, o tal vez el papa, se encontraba entre nosotros y hacía que las bandas tocaran el aire *The Boys from Wexford*:

> *We are the boys of Wexford who fought with heart and hand*
> *To burst in twain the galling chain and free our native land.**

Pero afortunadamente, después de los primeros acordes, la canción cambió de tal manera que se convirtió en un aire orangista. Aquí no había papa. Me quedé de pie junto al puente de Ballinamallard y contemplé el desfile de las bandas de música. Los estandartes que mostraban la quema de los mártires protestantes, Latimer y Ridley, llevaban escritas las palabras «Afronta la muerte antes que someterte al dominio del papa», y el eslogan «Mantendremos la religión protestante y la libre interpretación de la Biblia».

Observé también las bandas que venían del Sur con gran cautela hasta que vi una banda procedente de Drum en el condado de Monaghan, y me topé con Nigel Johnston que había trabajado en el Centro Tyrone Guthrie y formaba parte de la delegación de Drum. Quería dirigirme a Drum en un autobús orangista.

Nigel me indicó el recorrido del autobús y me quedé allí esperando a que llegara la banda orangista de Drum. Había estado en Drum en varias ocasiones, siempre en sábado.

---

*Somos los chicos de Wexford que lucharon con el corazón y la mano / para romper en dos la humillante cadena y liberar a nuestra patria.

Reinaba siempre en el pueblo una extraña sensación de decadencia, lenta y silenciosa.

Al ser en su mayor parte protestante, había perdido su natural zona interior en el condado de Férmanagh. El pub de Bertie Anderson, en Drum, había disfrutado de días mejores, habiendo sido originalmente un próspero almacén de pueblo donde se vendía de todo. Ahora abría solamente los sábados, en invierno y en verano, entre las diez y las doce de la noche. Los mismos parroquianos venían todas las semanas para tomar un trago y hablar de los asuntos de la localidad. Adornaban las paredes calendarios del año 1960. Un lado del bar había sido tienda de ultramarinos y los cajones tenían todavía grabados en relieve los nombres de lo que solían contener; té, azúcar, clavo, canela. Ahora estaban vacíos; las cosas habían cambiado.

Cuando llegó la banda de música de Drum vi que estaba formada de gente joven y que había una vitalidad en la manera en que tocaban que habría hecho milagros en la atmósfera del pub de Bertie Anderson una noche de sábado. Su director, que, por una desdichada coincidencia, compartía el nombre de Gerry Adams con el presidente del Sinn Fein, se prestó a llevarme con ellos a Drum. Entonces dio instrucciones a la banda orangista de que formaran un círculo y tocaran *The Sweet By and By* una vez más. Me quedé de pie contemplándolos. Cuando terminaron, pusieron sus trastos en el maletero y subieron al autobús.

Nuestro autobús se unió entonces a la cola de autobuses que salían de Ballinamallard en dirección a diversos puntos por todo el condado de Fermanagh. Nigel me dijo que él era miembro de la Iglesia libre presbiteriana de Ian Paisley, que tenía su única iglesia en el Sur, en el pueblo de Drum.

A las seis empezaron las noticias en la radio. Un católico había sido asesinado en Belfast por paramilitares protestantes; el boletín decía que la RUC consideraba sectario el asesinato. El hombre era de Tyrone. En el interior del autobús reinaba el silencio, nadie levantaba la cabeza. Pasado un rato Nigel y yo reanudamos nuestra conversación acerca de equipos de alta fidelidad y sonido estereofónico, charla que continuamos hasta llegar a Lisnaskea, la última parada en el lado norte de la frontera.

El autobús cruzó entonces la frontera, entró en Clones y después a lo largo de estrechas carreteras se dirigió a Drum. El Orange Hall estaba abierto. Amigos y familiares de la banda pululaban por las calles.

Al volverse a reunir, un miembro de la banda le preguntó a su mujer si había ordeñado las vacas. Cuando la banda estuvo lista, se pusieron en marcha otra vez, calles de Drum abajo tocando *The Sweet By and By* una vez más y después retrocedieron, pasando a nuestro lado, y fueron a la otra punta de la ciudad tocando *The Sash My Father Wore*. Había algo solitario en ellos y, en cierto modo, un gran valor para continuar el desfile por el sur de la frontera, tanto tiempo después de que se hubieran librado aquellas batallas. Me invitaron a entrar en el Orange Hall para tomar una taza de té y unos sándwiches, lo cual acepté, y cuando habíamos comido todo lo que quisimos cruzamos la calle y entramos en el pub de Bertie Anderson, que había abierto en señal de respeto al Doce de julio. Allí bebimos cerveza y estuvimos todos de acuerdo en que había sido un magnífico Doce de julio en Ballinamallard.

Estaba ya de vuelta en el condado de Monaghan, en casa de Bernard Loughlin, junto al Centro Tyrone Guthrie, a un puñado de kilómetros de Drum. Basil Lenaghan, que había venido a cenar con nosotros aquella noche tormentosa en Ballinaleck, llamó un día por teléfono para decir que iba a ir con su hermano Noel ese fin de semana al *Fleadh Ceoil* —un festival de música tradicional—en Ballyshannon. ¿Nos apetecía a nosotros ir también? ¿Un fin de semana de música y bebida en Ballyshannon, en la misma desembocadura del Lough Erne, en el océano Atlántico, seguido por unos cuantos días de andar? Yo contesté que a mí me encantaría ir.

El sábado me puse en camino hacia Ballyshannon, donde llegué a primera hora de la tarde y reservé una habitación en el hotel local. Había gran bullicio en el pueblo. Era el *Ulster Fleadh*, organizado por Comhaltas Ceolteoiri Eireann, el organismo nacional que regulariza y fomenta la música irlandesa tradicional. El año anterior el *Ulster Fleadh* se había celebrado en el lado Norte de la frontera, en Warrenpoint, pero este año se celebraba en el Sur, en otro de los pueblos fronterizos, Ballyshannon.

Hubo una época en que la música tradicional se parecía a la lengua irlandesa: una causa digna pero moribunda, algo que merecía la pena conservar más que utilizar. El *Fleadh Ceoil* se convirtió en una gran festival *hippy* en el que durante un largo fin de semana un pueblo entero era tomado por multitudes que venían de todas partes del país. Algunos de ellos no tendrían el menor interés en la música; estarían más interesados en beber, pasatiempo que duraba toda la noche gracias a la autorización de una prolongada licencia para beber, y a la posibilidad de fornicar. «La Irlanda puritana está muerta y sepultada», escribió el poeta John Montague en 1963 acerca del *Fleadh Ceoil* en Mullingar.

Pero la Irlanda puritana en cierto modo se había reafirmado para beneficio de la música tradicional irlandesa. Un gran número de jóvenes tocaba la antigua música con gran seriedad y pericia. La bebida y la fornicación seguían practicándose, pero con más reserva. Aunque la música tenía sus orígenes en el siglo XIX y la tocaban también los protestantes en el Norte, se consideraba parte de la tradición gaélica, la tradición católica.

Se celebraban concursos en salones mal iluminados durante toda la semana, para todas las edades e instrumentos, pero la mejor parte del *Fleadh* la constituían las sesiones espontáneas en pubes y hoteles. Noel, el hermano de Basil, tocaba la mandolina y la flauta, además de ser un buen cantor, y él sería nuestro pasaporte para el fin de semana. Ambos, Basil y Noel, hombres corpulentos y con barba, eran de Andersonstown. Basil tenía una risa espontánea y sonora y cuando yo me lanzaba a la calle en Ballyshannon en busca de los Lenaghans, aguzaba los oídos en busca de la risa de Basil.

El pueblo, situado justo en la frontera, no lejos de Belleek, estaba edificado en una empinada colina. Cuando hube comido y dado unas cabezadas, me fui colina arriba mirando por las puertas abiertas de varias tascas, pero no vi ni a Basil ni a Noel. Finalmente los encontré en el MacIntyre. Asomé la cabeza por detrás de la puerta y allí estaban: Noel, acompañado de su flauta, y Basil, de sus sonoras carcajadas. Marie Claire, la novia francesa de Noel, estaba también allí. Me hicieron sitio y me encontré cómodamente sentado cuando empezó la nueva canción.

Conforme avanzaba la tarde, los músicos se iban acostumbrando unos a otros; tan pronto como uno de ellos empezaba una tonada, el siguiente se unía a él. La mayor parte del tiempo la música era alegre, pero algunas veces era profundamente melancólica. Cuando los músicos se cansaron, dejaron de tocar y le pidieron a una mujer, que estaba de pie junto a la puerta, que cantara. Se hizo un silencio absoluto mientras cantaba; su voz era clara y sincera, la canción era una larga historia del amado marchándose al destierro y dejando a su amada atrás.

Finalmente, Noel y Basil decidieron que nos debíamos ir. Ya habíamos tenido más que suficiente de bebida y de música en el pub de MacIntyre. Era ya hora de explorar lo que estaba pasando en el pueblo.

Todos los pubes por donde pasamos tenían una sesión musical en pleno; los músicos tocaban hasta en la calle. Todos los pubes estaban llenos y se celebraban sesiones musicales en todos los espacios disponibles de los dos hoteles. Había un pub en la parte de arriba del pueblo, con el tejado de paja, que parecía estar haciendo buen negocio, y sería inútil tratar de conseguir una bebida allí. Entramos en otro un poco más abajo, al otro lado de la calle. Nos recibieron con un silencio sepulcral.

Éste era el extremo del pueblo, que no estaba partici-
pando en el *Fleadh*; los que bebían aquí tenían una pobre
opinión no sólo de la música, sino del tipo de personas que,
procedentes de todas partes del Norte, habían invadido su
pueblo. Las sonoras risotadas de Basil no hicieron más que
inspirar sospechas y hubo un instante en que parecía
que no estaban dispuestos a servirnos. El pub se llamaba McGinley's y parecía enorgullecerse de sus habituales
parroquianos y su atmósfera discreta y aburrida.

Una vez finalizados los acostumbrados preliminares que
incluían el decir de dónde éramos y dónde nos alojába-
mos, Basil soltó otra carcajada lo cual hizo que hasta el más
hosco de los bebedores levantara la vista. Querían saber
qué ambiente había en el pueblo. Les dijimos que fantás-
tico y ellos asintieron con gestos de cabeza. Una profunda
melancolía dominaba este pub. Noel cantó una canción
que no sirvió de mucho para animarles. Un hombre cantó
The Moon Behind the Hill con una voz de tenor al estilo antiguo que pareció hacer brotar alguna chispa en el pub. Éste
era el tipo de canción que no habría encajado en el *Fleadh*
del pueblo; a Comhaltas Ceoltoiri Eireann no le habría gustado mucho. Era una canción anticuada, pero no era una
canción antigua o suficientemente irlandesa para ser tradicional.

A continuación otro hombre cantó *Love Thee Dearest,*
una balada victoriana, y después de esto la taberna situada
en las afueras del pueblo empezó a celebrar su propio
Fleadh, aprovechándose de la prolongación de la licencia
para beber. Basil les recitó *Shanahan's Oul' Shebeen* y Noel
tocó la flauta. Una mujer trató de cantar *The Old Bog Road,*
pero se le olvidó la letra. Cuando llegó la hora de mar-
charnos, todo el mundo parecía muy animado.

Los pubes empezaban a cerrar las puertas. Basil, Noel y
Marie Claire se alojaban en el hotel, al otro lado de la calle,
donde todavía sonaba la música. Una habitación atestada
de gente escuchaba en silencio a un hombre que cantaba
una canción que había compuesto la misma mañana de la

muerte de Bobby Sands en la huelga del hambre. Todos los ojos estaban clavados en el desconocido; flotaba en el aire el tipo de exaltada emoción e intensa tensión con que la gente recuerda aún las huelgas de hambre de 1981.

Se podía todavía conseguir bebida y los borrachos merodeaban por las calles. Había gente joven rondando alrededor de mi hotel sin tener la menor idea de dónde iban a pasar la noche. Se seguía oyendo música; violinistas, flautistas y acordeonistas seguían tocando sus instrumentos, a las tres de la mañana, cuando decidí irme a la cama.

Cuando me desperté el domingo por la mañana alguien estaba tocando el acordeón debajo de mi ventana. Era un día gris que presagiaba lluvia. El día anterior había esquivado los concursos, pero hoy quería ver las dos partes oficiales del *Fleadh,* los concursos de canto de música tradicional y de baladas compuestas recientemente.

Iban a tener lugar a la hora de comer en el cine local. La interpretación fue excelente. Se cantó una magnífica versión de *The Flower of Sweet Strabane.*

> *O were I the king of Ireland and had all things at my will*
> *I'd roam through all creation your pleasure to find still*
> *And the pleasure I would seek the most I'd have you understand*
> *Is to win the heart of Martha, the flower of sweet Strabane.**

Cada cantante avanzaba hacia la mesa del jurado y allí, de pie, cantaba varias canciones. El salón estaba casi vacío. Podías recostarte en tu silla y disfrutar de la belleza de las baladas, plenas de los nombres del Norte, cada uno asociado con el amor o la nostalgia del destierro. Se invocaba a *Bonny Lifford* así como a «algún valle solitario en los bos-

---

*Si yo fuera el rey de Irlanda y lo tuviera todo a mi disposición / vagaría por todo el universo para encontrar tu placer / y quiero que comprendas bien que el placer que yo más desearía / es ganar el corazón de Marta, la flor del dulce Strabane.

ques salvajes de Tyrone». Otras canciones hablaban de las costas del *Sweet Lough Erne,* la *Flower of Maherally* y las *Craigie Hills.*

Cuando empezó el concurso de las nuevas baladas, un hombre se puso de pie y cantó una canción con un estribillo acerca de «mis caballos y mi arado». A continuación, un hombre, en el salón, dijo que esa canción no la había compuesto el que la cantaba, sino otra persona. Parecía estar seguro y mencionó el nombre del hombre que según él había compuesto la canción. El cantante se sentó, algo acobardado por la afirmación de que era una especie de impostor. Se dejó de hablar del asunto porque su canción no se encontraba entre las ganadoras; pero este pequeño y extraño acontecimiento formó parte del día: ese hombre de edad mediana, solo en el salón, que, evidentemente, había acudido a Ballyshannon con una canción escrita a mano que entregó a los jueces y que cantó después, asegurando falsamente que era suya. Lo observé cuando salía del salón de actos y ya no lo volví a ver en todo el día.

Pasé el día vagando de pub en pub con Noel, Basil y Marie Claire. Cuando Noel empezó a tocar la flauta en la habitación interior de un pub se le unió un violinista; los dos tocaron un rato hasta que se les unieron otros dos y empezó una verdadera sesión. Entonces salí a dar un paseo por el lado occidental del pueblo, donde el Erne desemboca en el mar. Atardecía, pero había aún mucha luz porque la mayoría de las nubes se habían disipado. Unos cuantos kilómetros más allá, en la costa, estaba Bundoran, el lugar de veraneo frecuentado por los católicos del Norte. Y más allá el océano Atlántico... y la próxima parroquia, Norteamérica.

A la mañana siguiente le dije al hombre del quiosco de periódicos, al otro lado del puente, en Ballyshannon, que quería ir andando a Garrison, en el Norte. Me indicó la carretera, y me dijo que fuera hasta Belleek y después torciera a la derecha. Yo le dije que quería caminar por una carretera secundaria donde no hubiera mucho tráfico.

«La carretera no tendrá mucho tráfico», me contestó. La carretera conducía directamente al Norte. Dos *Gardaí* detenían los coches. Subí por la colina al otro lado del pueblo y empecé a caminar hacia Garrison pasando por Lough Melvin.

Era un día gris y las montañas, frente a mí, estaban cubiertas de neblina. Evidentemente, iba a llover. Estaba solo otra vez. Basil había ido a reunirse con su mujer y su hijo en Fermanagh, Noel y Marie Claire habían regresado a Belfast, pero aquí estaba yo en medio de campos cubiertos de cardos; los campos estaban separados por paredes de hiedra seca, algunos habían sido segados para el ensilaje, otros se habían dejado allí, como si sus dueños los hubieran abandonado. Todo a lo largo de la carretera se veían bungalós recién construidos, junto a casas abandonadas.

La mayoría de los bungalós habían sido diseñados conforme a las ilustraciones de un libro llamado *Bungalow Bliss*, que sugería planos preestablecidos para setenta variaciones dentro de un mismo plano básico para un bungaló, y esto hacía innecesario el trabajo de un arquitecto.

El autor de *Bungalow Bliss*, Jack Fitzsimons, era miembro del Senado en Dublín. En la introducción se decía: «Durante los primeros cuatro años de mi vida habité en una cabaña, con tejado de paja y dos habitaciones, que mi padre tenía alquilada por dos chelines a la semana. Tenía unos ochenta metros cuadrados. El mobiliario consistía en un banco lleno de porquería y ratas, una mesa, una cama de hierro y unas cuantas sillas. Tenía una puerta delantera y dos ventanas pequeñas. Construida en la ladera de una colina, si es posible imaginarse una posición semejante, se confundía con el paisaje, rodeada como estaba por setos de ligustro, arbustos de espino blanco y árboles. Conservo nostálgicos recuerdos del grillo en la chimenea y del alto techo de paja ennegrecido por el humo. Pero hoy en día ni los animales podrían vivir en semejantes condiciones».

El mapa Michelin que yo utilizaba no incluía la mayoría de las pequeñas carreteras que me iba encontrando, pero tenía la impresión de que, si seguía caminando en línea recta, llegaría a Lough Melvin. Sabía que me iba acercando a la frontera porque la carretera por donde andaba empezaba a empeorar; la superficie estaba en malas condiciones. Me senté un rato mientras escuchaba las noticias de la una y media en mi pequeña radio. El IRA había matado a tres soldados de la RUC en Newry; James Molyneaux, el dirigente del Partido Unionista Oficial había pedido a Inglaterra que cerrara la frontera.

De repente apareció el lago. Podía divisar las aguas tranquilas a la luz apagada y grisácea. El terreno era ahora en su mayor parte pantanoso, pero los setos se desbordaban en una vegetación exuberante. Conforme avanzaba, pude ver el perfil de las montañas en la otra orilla. Las cimas desnudas y agrestes. Espesos macizos de árboles crecían en una isla en Lough Melvin. No pasó ningún coche ni me encontré con nadie en la carretera. Nubes oscuras se cernían aún sobre mi cabeza. La carretera se fue estrechando hasta convertirse en un sendero. Un arroyo que fluía hacia el lago tenía el color de té cargado. Al acercarme al lago, cambió del gris, que reflejaba el del color cielo, al marrón oscuro de sus propias aguas.

En la frontera vi que un inmenso bloque de cemento con las consabidas barras de hierro mohoso había sido colocado en un puente; volar el cemento suponía volar también el puente. Entre esta losa de cemento y la siguiente la carretera se había desintegrado totalmente en puro barro; hice lo posible para no resbalar y caer en él al entrar en el Norte. El camino estaba bordeado de árboles cuyas ramas colgaban desordenadamente sobre él y se tenía la clara impresión de que nadie había pasado por allí hacía mucho tiempo. Pasé por una cabaña abandonada.

Subí por una avenida que conducía a la primera casa

que vi, en el lado izquierdo de la carretera. Al principio tuve miedo, pero me tranquilicé cuando vi la bandera tricolor en una ventana del piso superior. Al acercarme, varios perros corrieron hacia mí y me rodearon, me cortaron el paso. Miré todas las ventanas de la casa, esperando ver una cara, pero no apareció nadie. Conseguí seguir adelante, con los perros pisándome los talones, ladrando todavía, impidiendo que me acercara más. Finalmente, un hombre joven, con acento inglés, se asomó a la ventana. Salió al patio y llamó a los perros.

Estaban pintando la casa, me dijo, pidiéndome mil perdones al tiempo que me invitaba a tomar una taza de té. En la cocina había un hombre más viejo. Les expliqué mi misión y me dieron la impresión de que la consideraban factible. Explicaron que la zona era nacionalista, con algunas excepciones, excepciones a las que habían destruido las casas a fuerza de bombas, al iniciarse las *Troubles*. En el lugar de paso de la frontera se libró una larga batalla. Hubo un momento en que la gente de la localidad había traído contratistas de todas partes del país, en mitad de la noche, para volver a abrir la carretera y, durante algún tiempo, la gente pudo cruzarla en coche con libertad. Más adelante, después del asesinato de un hombre de la RUC en Enniskillen, volvió otra vez el ejército y añadió cemento al puente, haciendo eficaz, de esta manera, el bloqueo de la carretera, y difícil de eliminar.

Dijeron que Garrison solía ser un pueblo de mucho movimiento en la estación turística: la pesca en Lough Melvin era abundante, pero el IRA había destruido los hoteles y Garrison era ahora un pueblo fantasma. El hombre más viejo me contó que hacía veinte años había treinta y una casas, y que ahora no quedaban más que siete. La gente emigraba.

¿Qué me interesaba saber?, me preguntaron. No, contesté, era suficiente. Los dos estaban de acuerdo en que en el camino hacia Garrison había una mujer que yo debía visitar, merecería la pena, era una mujer muy interesante. Aunque su padre y su marido habían sido miembros del ejército británico, nunca se le había hecho ningún daño, ni se le haría. Compraba en las tiendas católicas de Garrison y daba empleo a los católicos. Por esta razón, se había ganado el respeto de la gente. Me dieron instrucciones sobre cómo llegar a su casa, que estaba en una isla en el lago, con un paso elevado que permitía el acceso desde la costa. La casa merecía la pena, dijeron. Lo más probable era que no le importunara mi visita.

Seguí sus instrucciones y bajé por una larga avenida bordeada de árboles. La vegetación era frondosa y sólo de vez en cuando me daba cuenta de que iba caminando por una carretera elevada. Una barca pequeña estaba anclada en la orilla del lago y parecía haber un bosque frondoso detrás de la casa.

La casa era modesta, con el exterior de madera, esmeradamente pintado, y con grandes ventanas. Pasé por una habitación pintada de color rosa fuerte, con una cama pequeña y unos barcos pintados en la pared. En el otro lado había un porche y la puerta principal estaba abierta de par en par. Llamé al timbre pero no parecía haber nadie en casa. Los jardines estaban muy cuidados y cuando hube andado unos cuantos metros hacia el bosque me encontré con el jardinero, que me dijo que la señora de la casa estaba fuera y volvería al día siguiente. Yo me quedé mirándole, debía de ser uno de los empleados católicos de que me habían hablado. Le pregunté si Garrison estaba lejos y me contestó que sólo a unos pocos kilómetros. Había empezado a llover, pero pasado aproximadamente un kilómetro escampó. No obstante el cielo estaba aún oscuro y era evidente que volvería a llover.

La carretera empezó a mejorar. Vi una pequeña casa de campo rodeada de una chatarra de coches que estaba también esparcida por la carretera. El propietario de la casa, que se ganaba la vida con la compra y venta de la chatarra, me dijo que ya no iba a Garrison a tomar un trago. Aunque era más caro en Ballyshannon, prefería ir allí. Había más tranquilidad, añadió. Dijo que Garrison estaba dando las boqueadas; dos de las carreteras que llevaban al pueblo estaban bloqueadas; ¡y solía ser un próspero pueblecito! Un puñado de niños salió a mirarme: eran los más pequeños; tenían diez años.

Cuando me acercaba a Garrison vi una máquina que cortaba setos y los almacenaba. Olía a hierba cortada y una nube de mosquitos revoloteaba en torno a mi cabeza. Pasó un hombre con un tractor, pero aparte de eso no había ningún tráfico.

Garrison estaba sumido en un profundo sueño. Entré en el primer pub que vi, que estaba desierto. El hombre de detrás del mostrador se incorporó, me miró de arriba abajo y me preguntó qué quería beber. Sirvió la pinta lentamente, mirándome con recelo. Le dije que venía andando desde Ballyshannon y que ahora buscaba un lugar donde alojarme. Pregunté si sabía de alguno. Sí, sí sabía, me contestó, había uno justo al otro lado del río, un sitio completamente nuevo, construido por el Consejo del Distrito de Fermanagh; una especie de hostal para caminantes.

Cuando terminé la bebida me levanté y crucé el puente. Inmediatamente detrás, había un café. Vi a un hombre desgarbado y rubio, que tendría menos de treinta años, y a una mujer de piel oscura, que parecía egipcia. Tenía en su regazo a un niño, y estaba sentada a una mesa.

El hostal acababa de abrir. Me dijeron que podía cenar allí y que, si tenía ropa húmeda, podía hacer uso de un cuarto especialmente reservado para secarla. Todo el edificio estaba cubierto por una alfombra gris nueva. Arriba, en un dormitorio grande y de techo alto, había edredones en todas las camas y sábanas de color rojo. El hombre rubio se presentó como Edwin y me dijo que había agua caliente a todas horas; me dio una llave por si volvía tarde. Su mujer, que era iraní, iba a hacer un *goulash* vegetariano para cenar. Podía compartirlo con ellos si lo deseaba. Sólo había otra persona en el hostal.

Era lo último que esperaba encontrar en Garrison. Un

edificio especialmente diseñado para ser un hostal, con instalaciones para caravanas y camping, con un motivo decorativo en gris y rojo por todo el hostal, con dormitorios más pequeños para familias y más grandes para hombres y para mujeres. Su mujer y él, dijo Edwin, eran miembros de la religión Bahai, así que el asunto de ser católicos o protestantes no les importaba. Le pregunté cuántas veces le había preguntado la gente si era protestante Bahai o católico Bahai. Me contestó que la gente se lo preguntaba a menudo y que a todo el mundo le parecía una broma divertida. Añadió que había estado en el colegio en Portora, así que supe que era un protestante Bahai.

Fui a ver a uno del pueblo, un granjero católico. Sus hijos iban en autobús al colegio católico de Enniskillen. Se acordaba de Garrison como un pueblo concurrido en la estación de la pesca. Había dos hoteles, uno había sido destruido por una bomba del IRA, el otro había sido incendiado. Hubo también otro hotel, destruido por el IRA. Los pescadores que acudían todos los años eran en su mayoría ingleses y una vez que las *Troubles* empezaron, no volvieron, así que no merecía la pena reconstruir los hoteles. Sentía una gran curiosidad acerca del hostal; había oído decir que lo dirigía un «protestantito». Yo le dije que Edwin era miembro de la religión Bahai. «Para la gente que vive por aquí, es simplemente un protestantito», me contestó. Añadió que algunos de la localidad se sentirían ofendidos de que un empleo como ése se le hubiera dado a un protestante.

Yo comenté que no había visto ni al ejército británico ni a la policía en la carretera. Me dijo que ya no venían por la carretera, la zona era demasiado peligrosa. Venían en helicóptero. Añadió que en esta zona había divisiones muy estrictas entre católicos y protestantes. Si se ponía en venta un terreno católico, no se les permitiría a los protestantes que pujaran por él en la subasta, y viceversa. Pero a pesar de todo, las granjas eran cada vez mayores. Cuando emigraban los dueños, los vecinos compraban el terreno.

Los niños estaban sentados en el cuarto de estar, escuchando, tratando de mirar un programa de televisión. Tomamos té y bollos.

A mi anfitrión lo habían traído aquí. De joven, pensó que los tiempos iban a ser siempre duros. No se imaginaba entonces la relativa prosperidad en que ahora vivía, la comodidad de un bugaló con buena calefacción, la granja más extensa, las subvenciones, el autobús que llevaba a los niños a la escuela secundaria. Se echó hacia atrás en su sillón y meneó la cabeza con un gesto de asombro al pensar cómo habían cambiado las cosas.

Me dijo que al sacerdote local no le gustaba el nombre de Garrison. Le sonaba demasiado inglés. Así que trató de cambiarlo a Devinish pero no lo consiguió. En su lugar le dio el nombre de Devinish al equipo local de fútbol.

A la mañana siguiente llamé por teléfono a Mrs. Gregory, la señora que vivía en la casa en la pequeña isla a donde había ido el otro día. La señora Gregory me invitó a comer, así que volví sobre mis pasos en dirección de Ballyshannon hasta que llegué a la puerta que daba al paso elevado.

La señora Gregory poseía información sobre Garrison. Había llegado por primera vez con su padre, hacía ya cincuenta años, para pescar. La pesca era fantástica entre las dos guerras. Todos se conocían, venían al mismo hotel en la misma época del año y por la noche, mientras estaban tomando unas copas antes de la cena en el bar del Hotel Casey o en el de McGovern, todo el pescado cogido aquel día se exhibía en la mesa. Las cosas eran entonces diferentes. Si cogías un pescado particularmente bueno, te lo podían empaquetar y enviar a Inglaterra y la oficina de correos era tan eficiente que el pescado llegaría a su destino aún en perfectas condiciones para consumirlo. Ahora no se podía hacer eso.

Los *gillies*—muchachos que ayudaban a los que venían a pescar—eran entonces también baratos. Eran del pueblo y conocían de arriba abajo Lough Melvin; si conseguías emplear a un buen *gillie*, te llevaría a los sitios donde la

93

pesca era mejor. Ahora los *gillies* cobraban una fortuna. El hijo de la señora Gregory llegó y se sentó a comer con nosotros. Bebimos cerveza y comimos fiambre con excelente aliño. Estaba encantado con la descripción de Garrison en la década de 1930, que parecía haber salido directamente de una novela de Somerset Maughan o J. G. Farrell. Sí, las cosas habían cambiado, reiteró la señora Gregory.

—¡Imagínese usted!—exclamó—. En un concurso de pesca reciente, en Lough Melvin, participaron multitud de pescadores que llegaron en un autobús procedente de Belfast.

Había sabido de fuente fidedigna que el pez ganador no estaba aún completamente descongelado. Nada semejante habría ocurrido en los viejos tiempos.

Trataba de hacer las compras en las tiendas locales. Yo sabía que «locales» equivalía a católicas. Lo que no podía encontrar en esas tiendas lo compraba en Belleek.

Me enseñó la casa. Todas las habitaciones estaban en perfectas condiciones. Había flores por todas partes. Alquilaba la mitad de la casa a pescadores en diferentes épocas del año y lo hacía en régimen de cama y desayuno. Me dio un folleto por si quería volver alguna vez. Yo le di las gracias por la comida, después de lo cual su hijo me acercó a Garrison.

El cielo, de un color gris plomizo que pronosticaba lluvia, parecía estar suspendido sobre el lago cuando yo salí de Garrison en dirección a Rossinver en el Sur. Casi inmediatamente la carretera empezó a empeorar y se convirtió en un sendero estrecho y fangoso, lleno de charcos, lodo y fango. Pronto me encontré con el panorama al que ya me había acostumbrado: la enorme y pesada losa de áspero cemento con las barras de hierro irguiéndose hacia el cielo. Garrison estaba separado de su *hinterland* por dos partes; no era sorprendente que el pub estuviera tan desierto.

La carretera se había deteriorado debido a la falta de uso y tuve que andar mucho tiempo hasta que la superficie fangosa se convirtió en algo más sólido. Los campos de alrededor estaban abandonados, con macizos de juncos creciendo desordenadamente y una sensación de que en cualquier momento te ibas a hundir en ciénagas. Las montañas en el lado opuesto del lago tenían un color verde oscuro y el lago estaba ahora encrespado; se había levantado viento. Vi dos coches aparcados a la entrada de un bungaló desde cuyas ventanas superiores se disfrutaba de una vista perfecta del lago. Un hombre salió a recoger unas botas de agua del maletero de uno de los coches. Tenía el aspecto de un hombre de la ciudad que había venido al campo, un hombre que venía para pasar unos días de vacaciones pescando.

Desde donde yo estaba podía oír el alboroto de los niños gritando a lo lejos; daba la sensación de que se estaba celebrando un partido de fútbol. Bajé por un sendero hasta el lago, donde había una playa pequeña, mezcla de grava y de arena, y unos treinta niños de piel blanquecina chapoteando en el agua. Sólo dos o tres nadaban. Los demás estaban allí de pie, tiritando bajo el inclemente gris del firmamento. Miré a lo largo de la costa e inmediatamente me di cuenta de lo que pasaba. Clases de natación. Los dos hombres que estaban mirando a los bañistas tenían la apariencia de maestros o instructores de juventud. Los muchachos que estaban nadando tenían un instructor a su lado, mostrándoles los movimientos requeridos. El resto estaba simplemente de pie, en el agua helada, esperando su turno. Sus cuerpos eran blanquecinos; la escena carecía de color, el cielo gris, el lago gris, la grava y las pálidas espaldas de los niños, metidos en el agua hasta la cintura, grises también. Pasé por las viejas ruinas de una iglesia al extremo de la playa en mi camino de regreso a la carretera.

Rossinver consistía en un pub, una tienda, una estafeta de correos, un surtidor de gasolina y un puñado de casas. Compré una tableta de chocolate en la tienda y tiré hacia la izquierda al salir del pueblo. Estaba ahora en el condado de Limerick, en la carretera a Kiltyclogher, ascendiendo una empinada colina. No se veían coches en la carretera, excepto un coche de la *Garda* y dos camionetas del ejército que pasaron en dirección contraria. La semana anterior el *Taoiseach*, o primer ministro, Garret FitzGerald había venido a Leitrim a animar a los de la localidad a que plantaran árboles. Los árboles se habían convertido en Leitrim en un tema profundamente emotivo a medida que los inversores privados se habían dedicado a comprar terreno para repoblarlo.

Granjeros cuyas familias habían cultivado durante generaciones parcelas de diez o doce hectáreas estaban consternados al ver que sus vecinos habían vendido terreno, y que la granja contigua a la suya se iba a convertir en un bosque. El terreno era malo—probablemente el peor del país—, pero la tierra era la mejor de Europa para el cultivo de la pícea o falso abeto. El rendimiento y la modernidad exigían que se utilizara el terreno para la explotación forestal. Pero la historia y una básica humanidad exigían que las familias permanecieran en la tierra, que cada fragmento de ella fuera un fragmento de su patrimonio, para que hicieran uso de él los pequeños granjeros.

Caminé a lo largo del terreno cenagoso donde unos cuantos almiares famélicos estaban esparcidos por el campo, a través de un paisaje salpicado de casas abandonadas y extensiones de nuevos bosques. No tenía uno la sensación de que aquella tierra estuviera habitada. La población de Leitrim había disminuido de 150.000 a 27.000 habitantes entre 1841 y 1986 debido a la emigración, la hambruna y ahora la repoblación. Comprendí entonces por qué los bosques se habían convertido en un asunto emotivo. Pensé en la famosa retransmisión del discurso de De Valera el día de San Patricio en 1943, cuando suspiraba por «un país cuyo paisaje estuviera salpicado de casitas acogedoras, cuyos campos y pueblos se regocijaran con los sonidos de la industria, los juegos de niños robustos, las competiciones de jóvenes atléticos y las risas de lindas muchachas, cuyos hogares serían los foros para la sabiduría de una vejez serena. Sería, en una palabra, el hogar de un pueblo que vive la vida que Dios desea para él, la vida que el hombre debe vivir».

Cuarenta años después la carretera entre Rossinver y Kiltyclogher, el corazón de la Irlanda rural, era un testimonio convincente del fracaso de la visión de De Valera, que parecía ahora una broma, un amargo bosquejo satírico. No era un bebedor, pero es probable que hasta él hubiera lamentado el triste sino de los propietarios de las tabernas de Kiltyclogher, justo en la frontera con el condado de Fermanagh. Había seis pubes en el pueblo y cuatro estaban totalmente cerrados por falta de parroquianos, uno se abría los fines de semana y el otro, donde bebí a la salud del pobre espíritu de De Valera, era la única tasca en el pueblo que estaba abierta todo el día. Y tampoco en ella el negocio era bueno durante la semana, según me dijo el propietario.

Uno de los signatarios de la Proclamación de 1916, Sean Mac Diarmada, que fue ejecutado, nació cerca de Kiltyclogher, y había un monumento en conmemoración suya en el cruce de carreteras del pueblo. Su casa, arriba en la montaña, era también un monumento, me dijo el hombre detrás del mostrador; se la había conservado para la posteridad, pero el hombre que tenía la llave no vivía ya allí. Encontraba muy extraño el conservar para la posteridad la cabaña del patriota mientras las casas de las gentes de la localidad se estaban derrumbando. La gente se iba marchando, no solamente gente joven, sino familias enteras. Ni siquiera se preocupaban de poner sus casas en venta; simplemente las abandonaban, y las casas se derrumbaban poco a poco.

Dijo que ya no había comercio con el Norte. Habían volado el puente que conectaba el Norte con el Sur en las afueras del pueblo y no quedaba más que una pasarela. En el curso de los años explotaron unas cuantas bombas en Kiltyclogher. El salón de baile local fue víctima de una de ellas. No sabía quién había sido el responsable. La falta de comunicación al Norte no sólo afectaba al comercio, también influía en el destino de los granjeros que tenían tierras en ambos lados. Ahora tenían que viajar treinta kilómetros en coche para llegar a un terreno que estaba sólo a tiro de piedra en la otra margen del río.

Era más fácil vivir en el Norte, «les pagan por vivir allí», añadió, refiriéndose a las subvenciones disponibles al otro lado de la frontera.

El cielo se fue despejando a última hora de la tarde. No había llovido. Pasé por el monumento a Sean Mac Diarmada y anduve hacia el río. Me di cuenta de que había tomado la dirección equivocada; no había pasarela. Cuando miré el río pensé que sería fácil cruzarlo, con animales o un jeep. Había un coche aparcado junto a la pasarela, el dueño lo había dejado y se había ido andando al otro lado. Habían volado el puente.

Entre el río y la carretera había un largo y solitario sendero. Aunque eran más de las seis y media, salió el sol. El ambiente era templado y sereno. En la carretera vi a un hombre que se dirigía hacia mí. Su presencia me intranquilizó, la soledad del lugar me ponía los pelos de punta, estaba cansado y lamentaba no haberme quedado en Kiltyclogher a pasar la noche. El hombre se dirigía hacia mí de una manera que me pareció deliberada y de mal agüero. Pensé en dar media vuelta. En su lugar, mantuve la mirada fija en él. «Llueve con frecuencia», dijo, al pasar. Tenía el aspecto de un joven amante salido de un poema de Thomas Hardy. Seguí caminando hacia la carretera avergonzado de haber sido tan cobarde.

La carretera estaba bien pavimentada, y los campos eran más extensos. La tierra era mejor que la del Sur, y también había bosques, a intervalos, a lo largo de la carretera. En un campo junto a un bungaló nuevo vi a un hombre esparciendo una especie de herbicida. Hablé un momento con él acerca del tiempo y de las subvenciones que se concedían en el Norte. Me dijo que había una casa de huéspedes antes de llegar a Belcoo, a unos siete u ocho kilómetros. Le pregunté si tenía algún terreno en el Sur y me contestó que sí. ¿Y cómo llegaba a él? ¿Tenía que dar la vuelta por Belcoo y Blacklion, como había dicho el hombre del pub? No, dijo, había un arroyo más allá del viejo puente en Kiltyclogher y era posible cruzarlo en coche, así como con animales. Le describí el angosto canal de agua con que me había topado al tomar la dirección equivocada. Me dijo que sí, que ése era el arroyo al que se refería.

La calma había descendido sobre el campo, alumbrado sólo por la luz del sol poniente. Me dolían los pies y la espalda, y estaba distraído, pensando en otra cosa, cuando tuve la primera visión fugaz de Lough Macnean. Centelleaba a la luz del sol. El cielo era ahora azul, con unas pocas nubes blancas en el horizonte. Todo relucía, algo extraño después de los tonos grises del día, ese cielo de mal agüero bajo el que había caminado.

Súbitamente, experimenté una inmensa sensación de alivio. No podía dejar de contemplar, a mi alrededor, la manera en que la luz se posaba en la tierra, la forma en que el calor del cielo intensificaba el azul del lago. Seguí andando hacia Belcoo, sin hacer caso de las direcciones que me habían dado para llegar a la casa de huéspedes. No quería pararme. Estaba absorto ante el placer de todo lo que me rodeaba: el cansancio, la calma de la tarde, el lago, la resplandeciente claridad. Se me aguzaban los sentidos, mis ojos notaban los cambios de luz.

6

Enniskillen y el sur de Fermanagh

El día era desagradable y desapacible, día de niebla y llovizna. Desayuné en mi pensión, en Blacklion, abrí la puerta y contemplé el lago que tenía frente a mí, pero no logré revivir el placer de la noche anterior. Era deprimente. Winston Churchill estaba equivocado cuando se refería una y otra vez a los «sombríos campanarios de Fermanagh»; los campanarios eran una profusión de color y animación comparados con la monotonía de los lagos. De pie en la puerta de la pensión, contemplé la diferencia entre las zonas superior e inferior de Lough Macnean, que se encontraban en el puente entre Blacklion y Belcoo. Era un día gris. No tenía ganas de ir andando a ninguna parte.

Volví a entrar en la casa y le pregunté a la hija del propietario a qué hora salía el autobús para Enniskillen.

—Aquí no se utilizan autobuses—me contestó.

—¿Y qué se utiliza?—le pregunté yo.

—Se dirige usted a los *Gardaí* que están protegiendo la frontera—me contestó—, paran a todos los coches que van hacia el Norte, y les pide que le encuentren uno que esté dispuesto a aceptarlo como pasajero.

Entonces le pregunté si esto no les importaba y ella insistió en que éste era el método normal de transporte para los que no tenían coche propio. Yo quería que fuera ella y les hiciera esta pregunta en mi nombre, pero no quiso hacerlo. Me quedé de pie un rato observando cómo un joven *Garda* y su colega de mediana edad paraban a los coches. Era difícil saber si lo que había dicho la chica era verdad o no. Me podían arrestar por distraer a un *Garda* que estaba cumpliendo con su deber.

Dejé pasar un rato y me dirigí, como quien no quiere la cosa, a los dos hombres vestidos de azul. El más joven, que estaba haciéndole unas preguntas al conductor de un camión, se volvió para mirarme cuando yo le pregunté al más viejo si sabía de alguien que me pudiera llevar a Enniskillen. Al mismo tiempo que el *Garda* de más edad manifestó cierto asombro, el más joven se volvió otra vez hacia mí y me dijo: «Este hombre le llevará a usted a Enniskillen». La chica de la casa de huéspedes tenía razón y proferí tres vítores en mi fuero interno en honor al cuerpo de policía de la República de Irlanda, al dirigirme al asiento del pasajero en el camión.

Me dejó en el mismo centro de Enniskillen. Caía aún una ligera llovizna. Entré en el pub de William Blake y tomé un trago para animarme. Compré un periódico y deambulé por las calles como un hombre que no tiene nada que hacer. Me dolían un poco los pies, pero me encontraba perfectamente. Fui más allá del pub de Blake hasta llegar a un callejón estrecho que conducía a una empinada cuesta.

En la cima había un edificio que, en alguna época, había sido propiedad del ejército. Pasé por delante de una camioneta de color amarillo aparcada. El coche pertenecía al pintor Felim Egan, cuyo estudio estaba en el citado edificio. Entré y subí las escaleras. Llamé con los nudillos a la puerta en el primer descansillo. Oí pasos sobre la madera del suelo, evidentemente sin alfombrar. Lo había molestado; sabía que estaría ahora entregado a su trabajo. Me abrió la puerta, con la expresión de alguien que está pensando en otra cosa. Lo había cogido pintando.

Las ventanas estaban cubiertas con gruesas láminas de plástico. Las luces fluorescentes en la gran habitación de techo alto tenían la misma fuerza que la luz del sol, pero más consistente. Había cuadros nuevos en las paredes. Sus pinturas eran serenas, reflexivas, prudentes, discretas. Tonalidades suaves cubrían levemente el lienzo, y líneas, cuadrículas y arcos rompían esa suavidad, para ser a su vez interrumpidas y volver a aparecer.

Estaba trabajando también en una serie de acuarelas. El gris básico que dominaba en ellas era el mismo gris azulado del cielo de Fermanagh, pero había un espacio en cada una de ellas, como una línea que parecía un río o un relámpago en zigzag, que cruzaba, rasgándolo, el gris de la acuarela. Durante el verano, mientras yo iba y venía, las pinturas que colgaban de la pared cambiaban, unas se las habían llevado a una exposición en el oeste de Cork, otras habían experimentado cambios radicales, y otras estaban aún allí pero se les habían añadido nuevas líneas o cambios sutiles. Felim continuaba pintando acuarelas. Trabajaba también en colaboración con el poeta Seamus Heaney. Heaney le había dado palabras como base de su pintura: Árbol, No árbol, Castaño, Árbol del alma, Árbol de espinas, Árbol de los deseos. Le había hablado acerca de una serie de poemas que estaba componiendo, donde la pérdida de los padres se representaba mediante espacios vacíos en los que se habían erguido ciertos árboles. Le contó que había un árbol en Ardboe, cerca de Lough Neagh, un árbol de los deseos, que la gente visitaba y en el que ponían monedas o medallas religiosas. Pero conforme iba creciendo la corteza el árbol empezaba a rechazar el metal.

Fuimos en su coche a comer al Hotel Killyhevlin. El Erne tenía un color marrón oscuro, lleno de fango. Yo no lo había visto así nunca. «No entiendo mucho de dioses», le dije a Felim cuando salimos después de la comida, «pero creo que ese río es un poderoso dios marrón». Añadí que esa definición provenía de la obra de T. S. Elliot *Cuatro cuartetos*. Esa misma tarde, mientras nadaba en la piscina en forma de L de Enniskillen, Felim pintó otra acuarela con tonos marrones debajo de los grises acostumbrados. La tituló *El Dios marrón*.

Vivía en una casa de tres pisos de estilo victoriano, que

daba al río, con la pintora Janet Pierce y los tres hijos de ésta. Durante mi estancia, dormí en el estudio de Janet, en la parte posterior de la casa.

Rory, el hijo de Janet, iba a la escuela de Portora, un poco más arriba en la calle, y poseía abundante información sobre lo que merecía la pena ver en la localidad. Las dos hijas de Janet parecían observar mis idas y venidas con asombro y curiosidad.

El nuevo teatro de Enniskillen, el Ardhowen, constituía una gran novedad. Lo habían inaugurado la primavera precedente, inauguración a la que asistió la flor y nata de la sociedad local. Un miembro del Sinn Fein, Paul Corrigan, pronunció uno de los primeros discursos inaugurales, parte de él en gaélico. A Corrigan lo habían nombrado presidente del Consejo del Distrito de Fermanagh, con gran consternación de los protestantes de la localidad. «Fue un día funesto», me dijo uno de ellos.

La mayoría católica de Fermanagh había sido siempre una espina clavada en el corazón de los unionistas, por no decir algo peor. En una reunión en Enniskillen, en el mes de abril de 1948, el miembro unionista del Parlamento, E. C. Ferguson, dijo lo siguiente: «La mayoría nacionalista en el condado de Fermanagh... es de unas 3.604 personas. Yo le pido a esta junta que autorice a su comité ejecutivo a que adopte los planes que sean precisos y tome las medidas necesarias, por muy drásticas que sean, con el fin de eliminar esta mayoría nacionalista».

La huelga de hambre de 1981 le granjeó al Sinn Fein el acceso a la política; Bobby Sands ganó un escaño en su distrito electoral; después de su muerte, su secretario electoral, Owen Carron, ganó su escaño. El Sinn Fein se ocupaba ahora de consolidar su posición. El Sinn Fein y el SDLP colaboraban en la gestión de la administración local en Fermanagh. Se colocó un busto de Wolfe Tone, el dirigente de los Irlandeses Unidos en la rebelión de 1798, en la cámara del Consejo. Todos los miembros del Sinn Fein, seis en total, habían prometido su apoyo a la campaña de violencia del IRA. A la RUC y al UDR, algunos de cuyos miembros habían sido víctimas del IRA, esto los situaba en una posición extraña, así como lo fue para los unionistas, que trabajaban para el Consejo, que tenían que verse cara a cara con los de Sinn Fein y recibir instrucciones de ellos.

Una ventaja de la posición de poder del Sinn Fein en la provincia de Fermanagh era el que los edificios del Consejo estaban a salvo de los bombardeos del IRA. Diez años antes, un hostal en Garrison habría sido volado por el IRA, ahora estaba eficaz y legítimamente controlado por ellos mismos. Del mismo modo, el nuevo teatro de Enniskillen, diseñado por un arquitecto de Derry, no estaba ya a merced de las bombas del IRA.

El teatro daba al río Erne, en el mismo lugar en que solía estar el puente del viejo ferrocarril. Estaban proyectando en el teatro un ciclo de películas, entre ellas *The Damned* de Visconti, que yo había visto ya. La película evocaba la progresiva corrupción de todos los valores, cuando la historia pierde el control en Alemania, arrastrando en su corriente tanto a los débiles como a los poderosos. Fui a verla con Janet y Felim.

Temíamos llegar tarde y ya les había contado el principio de la película, el resplandor anaranjado del acero que se fundía en la fábrica donde se iban a hacer armas para Hitler, la secuencia inicial, pero no hubiera habido necesidad de hacerlo, porque la película empezó tarde. Había una buena razón para esto y es que sólo acudieron otras dos personas al teatro, que tenía aforo para trescientas. El atractivo de Visconti había dejado impasible al pueblo de Fermanagh. Hasta el pub de Blake, a donde fuimos después de la película, estaba desanimado.

La historia había hurtado a Fermanagh su vitalidad; una y otra vez experimenté esta sensación en las calles de Enniskillen, fuera de las horas en que estaba abierto el comercio. No había nadie en la calle. Era como una ciudad en las primeras horas de la mañana, antes de que empezara a repartir el lechero. Nunca se veía en Enniskillen al ejército británico, la RUC estaba encargada de la protección de la ciudad. Caminaban con rifles en los hombros, de arriba abajo de la calle, por delante de la casa de Janet y Felim.

Una mañana lluviosa Felim y yo fuimos en coche, carretera principal abajo, a Florencecourt en busca de las cuevas de Marble Arch. Estaban abiertas al público por cortesía del Consejo del Distrito de Fermanagh, que se había beneficiado de las generosas subvenciones de la Comunidad Europea para la restauración de centros de interés turístico.

El aparcamiento estaba lleno; nos unimos a la cola que se había formado en el interior en espera de nuestro turno para la visita con guía. Incluido en el precio de la entrada estaba un mapa del terreno subterráneo. Nos llevaron a donde la roca empezaba a estar resbaladiza, casi frágil, al lugar donde el aire era frío y húmedo. Nos sentamos en una barca y un guía nos condujo navegando bajo tierra, mientras nos contaba bromas a las que parecía ser aficionado. Las cuevas estaban bien alumbradas. Parecía inconcebible que los submarinistas hubieran llegado hasta aquí sin luces. Procuré no pensar en ello y me concentré en la singularidad de las cuevas, en cómo las formaciones rocosas se asemejaban a ciertos objetos, en cuánto se parecía todo ello a una colección de extraños órganos genitales medio fundidos.

El río subterráneo crecía mucho en el invierno, de manera que las cuevas sólo se podían abrir en el verano. El guía nos condujo por un sendero llamado de Moisés, un corredor excavado alrededor del estanque, donde el agua estaba al mismo nivel que la parte superior de los muros laterales. La roca por encima de él se reflejaba con absoluta claridad en las aguas tranquilas y muertas. El agua estaba totalmente inmóvil. Algunas veces se abrían paso los peces, pero la oscuridad los afectaba; el guía decía que su color no les servía de nada. La piel de la trucha parda, por ejemplo, había perdido aquí su pigmentación y el pez parecía blanco, como un alma en pena que vagaba por la oscuridad, sin descanso, sin compañía, sin paz; su pequeña y perpleja conciencia husmeando de un lado a otro en las aguas tranquilas de las cuevas de Marble Arch.

Yo no quería quedarme allí mucho tiempo; el terror de sentirme atrapado no me abandonaba un instante y sentí un gran alivio cuando salimos a la luz del sol. En el mundo exterior seguía lloviznando. Felim quería ir a la isla de Boa en Lough Erne para ver la estatua que yo no había visto durante nuestro paseo en barco por Lough Erne.

Él había estado ya en la isla de Boa, así que sabía dónde encontrar la estatua. Yo solo no la habría encontrado jamás. Un puente conectaba la isla con la tierra firme; un pequeño letrero de madera indicaba dónde se hallaba el cementerio de Caldragh. Llovía. La estatua, esculpida en arenisca de color rojo pálido, estaba sentada entre la vegetación, tenía una vívida y ligeramente feroz expresión en el rostro. Databa de la era precristiana, estaba ya aquí antes de que llegaran los monjes, los santos, los eruditos, las altas cruces y las iglesias en ruinas. Su silueta achaparrada estaba sentada en un feo plinto de piedra entre la hierba crecida, las tumbas y los endrinos.

Había también una efigie al otro lado; era una cabeza de Jano, una espada de dos filos. El lado orientado hacia Enniskillen, mal conservado, hacía que su mirada fuera más intensa y como herida. Daba la impresión de que, si te aventurabas hasta aquí al anochecer, podría o bien devorarte o bien hacer que se cumplieran los prodigios que desearas.

Contemplamos estos vestigios del pasado céltico. Había una figura más pequeña, de pie junto a la cabeza de Jano; alguien había pintado en ella ojos y boca; era evidente que a la persona responsable de tal acción no le sonreiría jamás la fortuna.

Felim estaba trabajando con intensidad en su colaboración con Seamus Heaney. Le pidió al poeta que le escribiera un verso a mano; pensaba borrarlo, tacharlo y dibujar sobre él. Fue en coche en busca de ciertos árboles y los dibujó a lápiz. Se marchó a Dublín a hablar con Seamus Heaney y regresó con los nuevos poemas que éste había escrito, sobre árboles y una introducción para el catálogo:

> *I thought of walking round and round a space*
> *Utterly empty, utterly a source*
> *Where the decked chestnut tree had lost its place*
> *In our front edge above the wallflowers.* *

El catálogo para conmemorar la primera etapa de la colaboración estaba ya en la imprenta; los cuadros, incluidas las nuevas acuarelas, se iban a exhibir en el Teatro Ardhowen, donde Seamus Heaney leería los nuevos poemas.

Aquella tarde di una vuelta por Enniskillen y entré en el pub de Blake para tomar un trago. El escritor John McGahern estaba sentado en el bar. En el caso de que Seamus Heaney no se hubiera presentado, John había aceptado actuar en su lugar. Le dije que Heaney había llegado, porque lo acababa de ver en casa de Janet y Felim. McGahern pareció sentirse aliviado y se tomó una copa.

McGahern vivía al otro lado de la frontera, en una casa pequeña y remota que daba al lago. Enniskillen era para él una especie de capital. Conocía bien el pub de Blake. Había sido su dirección postal en la época de la larga huelga de correos en la República en la década de 1970. Conservaba aún una partida del whisky que tenía el propio Blake de hacía 25 años y que él, McGahern, había ido

---

*Pensé en dar vueltas y más vueltas en torno a un espacio / totalmente vacío, totalmente una fuente / donde el castaño engalanado había perdido su lugar / en nuestro seto delantero, por encima de los alelíes.

comprando en el transcurso de los años. A Blake no le quedaba. Lo probé una vez en casa de McGahern: era como seda. Había escrito tan bien, con tal precisión y detalle, acerca de ese mundo inmediatamente al sur de la frontera, que sus obras eran casi más reales que los lugares en sí. Era ésta una época en que la policía no tenía otra cosa que hacer que arrestar ciclistas por no llevar luces, una época en que no había coches en la carretera, cuando el aislamiento y el dolor personal no encontraban alivio en el monolito en que se había convertido el sur de Irlanda .

Un poco antes, ese mismo año, había dado una conferencia sobre Irlanda en los albores de la Independencia: «La verdadera historia de los años treinta, cuarenta y cincuenta está todavía por escribir. Cuando se escriba, se verá que fue un período oscuro, en el que una Iglesia insular, en connivencia con un Estado inseguro, produjo como resultado una sociedad fanática, intolerante, cobarde, ignorante y espiritualmente tullida».

Fuimos al recital de poesía en el Ardhowen. Seamus Heaney estaba de pie en el estrado del nuevo teatro. Lo había oído recitar en muchas ocasiones y observé una vez más la suavidad con que seducía al auditorio, el melifluo acento de Derry, la leve sonrisa. Esta noche parecía estar incómodo, como si le costara más ganarse al auditorio, como si estuviera tratando de explicarse a sí mismo. Hasta los poemas que eligió parecían más difíciles y complejos que aquellos que generalmente recitaba.

Habló acerca del cuadro de Felim Egan, *Hércules y Anteo*, una metáfora de lo que estaba ocurriendo en el Norte. Hércules la fuerza, el poder exterior, Anteo teniendo que establecer contacto con la tierra antes de cobrar fuerza, extrayendo así su sustento y su poder del terreno que le rodeaba. Leyó su poema «Hércules y Anteo»:

> *Hercules lifts his arms*
> *in a remorseless V,*

his triumph unassailed
by the powers he has shaken
and lifts and banks Antaeus
high as a profiled ridge,
a sleeping giant,
pap for the dispossessed. *

Cuando terminó la lectura de los poemas, numerosas personas se acercaron a Heaney para pedirle que les firmara ejemplares de sus libros. Habló con todo el que se acercaba a él, genial, afable, relajado después de la lectura.

Después se celebró una cena a la que asistieron todas las personas implicadas en el acto, que tuvo lugar en el restaurante italiano de Franco. Observé cómo John McGahern se metía en su coche y se marchaba a casa. No era muy aficionado a grandes cenas. Se había convertido, en el curso de los años, en un experto de la tranquilidad. Pasaba una semana o dos en París, en noviembre, y otra temporada en Canadá, en Año Nuevo, pero la mayor parte del tiempo permanecía en su pequeña granja en Leitrim, con su visita semanal a Enniskillen.

Enniskillen era durante el verano un lugar propicio para seguir la suerte del equipo de fútbol de Tyrone. El primer domingo de julio que pasé allí, fui a un estadio en Irvingston, a unos doce kilómetros al oeste de Enniskillen, para ver un partido de fútbol gaélico entre Cavan y Tyrone.

En lo que a la Asociación Atlética Gaélica se refería, Tyrone y Cavan estaban ambos en el Norte—el Ulster original tenía nueve condados—y el ganador de este partido iría a jugar en la final del Ulster. El fútbol gaélico y los partidos de *hurling*—juego tradicional irlandés similar al *hoc-*

---

*Hércules levanta sus brazos / en forma de una V sin remordimientos, / su triunfo inexpugnable / por los poderes que ha destruido / y levanta y aplasta a Anteo / en lo alto, entre sus brazos, como una cresta perfilada / un gigante dormido / papilla para los desposeídos.

key—poseían alicientes superiores a la mera emoción del juego; los partidos eran expresión de la identidad irlandesa de los jugadores y espectadores. A los miembros de las fuerzas de seguridad del Norte, la GAA les prohibía afiliarse a la Asociación o tomar parte en sus juegos: esto era solamente para católicos.

El programa daba el nombre de los condados en irlandés y los espectadores se pusieron de pie para escuchar el himno nacional, *The Soldier's Song,* antes de empezar el partido. Pero la BBC, a pesar de la identidad irlandesa de los jugadores, hizo acto de presencia para retransmitir el juego y se hizo un anuncio oficial de que, para todos los que quisieran verlo otra vez, el partido sería retransmitido a las seis y cuarto esa misma noche, por la BBC de Irlanda del Norte. Pero no era muy probable que alguien quisiera verlo, porque el juego era aburrido y la emoción mínima. Cuando Tyrone sacó ventaja en la segunda parte la multitud empezó a dispersarse; ni siquiera un gol al final pareció interesar demasiado. La impresión general era que Tyrone, a pesar de su victoria sobre Cavan, no iba a llegar más lejos.

Pero la impresión general estaba equivocada. Tyrone iba a ganar la final de la liga del Ulster, derrotando después a los campeones de Connaught, Galway, para situarse en las finales de toda Irlanda. Había muchas esperanzas, aunque al equipo de Kerry con quien se enfrentaron en la final se le consideraba casi invencible. En las entrevistas que se les hicieron más tarde, ese mismo verano, muchos de los jugadores de Tyrone dedicaron el partido a los prisioneros republicanos en Long Kesh. Casi derrotaron a Kerry; durante la primera parte se hicieron los dueños del partido. Habría sido una gran victoria para el Ulster y un gran día para los nacionalistas del Norte, pero la agresividad de los jugadores de Kerry, su asombrosa coordinación y el poder casi mágico de estar en el lugar adecuado en el momento oportuno, les dio la victoria final.

Hacia finales de julio, abandoné los antros de perdición de Enniskillen y tomé un autobús para Blacklion, con un saludo a los dos policías—cuyos colegas me habían encontrado a alguien que me trajera en su coche, al principio de este mismo mes—y tiré a mano izquierda a lo largo de lo que se consideraba una carretera de concesión. Esto quería decir que no había puestos de aduanas o del ejército, pero que ahora estábamos en el Norte y no en el Sur, aunque no hubiera ninguna diferencia aparente.

Había estado lloviendo durante varios días: las negras nubes habían descargado. «La única solución para esto es el taburete alto de un bar», me dijo un hombre. Asentí y seguí adelante. Quedaban más o menos quince kilómetros hasta el próximo taburete alto: el próximo pub; la tarde estaba ya avanzada. Los campos eran mayores y estaban en mejores condiciones que ninguno de los que había visto desde Strabane. Gordas vacas estaban apoltronadas aquí y allá. El rico terreno de pasto alternaba con zonas de turba.

Encontré varios arroyos a mi paso y me di cuenta de que, conforme caminaba hacia el este, el agua era cada vez más clara, con un ligero matiz castaño, y no del color de té bien cargado que había visto antes. Al otro lado del lago había un bungaló construido en la colina, rodeado de árboles, que debía de haber ofrecido una vista de Lough Macnean, superior e inferior. Pasé por una entrada de acceso al Ulster Way, un sendero para auténticos aficionados a andar, personas que disfrutan de la vida al aire libre, el esfuerzo de subir cuestas, el paisaje agreste, los bosques chorreando agua, los senderos encharcados y las aventuras con animales salvajes. Me alegré de que ninguna de estas cosas me agradara, así que seguí andando, esperando llegar al pueblo de Swanlinbar antes de que se hiciera de noche.

El terreno que bajaba hacia el lago en el lado izquierdo de la carretera estaba todavía bien cuidado y era un terreno fértil; el del otro lado conducía a las colinas y parecía pantanoso, como si la lluvia hubiera permanecido en su superficie durante semanas y semanas antes de infiltrarse poco a poco en el subsuelo, donde esperaría pacientemente.

Cerca de Florencecourt me encontré con un hombre que estaba trabajando en la restauración de una vieja escuela. La había comprado por cuatro perras gordas y estaba haciendo él mismo las reparaciones necesarias. Me dijo que había otra escuela vieja un poco más allá. Había dejado de llover y nos quedamos charlando un rato, transcurrido el cual recobré suficiente fuerza para preguntarle quiénes eran los propietarios del terreno. Me contestó que la mayor parte de él era propiedad de los protestantes. Toda la tierra a la izquierda de la carretera estaba en manos de los protestantes. En el otro lado, en los terrenos más altos, las granjas eran católicas, añadió.

Conocía a un hombre que todos los fines de semana pasaba de contrabando por esa carretera un aparato de televisión y lo llevaba al Sur. Era fácil hacerlo—había muy pocos controles en la carretera—; pero un fin de semana lo pescaron y se incautaron del coche y, por supuesto, del televisor.

Me dijo que el pub más próximo estaba en Blacklion, en el Sur, y que, aunque los precios eran más elevados, él iba a menudo. El Sur estaba bien, añadió. Por la manera en que hablaba, imaginé que era protestante. Pero recientemente había estado en un pub donde un hombre de la localidad había entrado a vender *An Phoblacht,* el periódico del Sinn Fein que se vanagloriaba de las hazañas del IRA, y le pidió que le comprara uno. Se sintió un poco violento al tener que negarse a hacerlo.

Los días se iban haciendo más cortos. Dijo que el lugar más próximo donde encontrar una cama era Swanlinbar, pero que quedaban todavía unos diez kilómetros para llegar allí. Oscurecería dentro de una hora. Para entonces yo habría llegado como mucho a la carretera principal entre Enniskillen y Swanlinbar.

Tenía miedo de andar en la oscuridad por dos razones. En primer lugar, no quería tropezar con una patrulla del

UDR. Y, en segundo lugar, había ocurrido una serie de inci-
dentes de importancia en esa zona, relacionados con pea-
tones nocturnos: uno, en el cual fueron asesinados tres
muchachos, había sucedido en un lugar próximo unos días
antes. La gente conducía por carreteras secundarias como
si fueran carreteras principales y conducían en éstas últimas como si no hubiera un mañana. Caminar por la noche
era arriesgarse.

En un poste, vi un cartel que decía. «Adelante a la Victoria: alistaos en los Clubes del Ulster». Conforme avanzaba
el cartel aparecía una y otra vez. Los Clubes del Ulster, for-
mados justamente antes del acuerdo anglo-irlandés, eran
una organización protestante que se oponía acerbamente
al acuerdo. Unos meses después una organización protestante, similar a los Clubes del Ulster, iba a hacer una declaración diciendo que cualquier persona de la República era
blanco legítimo en el Norte. Ahora esa amenaza, aunque
implícita, estaba presente y al acecho, disfrazada con los
ropajes de la retórica de los diversos dirigentes protestantes.

Cuando vislumbré la palabra «Paisley» escrita en letras
blancas al otro lado de la carrretera me di cuenta de que
sería mejor que dejara de deambular en la oscuridad. La
palabra *Paisley* significaba muchas cosas. Comprendí que
aquí, al otro lado de la carretera, en una zona donde la
mayor parte del terreno estaba ocupada por protestantes,
durante los meses de verano y la temporada de las marchas,
en el primer año del acuerdo anglo-irlandés por añadidura, esta palabra tenía un ligero filo de amenaza. Estaba ya
cayendo la noche y yo me encontraba todavía a una buena
distancia de la carretera principal, aunque no sabía con
precisión a cuánta. No se veía ningún coche por la carretera.

Por todo esto me quedé agradablemente sorprendido
cuando vi un letrero que decía «Bed and Breakfast», justo
delante de mí. Mucha gente me había asegurado que no
había en esta carretera ningún lugar donde alojarse. Un

largo sendero descendía hacia una casa nueva y sólida, de dos pisos, que tenía el aspecto de estar bien cuidada, de ser caliente y cómoda. Ni que decir tiene que descendí hacia este oasis y me quité la gorra al tiempo que llamaba al timbre, esperando que los propietarios de él no me tomaran por un vagabundo.

Al abrirse la puerta se podía notar el aire cálido que emanaba del interior. La abrió una mujer joven que tenía el aspecto de alguien cuya salud se había beneficiado de la vida en el campo. Mejillas rubicundas y un cuerpo rollizo y bien alimentado. Pareció satisfecha de poder ofrecerme una habitación para pasar la noche y me preguntó si quería cenar. Yo estaba dispuesto a aceptar todo lo que me dieran. Dijo que había sopa, pollo y verduras, postre y té o café. Le contesté que todo me parecía magnífico y ella me condujo a mi habitación y me indicó dónde estaba el cuarto de baño, si quería hacer uso de él. Me quité los zapatos y me tumbé en la cama. Podía muy bien haberme quedado dormido en el acto, demasiado cansado para comer; el aire pesado de Fermanagh estaba surtiendo efecto. Pero me forcé a levantarme y ver lo que pasaba abajo.

La casa estaba decorada de acuerdo con un canon común a toda Irlanda: alfombras multicolores, cortinas multicolores, papeles pintados multicolores y cuadros multicolores en las paredes. Nadie, rodeado por tanto color, podría recordar a sus antepasados o a sus inmediatos antecesores sin sentir considerable orgullo y satisfacción al ver cuánto habían cambiado las cosas. Se acabaron las cabañas de barro, se acabó el puritano color gris; protestantes y católicos unidos en capa tras capa de infinitos matices, alfombras con dibujos o motivos de cuadros en rojo y amarillo, papeles pintados con largas franjas de azul y dorado, cortinas en brillantes tonalidades de color rosa y blanco. Un derroche, una profusión de color.

Un hombre de Omagh, que estaba haciendo un viaje de turismo con su mujer, estaba hablando de ovejas con el marido de la patrona, un tipo de aspecto jovial que era granjero. Yo me senté en la mesa contigua y disfruté de mi sopa. Entró otro hombre, cuya mujer no se encontraba bien y se había acostado en su habitación. Estaban también en viaje turístico y habían ido a ver las cuevas, como lo había hecho la pareja de Omagh. La casa acababa de abrir sus puertas como Bed and breakfast y el negocio prosperaba debido a su proximidad a las cuevas. Cuando descubrieron que yo era del Sur parecían muy honrados de que alguien hubiera venido de tan lejos a ver las cuevas. Era como estar de vacaciones. Todo el mundo era afable, y estaba relajado y dispuesto a hablar.

Todos habían estado en el Sur, la mujer del hombre de Omagh era miembro del Instituto de la Mujer, asociación que tenía relaciones fraternales con la Irish Countrywomen's Association, de la que el Instituto era el equivalente protestante. Le dije que mi madre era miembro de la citada Asociación de Mujeres de la Irlanda Rural y esto pareció agradarle.

Eran protestantes y yo estaba encantado de no sentir la menor hostilidad hacia mi acento del Sur, o mi repentina llegada. Lamentaba no saber nada acerca de ovejas y no poder unirme a la conversación. Le hablé a la pareja de Omagh Lough Melvin y de lo hermoso que era el lugar, y parecieron interesados en ello. La patrona y la mujer de Omagh hablaban de los placeres del horno microondas, mientras yo me tomaba mi tarta de manzana con nata.

El té se serviría en la otra habitación, o café, si así lo preferíamos, añadió la patrona. En el rincón había una gran televisión en color. Se estaban retransmitiendo las noticias. Y las noticias eran malas. A un miembro del UDR, que trabajaba a media jornada, le habían asesinado en Belfast delante de su hijo. Había tenido lugar un atentado contra un católico, pero el fusil se había atascado y el hombre escapó milagrosamente.

—¿Dejarán alguna vez de matar?—le pregunté al marido de la patrona

—Nunca—dijo el hombre de Omagh, exhalando un suspiro. Vimos imágenes de la pequeña calle en que había sido asesinado el hombre y oímos a la gente de la localidad describiendo cómo los asesinos habían logrado huir a un barrio católico; después se erigiría un muro para separar a los protestantes de los católicos.

Llegó el té y apagamos la televisión. Ya habíamos tenido bastantes noticias para un solo día. Las mujeres hablaron de comida, de las diferentes maneras de guisar y conservar alimentos, y nosotros escuchamos. No hablé mucho en el transcurso de la tarde. No dije nada acerca de los asesinatos en Belfast. Me sentía extraño, sentado, sin participar en la conversación. Así que cuando la conversación recayó en la sopa de remolacha mencioné que se llamaba *bortsch* y que era polaca

—¡Así es!—dijo la señora de la casa.

Por espacio de un instante la atención de todos se concentró en mí y todos me sonrieron cortésmente. Sin pensarlo un momento añadí:

—Al papa le gusta mucho. Tiene a alguien en Roma que se la prepara.

Todo el mundo bajó la cabeza. Los ecos de un profundo silencio resonaron en la habitación. La patrona, el marido de la patrona, el hombre de Omagh y su mujer, y el hombre cuya mujer no se encontraba bien, palidecieron al oír mis palabras. El papa: había mencionado al papa. ¿Cómo era posible que fuera tan tonto? Estuve a punto de pedir mil perdones por haber mencionado el nombre del papa y decirles que, si así lo deseaban, me iría a la cama en el acto y los dejaría en paz, pero evidentemente eso empeoraría la situación. Continuaba el silencio, interrumpido solamente por la patrona, que preguntaba si alguien deseaba más té. El hombre de Omagh y su mujer dijeron que era hora de que se acostaran, tenían un día muy largo en perspectiva; y el hombre cuya mujer estaba indispuesta dijo que también él se iba a la cama. La patrona retiró las tazas y los platos del té, y yo salí de la habitación sin hacer ruido.

El desayuno la mañana siguiente habría regocijado el

corazón del propio papa, si es que alguna vez tenía ocasión de hacer una visita a Florencecourt. No sólo había tocino, salchichas, huevos y tomate, también había champiñones, un pastelillo de patata y un bollo de harina de avena. Una auténtica fritura del Ulster. La pareja de Omagh se marchó cuando yo estaba terminando, después de haber dejado sus firmas en el libro de honor. Cuando recogí mi mochila y fui a pagar, la patrona había desaparecido, así que pagué mi alojamiento a una chica que estaba en la cocina. El libro de honor estaba todavía en el comedor, así que entré dispuesto a poner mi nombre. La pareja de Omagh había firmado, con sus nombres completos y su dirección. En el recuadro de la nacionalidad, ambos habían firmado «británicos».

No desconocía que los protestantes del Norte se consideraban británicos, pero cuando lo constaté allí, con la tinta del bolígrafo aún reciente, me causó un verdadero impacto. Eran de Omagh, hablaban con acento de Omagh. ¿Cómo podían ser británicos? Al ponerme en camino hacia la carretera principal, después de haber firmado como irlandés, me di cuenta de que los carteles de «Adelante a la Victoria; Alistaos en los Clubes del Ulster» estaban todavía en los postes, y de que un helicóptero del ejército británico revoloteaba sobre nuestras cabezas. Me di entonces con la mía contra la pared por haber mencionado al papa. Y por añadidura por haberme sorprendido de que la pareja de Omagh se considerara británica.

Era una mañana luminosa. Observé una bandada de cuervos en un tremedal. Los campos estaban ahora encharcados, después de la lluvia, y los granjeros estaban desesperados. Llegué a la carretera que llevaba al Sur y me encontré con un viejo que me dijo que el sol no duraría mucho y que pronto empezaría a llover. Conforme caminaba tranquilamente a lo largo de la carretera, que era estrecha y estaba mal asfaltada, aparecieron otra vez las nubes oscuras. Iba a volver a llover. Pasaban por mi lado camiones a velocidad vertiginosa.

En el puesto fronterizo británico estaba apostado un soldado con el rifle apuntado hacia el suelo.

—Mal tiempo, señor—me dijo.

—La vida es dura—repliqué.

—No, no lo es—rió, con una sonrisa medio amarga—. No, no lo es, señor.

Había jeeps del ejército irlandés aparcados delante de la comisaría de la *Garda* en Swanlinbar. El pueblo consistía en una larga calle llena de tascas, que llevaba a otra calle donde había más tascas. El Swan Luxury Lounge, Bridge End, Cullen's Bar and Lounge, Breffni Bar. Después seis pubes en fila india, uno junto a otro, sin el menor intervalo: Claddagh Loung, Greyhound Bar, The Welcome Inn, Bar en venta, Young's, Talk of the Town. Había también un bar, un poco más abajo, llamado O'Luinigh, y en el lado opuesto de la calle otro que no tenía nombre, y otro más cerca de la frontera llamado The First and Last. Decidí entrar en el Swan Luxury Lounge. Durante un buen rato fui el único parroquiano, hasta que llegó un granjero y pidió una botella de Guinness. La conversación que siguió trató del tiempo, del hecho de que los campos estaban anegados y de que el pronóstico del tiempo anunciaba más agua. Dijo que había granjeros que estaban de deudas hasta el cuello desde el año pasado. El año pasado fue un desastre y este año iba a ser peor, añadió. Muchos hombres iban a arruinarse si el tiempo no mejoraba. La mujer, detrás del mostrador del bar, asintió manifestando compresión. Yo hice lo mismo.

Salí a la calle en este pueblo de bares y tascas, algunas de ellas cerradas y otras en ruinas, hasta llegar a The First And Last, que parecía ser el pub más acogedor del pueblo, con un sofá y sillones en el rincón, mesas bonitas, sillas cómodas y flores recién cortadas por todo el local. La mujer que estaba en el mostrador me contó que el pub solía hacer negocio los fines de semana y que los domingos había buen comercio con gente procedente del Norte. Pero, aclaró, tan sólo doce personas eran suficientes para considerar que era una buena noche. La frontera y el aumento de los precios tenían una gran repercusión en la situación. Le pregunté sobre la carretera a Derrylin y me contestó que estaba cerrada al tráfico, pero que creía que podía ir por ella a pie.

Esa tarde regresé hacia el Norte, no a lo largo de la carretera de Enniskillen que acababa de recorrer, sino en una dirección más fácil, hacia Kinawley y Derrylin. Pasé por un vertedero lleno de coches oxidados y bolsas de plástico, conforme la carretera se iba difuminando.

Después del primer enorme bloque de cemento con las consabidas barras de hierro apuntando al cielo, para indicar la frontera, no había ninguna indicación de que hubiera habido una carretera, solamente un diminuto sendero lleno de charcos fangosos y un arroyo, que tuve que atravesar de un salto, seguido por un segundo bloque de cemento y una ciénaga. La carretera, cerrada durante unos treinta años, desde la campaña de la frontera del IRA de la década de 1950, había recobrado su condición agreste. Alguien había puesto piedras para vadear un segundo arroyo, que crucé una vez que logré abrirme paso entre la vegetación en las ciénagas. Un sendero conducía a un campo. Una bandada de palomas se agitó en el aire, asustadas. Era como una escena de una película donde todo está tranquilo y sereno hasta que unas aves se remontan en el aire y entonces sabes que acaba de llegar alguien y que algo va a pasar.

Pero nada pasó, por supuesto, solamente el sonido de un helicóptero en la distancia, y el campo y el sendero. Mi mapa no me servía de nada; juré que lo sustituiría, tan pronto como pudiera, por un mapa detallado del servicio oficial de cartografía. Tuve que preguntar a un grupo de niños que estaban jugando en el exterior de una casa qué camino tenía que seguir para llegar a Kinawley.

Me detuve en una casa y le pedí a un viejo que estaba trabajando en el jardín que me confirmara las direcciones dadas por los niños. Era un día malo, me dijo; era un mal verano.

—¿Cree usted que mejorará?—le pregunté.

—¿No le parece a usted que vamos a presenciar el fin del mundo.

—¿Qué razón tiene usted para pensarlo?

Se explicó. Su madre se lo había oído decir a su abuela; se decía que el mundo se terminaría cuando hubiera carros sin caballos, cuando se encontraran seis ejércitos diferentes en el espacio de un kilómetro y medio, cuando no se percibiera la diferencia entre un hombre y una mujer, cuando no se apreciara la diferencia entre el invierno y el verano. Ya sabía lo que tres de estas cosas querían decir, pero ¿cómo podía haber seis ejércitos en el espacio de un kilómetro y medio? Los enumeró: la RUC, el ejército británico, el UDR, los *Gardaí* del Estado Libre, el ejército del Estado Libre y las ratas de agua.

¿Las ratas de agua? No comprendía qué quería decir. Las ratas de agua, repitió. Los empleados irlandeses de aduanas, me explicó él.

Lo que pasó en Rusia, las explosiones de Chernobyl, eran sólo el principio, añadió. Pronto terminaría el mundo. Mientras tanto él había pintado su casa y recibido del gobierno una subvención de 9.300 libras para las mejoras; su hijo había venido de Birmingham para ayudarle. Dijo que no había mucho que hacer por allí pero que él se iba en bicicleta a Kinawley todas las noches para tomar un trago en el pub de Corrigan.

Añadió que raras veces veías al ejército o a la policía en la zona, pero que cuando venían eran como abejas salidas de una colmena, pululando por todas partes, haciendo preguntas. Se habían hecho cráteres en la carretera con dinamita, originalmente para bloquear la frontera, pero cuando los de la localidad los rellenaron, pusieron en su lugar bloques de cemento.

De repente se levantó el viento. El viejo miró hacia el cielo.

—Vamos a tener lluvia—dijo—. Se puede saber por el viento.

Me señaló el camino hacia Kinawley, que demostraba la

inutilidad del mapa, y yo le dije que tal vez lo vería más tarde en el pub.

El tiempo era como una ópera, como si la orquesta fuera aumentando lentamente la tensión y el volumen, preparando al auditorio para oír una gran aria. El cielo se oscurecía, el viento arreciaba. Poco antes de que se abrieran los cielos encontré a dos muchachos a la puerta de una casa. Cuando se enteraron de que yo era del Sur, me dijeron que éste era un territorio de bandidos, y se echaron a reír. No había patrullas de vigilancia por esta carretera, era peligroso andar por ella. Era un territorio católico; la tierra era mala, dividida en su mayor parte en parcelas de unas doce o catorce hectáreas; la gente vivía de las subvenciones que les daba el gobierno.

Los fines de semana iban a bailar, sobre todo al Sur, a Carrick-on-Shannon o Mohill, pero a veces también a Omagh. Me contaron que, en las noches lluviosas, el ejército te sacaba del coche y te hacía permanecer de pie, te retenía, te hacía mil preguntas: tu nombre, tus señas, adónde ibas, de dónde venías; sobre todo si ibas a un baile e ibas bien vestido. Me contaron que cuando llegaba el ejército, en helicóptero, quería saber hasta los nombres de los perros en cada granja. ¡Imagínese usted, los nombres de los perros! No había nada que ellos no quisieran saber.

Mencioné los accidentes de coche que habían ocurrido en la zona. Los dos me miraron, asombrados, preguntándose por qué había mencionado el asunto. Me encogí de hombros. No había ninguna razón especial, al mencionar bailes y viajes en coche, a mí se me vino esto a la cabeza. Uno comentó que en el espacio de dos años seis chicos de su clase habían muerto en diversos accidentes de coche. En la misma zona hubo otros accidentes, en los que habían muerto algunos más. Todos ellos eran católicos.

—La gente cree que es una venganza—dijo uno de ellos.

—¿Venganza?—. Empezaba a llover, pero yo no podía

proseguir mi camino ni ellos evidentemente querían pedirme que entrara en su casa.

—¿Qué queréis decir, cuando decís venganza?—. No estaban muy seguros de si decírmelo o no y se miraron el uno al otro. No, no querían decir que estos jóvenes hubieran sido deliberadamente asesinados, pero la gente mayor decía que era por lo de los Graham. ¿Había oído hablar de los Graham? Sí, dije. Eran los tres hermanos que el IRA había asesinado uno tras otro, el último cuando estaba esperando para conducir un autobús lleno de niños católicos y llevarlos a la piscina a Enniskillen. Sí, dijo uno de ellos, la gente vieja decía que los accidentes fueron una especie de venganza por lo que se les había hecho a los Graham. Dios, sabe usted, ¿no lo comprendía? Era Dios. ¿Eso explicaba, pregunté, que un gran número de gente joven, procedente del mismo lugar, muriera en accidentes? Los muchachos asintieron gravemente. Yo no creía que esto fuera obra de Dios. No, ellos tampoco. Era simplemente lo que se decía por ahí.

—¿Cambiarán las cosas alguna vez?—me preguntó uno de ellos. La pregunta iba en serio y daba la impresión de que creían que yo debía saberlo.

—No lo sé—contesté.

Diluviaba. Yo estaba empapado cuando llegué a Kinawley. Chorreaba agua cuando entré en el pub de Corrigan. Me dolían los pies y estaba harto. Estaba echándome un trago cuando empezaron las noticias en la televisión. El IRA amenazaba con asesinar a cualquiera que colaborara con las fuerzas de seguridad, incluidos aquellos que trabajaban en la construcción de comisarías de la RUC o las abastecían.

Los cuarteles de la RUC en Kinawley, al lado del pub de Corrigan, habían sido bombardeados una y otra vez por el IRA. En varias ocasiones las ventanas de la iglesia católica local se habían hecho añicos debido a una explosión; una vez habían volado el tejado de la nave lateral. Después, en 1978, el IRA secuestró un camión y lo aparcó en los terrenos de la iglesia; se utilizó como base para un ataque con cohetes y se destruyó toda un ala del cuartel, que había sido desde entonces reconstruida.

La mayoría del personal y suministros llegaban al cuartel en helicóptero. Su proximidad al pub suponía que había que observar estrictamente las horas en que se permitía beber. En el pub no se servía ni al ejército ni a la policía. La clientela era exclusivamente nacionalista.

Parecía ahora que no iba a dejar de llover en toda la noche. El lugar más próximo donde alojarme era Derrylin, a unos seis kilómetros de distancia, y no me atraía la perspectiva de seguir caminando. Eché otro trago y reflexioné sobre mi situación. Me imaginé la habitación del hotel, el bar del hotel, la cena que me servirían, la larga caminata bajo la lluvia, de una hora más o menos. Me estremecí. Algo se quebró dentro de mí. Me rebelé. Me dirigí al teléfono y marqué el número de Basil Lenaghan. Le había dicho en Ballyshannon que le llamaría. Y aquí me tenía. Le expliqué mi problema. Cuando rompió a reír, su risa era tan sonora como lo había sido en Ballyshannon. Me dijo que me quedara donde estaba, que me tomara otra copa y que él vendría a recogerme en su coche. Dijo que tenía una cama libre. Estupendo.

Cuando llegó estaba en plena forma, y se puso a charlar inmediatamente con unos cuantos hombres de la localidad que estaban en el bar de si la Asociación Gaélica de Atletismo debía permitir que sus codiciados campos de deportes fueran utilizados para el fútbol, lo cual se negaban a hacer. Basil insistió en que no tenían razón. Los hombres que estaban en el bar lo miraban con suspicacia.

—El fútbol es un deporte inglés—dijo uno de ellos. No se volvió a hablar más.

Nos detuvimos en la tienda de Blake, en Derrylin, donde vendían bebidas al público. El dueño era primo del Blake de Enniskillen, donde yo fui a comprar una botella de vino.

—¿Entiende usted de vinos?—me preguntó el muchacho que despachaba, con un cerrado acento de Fermanagh. Al no contestarle yo, me llevó a recorrer los estantes de vinos tintos franceses, explicándome el temperamento y el *bouquet* de cada uno. Compré una buena botella a menos de la mitad del precio que hubiera pagado en el Sur.

Había un gran fuego encendido en el cuarto de estar del bungaló de Basil; Joanne, su mujer, estaba allí, así como su hijita Clare. Basil llenó mi vaso de Black Bush.

La cena estaba lista: patatas de la nueva cosecha plantadas en su jardín, *quiche*, una ensalada de judías verdes con aliño de ajo, seguido todo de queso. El viento bramaba por encima de la colina de Lough Erne, la lluvia continuaba pertinazmente. Yo estaba contento de tener un techo sobre mi cabeza.

Más tarde, Basil, que trabajaba en el Servicio Forestal, y yo salimos a echarnos otro trago, conforme a la típica costumbre masculina; corrimos desde la puerta delantera de la casa hasta el coche, para no mojarnos. Condujo hasta Brookeborough. Me contó cómo una patrulla del UDR le paró una vez y le hizo las preguntas acostumbradas. Kilómetro y medio después otra patrulla del UDR le paró también y empezaron de nuevo todo este interrogatorio acerca de su nombre, residencia, destino y ocupación. Replicó que había contestado a esas mismas preguntas unos minutos antes, a lo cual el jefe de la patrulla reaccionó dando gritos y ordenándole que saliera del coche en el acto y volviera a contestar las preguntas. Así lo hizo.

Fuimos al pub que estaba al lado del Orange Hall en Brookeborough y en la que había izado una *Union Jack* o bandera inglesa. Había unos cuantos hombres en el bar. El asunto forestal era una cuestión candente en Fermanagh, como lo era en Leitrim. El terreno más adecuado para la silvicultura era el terreno pobre, que estaba principalmente en manos de católicos. La propiedad del terreno era un asunto apasionante y la charla en el pub versó sobre esto durante un buen rato.

Un hombre me dijo que el cuarto de los hermanos Graham, cuyos otros tres hermanos habían sido asesinados por el IRA, acudía a menudo a este pub. A diferencia de sus tres hermanos, no era miembro del UDR, y gozaba de popularidad en esta zona. Unas semanas antes, estando de pie en un rincón del bar con una pinta en la mano, alguien le dijo, como en broma, como quien no quiere la cosa, algo así como: «Si no terminas esa pinta, te mato». El hombre oyó al cuarto hermano Graham contestar: «Bueno, si has matado a mis tres hermanos bien me puedes matar a mí también».

Estaba lloviendo tan torrencialmente la mañana siguiente que apenas podía divisar Lough Erne desde la ventana delantera de la casa de Basil. Me levanté tarde, temeroso de enfrentarme con el día. Después de desayunar entré en el cuarto de estar a poner unos discos y me pregunté si tenía sentido el echarme otra vez a andar. Comimos, y yo seguía sin moverme. No fue hasta que Basil me ofreció llevarme en coche hasta Lisnaskea cuando cogí mi mochila y me dirigí al coche.

En Lisnaskea, encontré alguien que me llevó a Derrylin. No había en el paisaje una sola nota de color. El firmamento se nos echaba encima y cuando cruzamos el Erne por un puente bajo de metal, el agua tenía también un color gris apagado. Se había empezado a inundar la carretera; si la lluvia seguía, me dijo el conductor, sería imposible transitar por ella.

El Derrylin de hoy no se parecía en nada al Derrylin de aquel domingo en que fuimos a tomar una copa en el hotel después de un día en el barco. Lóbrego y sombrío, la lluvia parecía rebotar de la superficie del pavimento y la calle mayor del pueblo tenía un aspecto desolador, azotada por la lluvia. Caminé hasta las afueras del pueblo y llamé a la puerta de la casa del cura. El sacerdote, padre Gaffney, estaba terminando de cenar. Le pregunté por el asesinato de James Graham, el tercero de los hermanos, a manos del IRA.

Me dijo que ocurrió en febrero del año anterior. Estaba al otro lado de la carretera, en el cementerio, con un hombre cuyo padre había muerto. Estaban mirando las tumbas cuando oyeron el tiroteo. Graham, en su autobús, esperaba a los niños para llevarlos a la piscina. No eran todavía las diez. Graham, que servía en el UDR a media jornada, había hecho ya su recorrido normal con el autobús de la escuela; éste era un recorrido especial.

El padre Gaffney los oyó disparar al aire mientras se escapaban en una camioneta y gritaban como si esto fuera una gran victoria. Se encontró después la camioneta en las montañas.

El padre Gaffney y su coadjutor, Michael Harding, emitieron una declaración en la que se condenaba el asesinato. Asistieron las exequias en una pequeña iglesia en el campo. Llevaban puestos los alzacuellos. La iglesia estaba atestada; ellos se quedaron en el exterior. En varias ocasiones notaron cómo la gente los señalaba y hablaba en voz baja. El obispo de la Iglesia de Irlanda, que había predicado un sermón sobre el perdón y la misericordia, se acercó a ellos y les dio las gracias por su asistencia. Había una guardia de honor del UDR y un gaitero precedió al féretro hasta la tumba antes de que rasgara el aire el toque de silencio.

El obispo manifestó agradecimiento por su presencia. Pero hubo otros, sin embargo, que la consideraron una afrenta. Tuvo lugar una encarnizada controversia entre los dos sacerdotes y un ministro presbiteriano acerca de la actitud de la Iglesia católica en relación con la violencia. En declaración pública tras contradicción también pública, el clero discutió la cuestión. Fue un debate realmente acerbo.

En cierta ocasión me encontré en Dublín a Michael Harding, el coadjutor en Derrylin. Le pregunté acerca de esos gritos de regocijo que el padre Gaffney había oído, los ¡hurras! de los del IRA al huir, después de haber asesinado a James Graham. ¿Los había oído él también? Me contestó que él estaba de pie a la puerta del presbiterio. Sí, los había oído. ¿Cómo sonaban? Yo quería saberlo. Eran como un alarido salvaje, dijo Michael Harding. Sí, sí, pero, para ser más precisos, ¿cómo era ese sonido? Trató de imitarlo con una voz alta y aguda.

«Ya-juu ya-juu ya-juu», esto fue lo que gritaron cuando mataron al tercer hermano de los Graham.

7

Lluvia torrencial, thatcherismo y el legado protestante

Salí de Derrylin camino de Ballyconnell. Llovía a cántaros. La carretera era estrecha y los coches me salpicaban de agua al pasar, me dejaron empapado. Desconsolado, sentía no haberme quedado con Basil y Joanne. La compasión que sentía hacia mí mismo rezumaba por los poros de mi piel. De vez en cuando la lluvia amainaba y después volvía a empezar con enorme ferocidad, como si estuviera jugando al ratón y al gato con el mundo. El agua me entraba ya por las suelas de los zapatos. Aunque eran solamente las siete, indicios de que iba a caer la noche eran ya aparentes. La situación era terrible.

Hubo un momento en que la carretera estaba interceptada por el agua y yo tuve que abrirme camino, a duras penas, agarrándome a un travesaño de una valla de madera, porque la carretera estaba cubierta por al menos veinticinco o treinta centímetros de agua. Había un puente sobre un angosto riachuelo, que llevaba ahora toneladas de agua fangosa a gran velocidad. Era como si hubiera vuelto el invierno o el diluvio, y la carretera a Ballyconnell era interminable. Subidas, descensos, curvas en la carretera, trozos rectos, lluvia por todas partes, campos anegados, agua corriendo a lo largo de la carretera como si fuera el lecho de un río, coches salpicando barro y agua fangosa por todas partes. Y yo seguía andando.

Finalmente, llegué a una fábrica de cemento en cuyo patio había camionetas aparcadas que llevaban escrito en los laterales el nombre de Sean Quinn. La fábrica, sus oficinas, canteras y edificaciones anexas se extendían por más de un kilómetro. Y después de ellas había un puesto del ejército, con un soldado, con la ropa seca, que quería saber de dónde venía yo y a dónde iba.

Si esperaba encontrarme con Ballyconnell justo después del puesto del ejército, pasada la frontera, estaba equivocado. Me quedaba aún otra media hora de sufrimiento absoluto antes de llegar a la ciudad y encontrar una cama para pasar la noche. Puse mi ropa sobre un calentador y mis pobres zapatos al lado y me metí en la cama. Cuando me desperté estaba todo casi seco y era hora de salir y explorar la vida nocturna de Ballyconnell.

Una muchacha joven, detrás del bar del Angler's Rest, hablaba con una pareja y dos chicos jóvenes sentados en el bar. Decía que estaba pensando en emigrar, aquí no había nada que hacer. Todo el mundo se marchaba. Ella iba a ir a Londres. Decía que no encontraría un empleo en Irlanda. La otra chica decía que había ido a Nueva York a ver a su hermano. Éste quería venir a Irlanda para pasar unas vacaciones, pero no podía porque, como otros cien mil jóvenes irlandeses, era un inmigrante ilegal en los Estados Unidos; si salía, no podía volver. Los dos muchachos del bar hablaban también de marcharse. Decían que Nueva York era la meta, siempre se encontraba trabajo.

Las cifras del censo reciente indicaban que la emigración, que había resuelto el problema del paro en las décadas de 1940 y 1950, cuando la gente se marchaba de la República de Irlanda para trabajar en Inglaterra y en Norteamérica, estaba volviendo a ocurrir. Entre abril de 1985 y abril de 1986, la cifra neta de emigración procedente de la República fue de 31.000 personas: la mayoría de ellos habían salido de Irlanda en busca de trabajo. La mayor parte eran jóvenes y muchos de ellos bien preparados intelectualmente. Los periódicos publicaban informes de equipos de fútbol en los pueblos que habían perdido la mitad de sus miembros en un solo año, debido a la emigración.

Pero Ballyconnell tenía suerte; la cantera de Sean

Quinn estaba un poco más arriba de la carretera y había una fábrica de plásticos en el pueblo, mientras que en otros pueblos no había nada. Pero ni siquiera aquí había suficiente trabajo para impedir que la gente joven se marchara.

Había mucha más gente aquella noche en otro pub algo más arriba en la misma calle, el Crow's Nest. Cuando llegó la hora de cerrar, me di cuenta de que en Ballyconnell los *Gardaí* no eran muy estrictos en la cuestión de las horas de beber. Esperé que las luces se apagaran y que se anunciara el cierre del bar. Pero ocurrió lo contrario, se sirvieron más bebidas. El hombre que estaba a mi lado era propietario de una gasolinera en el pueblo. Yo le compadecí; me dijo que estaba al norte de la frontera, pero en el lado sur del puesto de control del ejército estaba haciendo un gran negocio. Pero añadió que a él no le iba demasiado mal. Los *Gardaí*, el ejército irlandés y todos los funcionarios del Estado hacían uso de su surtidor. Pedimos nuestra última bebida a las doce y media y todo el mundo estaba aún bebiendo relajadamente cuando me fui a acostar un cuarto de hora más tarde. A la mañana siguiente, al despertarme de un sueño inquieto, puse la radio. Había noticias de importancia acerca de la frontera. Pensé en dirigirme a la ventana y ver si todo ello estaba pasando en las calles de Ballyconnell, pero cuando dieron el resumen informativo supe que estaba a muchos kilómetros de lo ocurrido.

El conflicto lo había causado Peter Robinson, el vicepresidente del Partido Democrático Unionista, mientras su presidente, Ian Paisley, estaba en Norteamérica. Había reunido a sus seguidores, un pueblo elegido, y se había puesto en marcha hacia el Sur, garabateando eslóganes por las paredes del pueblo de Clontibret, golpeando a dos *Gardaí* y, en términos generales, incordiando e insultando a todo el mundo. El propósito de este ataque, en las primeras horas de la mañana, era mostrar que no había control de seguridad en la frontera, que si un grupo de unionistas acérrimos podía cruzar la frontera sin que nadie se lo impidiera, ¿qué no podría hacer una banda pequeña y furtiva de miembros del IRA? Peter Robinson fue arrestado.

Cuando me levanté, llamé a Sean Quinn, el propietario de la cantera cuyo nombre figuraba en la mayoría de las camionetas de esta zona, y quedamos en vernos esa misma tarde. Algunos de sus camiones verdes pasaron por mi lado al regresar yo en dirección norte. En la frontera el tipo con uniforme del ejército quiso asegurarse de que yo iba realmente a pie.

—Mejor que lo hagas tú que no yo—me dijo.

En la primera oficina me dijeron que encontraría a Sean Quinn en otro edificio, un poco más arriba. Seguí andando. Era otro día oscuro y desapacible, pero no llovía.

Sean Quinn, en este país de bandidos, a donde las patrullas de a pie del UDR no se atrevían a venir, se ajustaba a un modelo thatcherista. Cuando llegué a su oficina tuve que esperar. Su ayudante me puso al corriente. Sean Quinn, que había heredado una granja de nueve o diez hectáreas en 1973, era millonario. Había empezado repartiendo grava, después se había diversificado, incluyendo el comercio de bloques de cemento, tejas y baldosas. Su empresa crecía año tras año. Se había beneficiado enormemente del sistema fiscal de los primeros años del gobierno de Margaret Thatcher, cuando los beneficios que se volvían a invertir estaban un cien por cien libres de impuestos. En su negocio no había sindicatos, ni se le pagaba un sueldo a ningún empleado. El emolumento que recibían estaba en función de su productividad.

Su fama se había extendido por todas partes, no simplemente como empresario, un hombre que personificaba el éxito, y un nombre sobre los camiones, sino como un tipo que había tenido el atrevimiento de pegar a un soldado británico en uno de los puestos de control. Lo tiró al suelo, volvió a montar en el coche y siguió conduciendo. El soldado era negro, según dijeron algunos en el pub la noche anterior. Todo el mundo estaba de acuerdo en que no hubo represalias. El tal Sean Quinn era demasiado importante.

Le pregunté al ayudante de Sean Quinn acerca de las relaciones de este último con el ejército.

—Generalmente no hay problemas—dijo—, simplemente cuando viene un nuevo régimen, se tarda algún tiempo en acostumbrarse a ellos.

—No mencionó el incidente de su jefe golpeando a un soldado. Añadió que el sesenta por ciento del negocio era con el Sur y que había un acuerdo especial con el personal de aduanas del Norte consistente en que los documentos de exportación se presentaban en la oficina del Sur y de aquí se enviaban al Norte. Era uno de esos acuerdos informales. El cuarenta por ciento de los 140 trabajadores que tenía a sus órdenes procedían del Sur. Algunas cosas eran más baratas en el Sur, los neumáticos para los camiones y los impuestos de carretera.

Por fin llegó el gran thatcherista en persona. Era un hombre moreno, bien parecido, hosco, de algo menos de cuarenta años, que llevaba un jersey gris bastante viejo. Hablaba con una brusca precisión; el acento era indudablemente de Fermanagh. Conductores de camionetas, que querían preguntarle algo, nos interrumpieron varias veces y él daba la impresión de estar tan relajado como inseguros parecían ellos. No se comportaba como un patrono. Y ciertamente no daba la impresión de ser un millonario.

Me contó que su padre le había dejado en herencia una pequeña granja. Había abandonado el colegio muy joven: los estudios no le interesaban, a diferencia de lo que les ocurría a sus hermanos y hermanas. Básicamente, estaba interesado en hacer dinero y en pasarlo bien. Se le conocía bien en todo Fermanagh, la Fermanagh católica, porque había sido capitán del equipo de fútbol gaélico a comienzos de los años setenta, así que, cuando anunció su grava, vendiendo a precios más bajos que otros proveedores, la gente confió en él, lo apreciaban y querían negociar con él.

Las cosas se fueron desarrollando a partir de entonces. Estaba de acuerdo en que Thatcher, cuando accedió al poder, había mejorado la situación para los negociantes, pero también era verdad que en los últimos años había empezado a reducir los incentivos a la inversión.

Su gran proyecto de expansión se estaba llevando a la práctica un poco más abajo en la carretera. Se estaba gastando veinticinco millones de libras en la construcción de una nueva fábrica de cemento, que abastecería al veinticinco por ciento del mercado, Norte y Sur.

—¿Y qué les parecían estos planes a sus actuales proveedores?, le pregunté.

—No se puede decir que estén rebosantes de alegría—me contestó.

Sonó el teléfono de encima de la mesa. Lo cogió y empezó una larga conversación con un hombre que tenía un marcado acento inglés. Quinn tenía sobre la mesa un cuaderno de notas y empezó a escribir cifras, mientras daba instrucciones de comprar y vender. No logré averiguar de qué estaba hablando. Desabrido e indiferente terminó la conversación sin decir adiós, intentando retomar el hilo de la conversación.

Le interrumpí para preguntarle de qué había estado hablando por teléfono. Valores y acciones, respondió. Había empezado, hacía seis meses, a jugar en la Bolsa. Me mostró la lista de artículos que le interesaban: oro, aceite, el franco suizo contra el dólar, aluminio. Su agente de bolsa le llamaba dos o tres veces al día y él le daba instrucciones. Un viajante le trajo una vez de Enniskillen el *Financial Times,* para que pudiera leer acerca de sus inversiones. Dijo que era interesante, sugirió que jugar a la Bolsa era una forma de diversión; en cierto modo era un pasatiempo frecuente en Derrylin y Teemore.

Cuando le pregunté si había tirado al suelo a un soldado británico en la frontera me contestó sin dilación. Sí, lo había hecho. El puesto de control del ejército británico lo habían puesto tres años antes. Sus camiones pasaban por él ciento cincuenta veces al día y cada vez que lo hacían los detenían por espacio de un par de minutos. Me miró fijamente al decirme que yo mismo podía calcular el costo. Aproximadamente lo mismo que dejar a un camión todo un día laboral en la carretera, dije yo. Asintió. Y ¿por qué le pegó al soldado?, insistí. Iba a un funeral y llevaba ya un poco de retraso. Lo pararon en la frontera, le hicieron echarse a un lado y le retuvieron allí, aunque sabían muy bien que él pasaba en ambas direcciones varias veces al día, aunque su nombre estaba escrito en cada uno de los 150 camiones que pasaban por el control. Iba pasando el tiempo y no le dejaban seguir adelante. Transcurrida media hora le dijo al soldado que iba a hacerlo, le gustara o no le gustara. Tiró al soldado de un empujón y siguió adelante.

Le pregunté acerca de las amenazas del IRA a los constructores y abastecedores que tenían tratos con el ejército británico. Me contó que a un amigo suyo lo había asesinado el IRA por tramitar negocios con las fuerzas de seguridad, pero que él no suministraba material, ni tenía tratos con las fuerzas de seguridad ni lo había hecho nunca; era un nacionalista.

—Pensé que no sería prudente—afirmó. Tenía empleados a unos cuantos protestantes, añadió, pero no había muchos en la zona.

Vivía pasada la frontera, en el lado sur, en la carretera entre Ballyconnell y Belturbet. Había comprado tierras en el Sur, un terreno que había sido propiedad de su padre en la década de 1950 y que recordaba haber ido a ver en un carro tirado por un asno, y a donde iba ahora en su Mercedes. La tierra no era una buena inversión, pero le gustaba ir dos o tres tardes por semana para mirar al ganado. Tenía buen cuidado de no comprar pequeñas parcelas o pubes en la zona, privando a la gente de la localidad de la oportunidad de comprar y ganarse la vida. En su lugar había comprado el pub Cat and Cage en Drumcondra, en Dublín, por 640.000 libras. Lo tenía arrendado, pero recientemente había disfrutado echándose un trago allí después de un partido en Dublín, donde seguía como espectador la suerte del equipo de Tyrone.

Me llevó a la frontera en su coche despampanante. Parecía estar sinceramente perplejo ante mi deseo de andar.

—¿Es que no se puede comprar usted un coche?—me preguntó.

Daba la impresión de que le inquietaba mi situación. El soldado, en el puesto de control, nos saludó indicándonos que siguiéramos adelante. Yo le dije lo que había oído contar: que los días que siguieron a su ataque al soldado les entregaron porras, según lo que contaba la gente de Ballyconnell con quien hablé. Él se rió entre dientes al oír esto. Pasamos por la gasolinera, que estaba todavía en el Norte y haciendo un gran negocio. Al llegar a la línea que separaba el Norte del Sur, el condado de Fermanagh del condado de Cavan, me dejó salir del coche, me contó la historia de la casa que la frontera atravesaba, como un cortador de queso divide a éste en dos partes, y desapareció en su coche.

Era una casita de campo antigua y modesta. Cuando llamé a la puerta, salió a abrirme un hombre de unos sesenta años. Me enteré de que se llamaba Felix Murray y de que la frontera pasaba efectivamente a través de su casa, en la que vivían él y sus dos hermanos. Dijo que los tres dormían en el Norte, pero que hubo una época en que uno de ellos había dormido en el Sur, «raras veces dormimos en el Estado». A través de la ventana de la cocina me enseñó un sofá donde te podías sentar y la frontera pasaba por el medio.

Sacaron la licencia para el perro en el Sur, porque era más barata, pero compraron su licencia para la televisión en el Norte, por la misma razón. Tenían la electricidad conectada en el Sur, pero el agua en el Norte. Votaban en el Norte. Dijo que las subvenciones eran mejores en el Norte. Añadió que el puesto de control de la frontera era una lata. Hacía poco, al cruzar en bicicleta de Norte a Sur, se pasó el semáforo rojo que exigía a los conductores de vehículos que se pararan, pero el soldado le dijo que esta regla era también válida para las bicicletas.

Cambió de tema y volvió a hablar de lo difícil de su situación. Parecía sabérselo de memoria y se alteraba cuando omitía un detalle. Sí, recordó, el cartero venía todos los días, uno del Norte y otro del Sur. El del Sur llegaba más temprano.

Le compadecí por la incomodidad que debía suponer el tener que vivir en dos estados. Me dijo que era tolerable y que, desde luego, no era lo peor de su situación. Entonces le pregunté qué era lo peor. Dirigió su mirada, a través de la carretera, a la zanja y, más allá, a la colina. Dejó transcurrir unos segundos de dramático silencio. Lo peor eran los entrevistadores, los reporteros, las cámaras de televisión; desde que era niño habían estado contando la historia de los Murray, partidos en dos por la frontera. No pasaba un solo día sin que alguien llamara a la puerta. Ayer se paró un autocar a la entrada de la casa y había «visto a todos los pasajeros saltando de él y empezando a hacer fotos».

Había acudido gente de «Norteamérica y todas partes del mundo» a ver la casa. Ni él ni sus hermanos podían disfrutar de un momento de paz. Eso era lo peor, insistió, y me miró francamente a los ojos. Le di la razón, comprendía su punto de vista. Él volvió a la casa y yo regresé caminando a Ballyconnell.

Conforme iba andando, un coche enorme se paró de repente y un hombre con acento inglés se ofreció a llevarme. Iba a Belturbet, que era adonde iba yo. Habría sido una grosería no aceptar su ofrecimiento. El tiempo no presagiaba nada bueno. Le conté que había estado hablando con el gran hombre en persona, Sean Quinn. Sí, contestó, él trabajaba para Sean Quinn; estaba encargado de conseguir que la fábrica de cemento se construyera a tiempo y dentro del presupuesto que tenían para ella. Me dijo que él había sido viajante de comercio y que Quinn se había fijado en él y le había ofrecido el empleo. Pasamos por la casa de Sean Quinn a mano derecha de la carretera. Era mucho más modesta de lo que había imaginado. Cogimos una carretera lateral y bordeamos un lago. Mi conductor decía que le gustaba el paisaje, que era hermosísimo; también le gustaba Sean Quinn y la gente de la localidad. Frenó en un cruce de carreteras y giró a la izquierda. Dijo que en otro tiempo había sido la carretera principal de Dublín a Enniskillen, aunque parecía un sendero que no llevara a ninguna parte; habían volado el puente entre el Norte y el Sur.

Todavía quedaban casas en el lado meridional del puente. Un grupo de chiquillos jugaba delante de ellas cuando salimos del coche a mirar lo que quedaba del puente. Había sido un hermoso puente de piedra, aún se podían ver trozos de piedra, como entrañas despedazadas, en el lado opuesto del río. Era difícil no lamentar profundamente que no le hubieran puesto los pinchos de hierro, o que lo hubieran bloqueado; pero volarlo, deshacerse de toda esa piedra tallada, de tonos tan suaves, parecía una farsa.

Condujimos hasta Belturbet y tomamos unas cuantas copas en el Diamond Bar. El bar en el lado opuesto de la plaza se llamaba el Railway Bar, pero no había ningún ferrocarril, ni había contacto directo con el Norte. Me fui en busca de una cama donde pasar la noche al tiempo que mi conductor se fue a su casa a cenar. Dejé la mochila en un Bed and breakfast, le dije a la patrona que quería levantarme temprano, comí algo y volví al Diamond Bar. Sentado en un taburete alto, observé la primera tanda de camiones que atravesaban el Diamond, procedentes del Sur, transportando heno para los granjeros damnificados del Norte, que el mal tiempo había arruinado. Por espacio de unas semanas estos camiones constituirían una continua presencia en la carretera.

Me dijeron que habían abierto el puente un año, o, mejor dicho, que habían construido un puente en la Navidad de 1972. Y así fue como los terroristas se infiltraron en Belturbet, procedentes del Norte, y pusieron una bomba en el exterior del Diamond, justo después de las Navidades. Señalaron el taburete en donde yo estaba sentado; la bomba había lanzado a un hombre, sentado en el mismo taburete, sobre el mostrador. Nadie había muerto en el bar, pero perecieron dos personas, que estaban fuera, en el

Diamond, incluido un muchacho que estaba hablando por teléfono en una de las cabinas. Uno de los grupos paramilitares protestantes había llevado a cabo este acto de terrorismo. Desde entonces no se había vuelto a levantar el puente.

La radio del bar tenía sintonizada una emisora pirata local, cuyo cuartel general se hallaba a unos kilómetros carretera abajo. La emisora retransmitía música *country* todo el día y toda la noche. Se la podía oír hasta en Strabane, en el Norte. Difundía publicidad de casi todos los pueblos y ciudades en un radio de setenta o setenta y cinco kilómetros. Las estrellas norteamericanas del *country* se unían a sus compañeros irlandeses en hacer vibrar las fibras de los corazones de la localidad donde la música *country* era un gran negocio. Johnny Cash cantó *O Lonesome Me,* seguido por un cantante local, Big Tom, que cantó *Will I Ne'er See You More Gentle Mother?* La canción siguiente se llamaba *Diane, If You Are Going To Do Wrong Again, You Might As Well Do Wrong Again With Me.* Me fui a acostar.

A la mañana siguiente, mientras desayunaba, la patrona me preguntó que de dónde era. Le dije que era de Wexford y ella me contestó que era uno de los dos condados de Irlanda donde no había estado nunca. Le pregunté que por qué había viajado tanto. Bodas, me contestó, solía ir a muchas bodas. Ahora ya no iba a ninguna. En otro tiempo tuvo a catorce *Gardaí* alojados en su casa. Era a mediados de los años setenta, cuando las medidas de seguridad se intensificaron y la persecución de los miembros del IRA se llevaba a cabo con gran celo. Los *Gardaí* eran jóvenes; el cuerpo estaba lleno de nuevos reclutas. Estaban todos solteros y todos los hombres estacionados en Belturbet y sus alrededores se alojaban en su casa, lo cual era la razón por la que había tres camas en mi habitación, como probablemente habría observado. Llenó la casa de camas; los *Gardaí* iban y venían a todas horas del día y de la noche. Pero pasados unos años habían decidido casarse, como era de esperar en el caso de *Gardaí* jóvenes y sanos. Y siendo como eran muchachos bien educados y agradecidos a su antigua patrona por las buenas frituras que les daba para desayunar, las charlas maternales y las sábanas limpias, la invitaron a sus bodas en todos los rincones de Irlanda, excepto Wexford y otro condado, Waterford. Así que todos los *Gardaí* la habían abandonado, como sus hijos a la pobre Maurya en la obra dramática de Synge *Riders to the Sea*, excepto un *Garda* solitario que se había quedado allí, como el borracho de la boda, cuando todos los demás se habían ido. Me miró con una expresión de nostalgia. Los echaba de menos.

Le pregunté sobre la bomba de 1972. Dijo que estaba en casa cuando explotó. Había oído el ruido. Había hecho estragos en muchas de las casas de alrededor, pero mucha gente no se dio cuenta del daño hasta varios años después, cuando el tejado empezó a hundirse o las paredes a resquebrajarse y era demasiado tarde para solicitar indemnización.

Le pagué y volví para tomar el último trago en el Diamond Bar. Una familia inglesa que, al parecer, viajaba todos los años para pescar, había ido a despedirse. Dijeron que las vacaciones habían sido maravillosas y que, por supuesto, volverían el próximo año. El bar era un placer para los ojos, cada una de las botellas resplandecía a la luz de la mañana; la madera del mostrador estaba bien bruñida, la radio retransmitía música *country*.

Cuando bajábamos por la colina hacia el río, pude divisar las últimas señales para la navegación para los barcos que bogaban por el Lough Erne. Era posible navegar de aquí hasta Beleek, cruzando dos veces la frontera. El agua estaba tranquila aquella mañana bajo un cielo nublado con retazos de cielo azul que aparecían y desaparecían, cubiertos de nuevo por las nubes. Casi me atropelló un coche de color rojo que pasó a toda velocidad, al dirigirme a Wattlebridge en el Norte.

Empezaba a llover, las nubes negras habían surgido de Dios sabe dónde. Pasé una vez más sobre el río Finn, que tenía un color marrón y parecía abrirse camino, sosegadamente, alrededor de la frontera de Cavan-Fermanagh, sin prisa.

La lluvia arreciaba. Mi impermeable de plástico tenía un rasgón bastante grande y la lluvia lo atravesaba, metiéndose dentro y mojándome el jersey. Me detuve en una tienda, en una estación de servicio, y compré una barra de chocolate. Cuando me quedé fuera, bajo la protección del tejado de la estación de servicio, la propietaria salió y me miró maliciosamente, como si estuviera causando algún tipo de obstrucción, como si fuera Peter Robinson. Yo le lancé una mirada de desafío, pero terminé por hartarme de ser objeto de molestia y continué mi camino, sin ninguna razón válida, bajo el diluvio.

Las cunetas rebosaban fertilidad, había champiñones por todas partes. Yo estaba atento para que no se me pasara la frontera y la busqué en un mapa de Irlanda; noté una pequeña protuberancia, como un dedo pulgar, que salía del Sur para entrar en el Norte y daba al mapa un aspecto ridículo; parecía como si no pudieras ni siquiera ir andando a donde estaba ese dedo pulgar, no digamos conducir un coche, pero esta diminuta extensión de terreno, el tipo de territorio que sólo Fortinbras se molestaría en capturar, pertenecía a la República de Irlanda y no a su Majestad la reina. No había divorcio en este dedo pulgar; lo que Dios ha unido, no permitamos que lo separe el hombre, era la ley que prevalecía. La gasolina y las bebidas eran caras en esta pequeña protuberancia fálica que se introducía en el Norte.

Entré andando en la verde libertad del Sur una vez pasada una señal X para el aterrizaje de los helicópteros; no había la menor diferencia y la lluvia era la misma. Pasé por una iglesia en ruinas y un edificio tapiado, que podía haber sido una escuela. Salió el sol pero no dejó de llover. Me crucé en el camino con un tipo a la puerta de una casa, que me dio detalladas instrucciones para ir a Scotshouse, en el condado de Monaghan. Tenía que meterme por la derecha, luego por la izquierda, cruzar entonces un puente y proseguir por la siguiente a la derecha. Y cuando llegara otra vez al río, tenía que avanzar por la derecha. Su padre salió de la casa y repitió las instrucciones. Esto me inspiró confianza, así que decidí creer lo que me decían e ir a Scotshouse mejor que a Clones.

Cuando llegué a la primera vuelta a la derecha, acababa de aparecer en el firmamento el arco iris en todo su esplendor. Empezó su ascenso en un lugar lejano en el Norte y descendió en otro lugar lejano en el Sur. Y cuando apareció un segundo arco iris fue aún mejor. El sol volvió a salir, pero la lluvia caía a raudales con una intensidad aún mayor, y se me estaba metiendo en los zapatos. Era demasiado. Hice votos para que volviera la monotonía, ese viejo cielo gris al que me había acostumbrado.

La lluvia amainó, volvió a empezar otra vez, se suavizó y explotó de nuevo como si alguien hubiera tirado de un resorte hacia atrás y lo hubiera soltado después. Las perneras de mi pantalón debajo del impermeable de plástico estaban empapadas y el desgarrón en el impermeable dejaba entrar litros de agua. Estaba acostumbrado a ver la lluvia detrás de los cristales, de una casa o un autobús, el asiento de atrás de un taxi, la ventana de un pub. No estaba acostumbrado a semejante exposición a las inclemencias del tiempo. Me parecía estar todo el tiempo yendo del Norte al Sur y del Sur al Norte, atravesando ese dedo pulgar de cuya intrascendencia me había reído. Ahora se vengaba de mí.

Pasé otra vez sobre el río Finn. Dulce Finn, fluye suavemente hasta que yo llegue a Scotshouse. Cuando pareció que era imposible que lloviera más, empezó a diluviar, y quedé empapado hasta la médula. Ni siquiera había un árbol como Dios manda bajo el que pudiera refugiarme; el lugar estaba cubierto por malditos arbustos, espinos y brezo sucio. La lluvia era torrencial. Estaba claro que era el mismísimo Dios quien dirigía la orquesta. Pasé por más señales X para el aterrizaje de los helicópteros ingleses, pero no tenía ni idea de si estaba caminando hacia el Sur o hacia el Norte.

Finalmente llegué a una carretera con más tráfico, donde paré a un tipo que iba en una moto y le pregunté la dirección a Scotshouse. Torcí a la derecha y seguí adelante en medio de la lluvia torrencial. No me tropecé con nadie, excepto con un hombre que llevaba unas cuantas vacas, hasta que llegué al propio Scotshouse. Allí di con mis huesos en un pub, me quité los zapatos y los calcetines, y me senté al mostrador del bar con los pies descalzos.

Sabía que el Centro Tyrone Guthrie estaba a pocos kilómetros y sabía que iba a detenerme durante algún tiempo. Llamé por teléfono a Bernard Loughlin, le dije dónde estaba, le expliqué mi situación y sugerí con cierta astucia que, si no tenía nada mejor que hacer, podía venir a recogerme. Contestó que tardaría unos minutos y yo descansé al fin, con una pinta de cerveza en mi pobre mano húmeda.

Una vez en casa de Bernard no tardé mucho en llevar calcetines secos, ropa interior limpia y ropa seca también. Volvía a ser el mismo de antes. Me sentía muy ufano. Había telefoneado al nieto de lord Brookeborough, Alan Brooke, de Belturbet, y su mujer había acogido favorablemente la idea de que fuera a verlo. Llamé otra vez desde casa de Bernard y hablé con el mismo Alan Brooke, que iba a heredar el título algo menos de un año después, a la muerte de su padre. Me dijo que podía ir el lunes siguiente para tomar un plato de sopa. Especificó sopa. Si llegaba a la una podría tomar «sopa» con ellos. Por teléfono, parecía un tipo simpático, pero no logré averiguar, cuando me hablaba, si estaba bromeando con eso de la «sopa». Pensé que la aristocracia se estaba volviendo irónica en estos tiempos difíciles y era muy probable que el nieto del viejo lord Brookeborough e hijo del entonces lord Brookeborough fueran capaces de gastar una broma.

Y era una buena broma. Se lo conté en el Centro Tyrone Guthrie a varias personas, que pensaron también que sí lo era. «Sopa» era lo que los hermanos de las iglesias reformadas habían ofrecido a los católicos durante los tiempos de la hambruna, a cambio de su conversión. Renunciad a toda esa estupidez romana, les decían, y nosotros os daremos sopa. «Tomar la sopa» quería decir pasarse al otro bando. En el campo, era una frase con fuertes connotaciones, una broma frecuente. El que le ofreciera a uno sopa el nieto de lord Brookeborough era una tentación desacostumbrada. No lo podía estar diciendo en serio. Yo estaba impaciente por conocerlo.

Y ésa no era la única razón. Alan Brooke había dado origen a una acerba querella en Fermanagh cuando el Sinn Fein y el SDLP, con su nueva mayoría nacionalista, se habían negado a dar la acostumbrada subvención a un acontecimiento hípico local con el que Alan Brooke estaba asociado. Se puso en contacto con Paul Corrigan, del Sinn Fein, presidente del Consejo, y le explicó que este concurso hípico era algo en lo que participaba toda Irlanda y que el ganador competiría en el Concurso Hípico de Dublín. El Sinn Fein se ablandó y Alan Brooke consiguió la subvención. Pero el Sinn Fein divulgó detalles de su entrevista con Alan Brooke, lo cual causó consternación entre la población unionista, que vio con cierta alarma la petición hecha por el nieto de lord Brookeborough al Sinn Fein. En otros tiempos no habría pasado.

Alan Brooke me había dado detalladas instrucciones de cómo llegar a su casa, Colebrooke, por oposición a Ashbrooke, que era la casa de su padre. Convencí a Bernard Loughlin de que me dejara allí, en su camino a Enniskillen, el lunes siguiente. Nos preguntábamos qué tipo de sopa me iban a ofrecer.

El hombre que salió a saludarme no era el tipo que yo imaginaba. No sonreía, no había trazas de ironía en su expresión ni languidez aristocrática en su porte. Era un hombre serio, alerta y franco. Me invitó a entrar en la casa mientras el coche de Bernard se alejaba

—Siento decir que no hay mas que sopa—dijo.

—Me parece muy bien—contesté yo. Me sentía un poco intimidado.

La casa era grande, construida en piedra de tonos apagados. Había sido la residencia del viejo lord Brookeborough, primer ministro de Irlanda del Norte de 1953 a 1963, abuelo de Alan. La mayoría de lo que contenía se vendió a la muerte del viejo lord para pagar los enormes impuestos sobre la herencia, pero Alan exhibía orgullosamente un mueble en el gran vestíbulo vacío que había logrado comprar, y de este modo recuperar, recientemente. La casa había estado vacía durante varios años; él estaba contento de haber vuelto a ella. Opinaba que se debía renunciar al acuerdo anglo-irlandés, pero no quería hablar de política. La familia, en un período de su historia, había cultivado unas diez mil hectáreas. La mayoría de este terreno había ya desaparecido y la mayor parte de lo que quedaba estaba arrendado a granjeros locales; la familia conservaba unas quince hectáreas. Deseaban recuperar algunas más, dijo Alan, pero el sistema de arriendo lo hacía difícil. Añadió que en invierno llevaba a turistas alemanes a cazar a caballo en los bosques de alrededor, pero ahora pasaba todo el tiempo que tenía ocupándose de la granja.

Su mujer llegó con la sopa, que era de tomates frescos; trajo también pan tostado. Hablé acerca de donde había estado en el curso de mi peregrinación por la frontera. Ambos parecían serios y nerviosos. Residían en una sección muy pequeña de la casa, el tipo de apartamento en una Gran Residencia que Desmond Leslie me describió después a mí como «un módulo de vida»; el resto era demasiado difícil de calentar. Alan dijo que recordaba a su abuelo con gran afecto. Yo le pregunté acerca del discurso de su abuelo del día 12 de julio de 1933, en el que aconsejaba a la gente que no empleara a católicos. Alan pareció sorprendido al oír esto. Estaba seguro de que se habían citado incorrectamente las palabras de su abuelo, o tal vez en un contexto erróneo. Él había ido a Ballinamallard para asistir a los actos del día 12 y lo había pasado tan bien como yo.

A Alan le preocupaba un gobierno laborista en Gran Bretaña, aunque habían sido los conservadores los que habían introducido el acuerdo anglo-irlandés. Prefería a los conservadores. Me contó que un día, hacía poco, pescando, en Lough Melvin, se había encontrado con un católico que tampoco estaba a favor del acuerdo. Había pocos que lo apoyaran. Y creía que se debía tratar a los terroristas, si lograban apresarlos, con mucha más severidad.

Les conté a los Brooke que yo estaba en Hillsborough el día del acuerdo. Cuando volví a ver la manifestación de protesta, después de haber saboreado un excelente guiso en el castillo, oí a Ian Paisley darle las gracias a la viuda de lord Brookeborough por asistir a la manifestación. He de decir que yo mismo me maravillé de que una personalidad tan augusta en el mundo unionista estuviera a la intemperie, en el frío del mes de noviembre, mientras yo estaba a cubierto compartiendo la sopa, pero no se lo dije a los Brooke. Alan se quedó sorprendido cuando le dije que su abuela estaba fuera; su abuela había muerto hacía tiempo. Yo insistí en que Paisley había dicho «la duquesa viuda de Brookeborough. Pero esa señora no es mi abuela, dijo Alan, es la segunda mujer de mi abuelo. Sí, tal vez hubiera tomado parte en la manifestación. Su abuelo se había casado en segundas nupcias, para no estar solo. El tono de su voz expresaba desaprobación ante el hecho de que un miembro de su familia, la aristocracia unionista, estuviera implicado en una manifestación organizada por Paisley.

Sonó el teléfono. Mantuvo una conversación con alguien de la BBC, que quería utilizar una de las casitas de sus dominios para una película basada en una obra de teatro de John McGahern. Yo saqué la impresión de que la empresa Brookeborough era casi una parodia de su antigua importancia: los bosques utilizados por los turistas alemanes en el invierno, conducidos por el propio hijo del lord; la cabaña utilizada por la BBC para hacer una película; la gran casa vacía e imposible de calentar; sus tierras reducidas a quince hectáreas; la viuda del duque tomando parte en una manifestación de protesta.

Alan Brooke se ofreció a llevarme al pueblo en su jeep.

Yo le di las gracias a su mujer por la sopa. Bajamos la larga avenida que daba entrada a la casa, pasamos la pequeña iglesia que estaba dentro del recinto de la propiedad de los Brooke, y llegamos a la carretera. La casa de su padre estaba un poco más lejos. Me contó que Garret FitzGerald se había alojado en casa de su padre poco antes de ser nombrado *Taoiseach*. Siguió contándome que su familia había llegado por primera vez a Donegal en el siglo XVI, en una época en que los terratenientes irlandeses eran tan duros como los terratenientes ingleses. Para romper el silencio que se había adueñado del interior del jeep, manifesté mi preocupación de caminar solo por la noche. Me contestó que eso era estúpido, que no tenía nada que temer. Repliqué que tenía miedo del UDR y él dijo a su vez que no tenía ninguna razón para tenerlo.

Cuando me preparaba para salir del jeep, satisfecho por la sopa y la conversación, Alan se volvió hacia mí y me dijo que tuviera cuidado con lo que escribía. Debía procurar, añadió, escribir que muy pocas personas estaban implicadas en lo que estaba ocurriendo en el Norte, muy pocos protestantes y muy pocos católicos. El resto se ocupaba de sus asuntos, vivía su vida. Eso era lo que debía escribir. Yo le di las gracias por acceder a hablar conmigo y continué mi camino hacia el condado de Monaghan.

Cuando atravesé Scotshouse en medio del diluvio, había pasado por una propiedad rodeada de un alto muro llamada Hilton Park, la sede, desde principios del siglo XVIII, de la familia Madden. La casa estaba ahora abierta al público como un hotel familiar, incluida comida gastronómica, camas con dosel y una atmósfera que contribuía a hacerse una idea de cómo vivía la otra mitad. Después de estar unos días en el Centro Tyrone Guthrie, me dirigí en un taxi a Hilton Park, donde me recibió a la misma puerta de la casa Johnny Madden, el propietario actual, que había regresado a vivir aquí con su mujer Lucy y sus tres hijos.

Me dijo que había otros huéspedes; todas las camas con dosel estaban ocupadas. Parecía sentirlo mucho y me llevó a una habitación con una inmensa cama de matrimonio, que daba al césped de entrada y a los robles, cuyas bellotas había traído a Hilton Park una de sus antepasadas con ocasión de su boda. A través de una de las ventanas posteriores me mostró la frontera, detrás de la casa. La casa, ampliada en el transcurso de los siglos, no era un buen ejemplo de ningún tipo determinado de arquitectura, pero era grande, impresionante y sumamente cómoda.

Había un gran fuego encendido en la chimenea del salón; los otros huéspedes estaban sentados alrededor, con bebidas en la mano. Johnny Madden pareció sentirse violento cuando me pidió que escribiera en un trozo de papel el número de bebidas que había tomado. Era un granjero y este asunto de «hacer de Basil», como él decía, no le salía de dentro. No le importaba atender a los huéspedes, explicó, aunque no le haría ninguna gracia tener que llevar sus maletas a las habitaciones, como un mayordomo. En los dos días que siguieron, me preguntó constantemente si me encontraba cómodo, como Mefistófeles apremiando a Fausto, cuyo único deseo era vivir como un caballero, para que fuera más indulgente con la comida, la bebida, la calefacción y el aire campestre.

Se unió a sus huéspedes para la cena, que Lucy había preparado. El plato principal era cordero con salsa de ciruelas; las patatas estaban asadas a la perfección. De postre tuvimos un enorme y exquisito pastel de chocolate, seguido por queso hecho en casa y café.

Johnny era presidente de la Feria Anual de Clones, que iba a tener lugar dos días más tarde; y estaba preocupado con el tiempo. Hubo una época en que acudían del Norte granjeros protestantes, ya que el recinto de la feria estaba justo en la frontera, pero esto se interrumpió cuando empezaron los asesinatos.

Se había afiliado al Fine Gael, el partido de Garret Fitz-Gerald, que pasó por una fase liberal en los primeros años de la década de 1980, sobre todo en relación a asuntos sociales como anticoncepción y divorcio. Durante muchos años un protestante había tenido un escaño en el *Dail* representando a Monaghan, pero ya no era así. Johnny estaba muy desilusionado por los resultados del referéndum sobre el divorcio, un mensaje más de la mayoría a la minoría protestante. Había hecho un esfuerzo desde que volvió a Hilton Park por formar parte del círculo social del Sur, no solamente por el hecho de haberse afiliado al Fine Gael, sino por haber mandado a su hijo a la escuela pública local, en el pueblo de Scotshouse a las puertas de sus dominios, y no a un colegio protestante. Se preguntaba si los protestantes tenían algún porvenir en la República. En 1981 Garret Fitz-Gerald anunció una cruzada constitucional para hacer del Sur una sociedad más abierta y pluralista, pero el resultado del referéndum sobre el divorcio había frustrado cualquier esperanza de que algo serio saliera de esto.

Después de cenar nos fuimos al salón, donde hablé un rato con una pareja inglesa. Parecían conocer Irlanda y, cuando habló, el hombre utilizó una frase gaélica; su pronunciación era buena. Había estudiado en la Nueva Universidad del Ulster y durante el tiempo que estuvo en ella había ido a Donegal, por iniciativa propia, para aprender irlandés, ahora lo hablaba con fluidez. Yo nunca había oído a ningún inglés hablar irlandés.

A la mañana siguiente el viento silbaba y la lluvia azotaba el cristal de los ventanales. La Feria Anual de Clones se había suspendido. Johnny y Lucy iban a estar ocupados todo el día en Clones. No obstante, Lucy nos preparó un sensacional desayuno antes de marcharse y no faltó el detalle de una bandeja de plata sobre la mesa donde yo pudiera colocar mi *Irish Times*. Me preguntó qué clase de té quería y mencionó varios. Yo asentí cuando nombró el último, al no estar familiarizado con los diversos tipos de té. Estábamos en un comedor de familia en la parte de abajo de la casa. Una gran estufa calentaba la habitación. El zumo de naranja era natural y estaba recién exprimido.

El tiempo fue poco a poco empeorando. No valía la pena salir. Estaba solo en la casa y me habían dejado queso y fruta para comer. Curioseé un poco y encontré una edición completa del *New York Times Book Revue*. Encontré también un aparato estereofónico para casetes y la versión completa del *Fidelio* de Beethoven. Me senté en un largo y cómodo sofá; la calefacción estaba a tope, como lo estaba el estéreo. Comí algo de queso, uvas y naranjas, y hojeé las críticas de libros de un año entero, algunas llenas de malicia, otras anodinas y benignas; en parte de ellas se apreciaba la ignorancia del crítico y en otras, por el contrario, la superioridad y estilo del mismo. Extraje mucha y muy útil información sobre temas como la novela suramericana, la decadencia de Occidente, el desarrollo de los grandes negocios y las vidas privadas de los escritores famosos, en una palabra todo lo que constituye la crítica literaria. Me atiborré de queso y conocimientos, esperando que el demonio llamara a la puerta, declarara que había pasado ya el plazo y que yo era ya suyo, que le pertenecía.

Pero el demonio estaba ocupado con otras cosas. El mal tiempo se convirtió en tormenta, ésta en huracán y éste en el Huracán Charlie. Por toda Irlanda cayeron árboles, se inundaron carreteras. En el suroeste se inundaron pueblos enteros, lo mismo que ocurrió en zonas de Dublín. Conforme avanzaba el día me di más cuenta de lo afortunado que era de estar en Hilton Park y no en un arcén de la carretera o en algún miserable Bed and breakfast.

El espíritu de John Madden, bisabuelo de mi anfitrión, rondaba por la casa. A su muerte había dejado diarios, con notas y observaciones para cada día, e informes regulares de sus estados de cuenta. Estaban amontonados en una caja de metal, en un rincón del comedor familiar. El viejo John Madden tenían opiniones muy enraizadas sobre los derechos de los terratenientes y el deber que tenía el gobierno de respetarlos. Cuando añadió la fachada a la casa, incluyó persianas metálicas en cada ventana del piso inferior, con un pequeño orificio móvil en cada una de ellas para poder apuntar un rifle contra cualquier horda que pudiera surgir de improviso con intención de asaltar la casa.

Cuando me cansé de leer críticas de libros concentré mi atención en los hechos de John Madden. Muchas de las páginas de su diario se parecían a las del pobre Mr. Pooter en *Diary of Nobody*; cosas comunes y corrientes que ocurren a diario en la vida de un hombre de cierto rango, ligeramente presuntuoso, un poco esnob. No obstante, si bien los extractos de su cuenta en el banco, o de la salud de su mujer, resultaban aburridos, sus comentarios sobre los nativos y su comportamiento eran sumamente interesantes. Anotaba que en Scotshouse los «papistas» habían estado comprometidos en luchas de facciones violentas después de un partido de fútbol. Estaba encantado con la caída de Parnell. Después del nombre de Mrs. O'Shea había escrito las palabras «Que Dios la bendiga», posiblemente por el papel que desempeñó en la destitución del jefe del Partido Parlamentario Irlandés y, por lo tanto, en echar por tierra la posibilidad de la *Home Rule,* o Autonomía, en 1891.

John Madden, de Hilton Park, autor de diarios personales y hombre de persianas metálicas, había estado implicado en una considerable controversia en 1869 y 1870, cuando se le nombró representante de la Corona por el condado de Leitrim, además de sus otros deberes públicos. Escribió al castillo de Dublín, sede de la administración británica en Irlanda, para amonestar al gobierno por administrar «los asuntos de mi desdichado país de tal manera que en menos de un año nos hemos visto reducidos desde un estado de comparativa prosperidad a una situación en que se puede decir que la legalidad, el orden y la seguridad, de persona y propiedad, han cesado prácticamente de existir y la estructura misma de la sociedad está amenazada con derrumbarse». El castillo de Dublín reaccionó a su carta haciéndole renunciar a su cargo de vicelugarteniente del condado de Monaghan, así como de sus funciones de juez de paz. Se le reprendió también por «su lenguaje, los premeditados insultos al gobierno de la reina». A todo esto le siguió una larga controversia y John Madden se retiró de la vida pública para dedicarse al viaje y a la exploración, de lo cual salió un libro de geografía titulado *The Wilderness and its Tenants,* (La naturaleza salvaje y sus habitantes).

Escribió también *A History of the Madden family and their estates in Counties Leitrim, Monaghan and Fermanagh,* en 1881, con un epígrafe en español que rezaba: «Nacimos arreglando, vivimos arreglando, y por fin, moriremos sin haber arreglado nada».

En 1886 escribió el panfleto *A Few Remarks upon the Irish Crisis.* (Unas cuantas observaciones sobre la crisis de Irlanda): «No son ni las rentas altas ni la opresión de los terratenientes lo que ha causado la pobreza y miseria de Irlanda. Es la lucha desesperada de los arrendatarios *cottier*—aquellos que pagan por las pequeñas parcelas de tierra que arriendan una renta establecida por competencia—por mantenerse a sí mismos y a sus familias en parcelas de terreno totalmente inadecuadas para tal propósito. De hecho, estos arrendatarios constituyen, en suma, lo que se puede llamar la Irlanda Volcánica, sumidos como están en la ignorancia y la miseria». Su biznieto tenía ahora como compañeros de escuela a los descendientes de esos volcánicos irlandeses .

Cuando volvió de Clones, Johnny Madden me enseñó un libro de citas que había compilado, entre otras la de un jefe indio que había conocido su bisabuelo y que Johnny consideró apropiada para describir la posición de los protestantes en el sur de Irlanda: «Nacimos bajo la sombra de aquellos árboles; y los huesos de nuestros padres fueron enterrados debajo de ellos». ¿Deberíamos decir los huesos de nuestros antepasados: «Levantaos y venid con nosotros a un país extranjero?». Hojeé el libro y encontré otra cita: «La esencia de una democracia libre no es que prevalezcan las mayorías, sino más bien que las minorías estén de acuerdo». Me indicó otra que procedía de un político de Fianna Fail, el partido mayoritario de la República: «Tenéis que comprender la manera de pensar de Fianna Fail. El partido calcula qué aspecto de una cuestión determinada le hará ganar las elecciones y ése es el aspecto a cuya defensa se entregará siempre: el aspecto que le va a dar la victoria».

A la mañana siguiente la tormenta había pasado. Johnny pareció vacilar cuando fui a pagarle; le disgustaba tener que tratar de cuentas y dinero. Se ofreció a llevarme en coche a Clones. Dijo que durante la huelga de hambre de 1981, un momento en que había mucha tensión tanto en Monaghan como en el Norte, le preocupaba salir de casa por si le prendían fuego. Uno de los obreros le dijo que no había el menor peligro. La gente del pueblo que frecuentaba el pub estaba de acuerdo en que los Madden ha-bían proporcionado trabajo y empleo durante mucho tiempo, cuando no lo había en otras partes. Johnny estaba en Dublín con su padre, preocupado aún por la casa, cuando los participantes en la huelga de hambre empezaron a morir en Long Kesh. Los *Gardaí* mantenían vigilancia en la casa, aunque le confiaron que no creían que la casa estuviera en peligro.

—Ustedes compraron su terreno—le dijo un *Garda* a Johnny Madden. Quiso decir que los Madden no habían llegado a Scotshouse en un período de colonización o confiscación. Compraron el terreno en 1732. Y la gente lo recordaba.

8

Las murallas de Derry

El día 12 de agosto regresé a Derry en autobús para ver el desfile de los *Apprentice Boys*. Cuando encontré una casa de huéspedes y dejé allí mi equipaje, di un paseo por la ciudad, que estaba silenciosa, casi desolada, a las siete de la tarde. Justo cuando me dirigía a un pub para echarme un trago, me encontré con Eamonn McCann, que había participado en las primeras manifestaciones en pro de los derechos civiles en Derry y había escrito *War and an Irish Town*, el mejor reportaje de los primeros días de los *Troubles* en Derry en 1969 y 1970. Fuimos a varios pubs en el centro de la ciudad, bares de diferentes tipos, desde los sucios y lúgubres hasta los bares disco.

Más tarde, cuando nos dirigíamos andando a la casa de los McCann en el Bogside, Eamonn se paró y se quedó de pie en un trozo de terreno a un lado de la catedral de San Eugenio, y fijó la mirada en la silueta que recortaba en el horizonte los tejados de Derry. Faltaban tantas cosas ahora, tanto había sido bombardeado hasta quedar hecho pedazos, incluido el enorme monumento al general Walker que había estado al frente de los *Apprentice Boys* en 1689. McCann se preguntaba si no habría sido una equivocación volar el monumento; tal vez, meditó, habría sido mejor hacer bajar a Walker y poner en su lugar a otra persona. Pero ¿a quién?

Me señaló un bloque de pisos. La cantante Dana, que ganó el Festival de Eurovisión en 1970 con una canción llamada *All Kinds of Everything,* solía vivir en un séptimo piso.

Él estaba allí cuando volvió a Derry después del Festival, y me habló de la multitud delirante, en la calle, debajo de su balcón; querían que saliera y les cantara la canción, esa canción que había ganado el premio de Eurovisión, no para el Reino Unido—del cual los ciudadanos de Derry eran oficialmente miembros—, sino para la República de Irlanda, a sólo unos kilómetros al otro lado de la frontera, de la cual ellos querían ser ciudadanos. Cuando se asomó al balcón, la aplaudieron, la vitorearon, y Dana cantó para ellos:

> *Snowdrops and daffodils, butterflies and bees,*
> *Sail boats and fishing nets, things of the seas,*
> *Wishing wells, wedding bells, early morning dew,*
> *All kind of everything remind me of you.**

Estaban entusiasmados con ella, una de los suyos, y cuando llegó más gente y se unió a la muchedumbre, Dana cantó otra vez la canción; los que estaban en la calle sentían en lo más hondo de su corazón que éste era un día glorioso para Derry y para Irlanda. Tan orgullosa de Dana y de Derry estaba la multitud y tanto entusiasmo manifestó, que terminó por desencadenarse un motín de tan considerables proporciones que destruyó toda una calle de depósitos o almacenes y causó varios millones de libras en daños y perjuicios.

A la mañana siguiente, en los alrededores del Diamond en Derry, sólidos andamios cubiertos de lonas negras impedían inspeccionar el distrito católico del Bogside o tirar piedras desde lo alto de las murallas a la gente que allí vivía. El ejército británico y la RUC montaron guardia para que nadie intentara derrumbar los andamios. Dentro de la sede

---

*Campanillas y narcisos, mariposas y abejas, / barcos de vela y redes de pesca, cosas de los mares, / pozos de los deseos, campanas de boda, rocío de la mañana / todo tipo de cosas me hacen pensar en ti.

de los *Apprentice Boys* estaba Peter Robinson, que había llevado a sus correligionarios, protegido por la oscuridad de la noche, al odiado Sur, donde habían atemorizado a la gente del pueblo de Clontibret, en el condado de Monaghan.

Su nombre había aparecido en los titulares de los periódicos y ahora los fotógrafos estaban esperando para tratar de hacerle unas fotos. Había muchachos con latas de cerveza en la mano, mirando a los fotógrafos.

—Ulster dirá siempre que no, me cago en la mar—dijo uno de ellos.

Apareció Robinson: era un hombre joven, pulido y esbelto como un galgo. Llevaba un paraguas y una camisa azul, y sonreía lánguidamente. No tenía la apariencia de un héroe ni esa mirada fría y amedrantadora que los periodistas de todo el mundo le habían atribuido. Tenía el aire de un hombre ordinario, vivo, bastante elegante, seguro de sí mismo.

Todo el mundo quería tocarlo, estrecharle la mano, saludarle. Aquella mañana a su paso por las calles de Derry, se encontró un caluroso recibimiento. Su guardaespaldas se encargaba de que no estuviera inmóvil en ningún momento y estaba en guardia para defenderle de posibles ataques. Los fotógrafos le seguían y las máquinas hacían «clic» cuando las mujeres le saludaban, mientras los jóvenes hacían ondear las banderas inglesas desde las murallas de Derry y Robinson saludaba al pasar con un gesto de la mano.

Aparte de su guardaespaldas, Robinson andaba solo. El puente sobre el río Foyle estaba lleno de manifestantes con sus fajines y sus sombreros de copa. Los manifestantes que circulaban en fila tenían el rostro vuelto hacia Robinson, mientras éste atravesaba el puente. Habían cronometrado todo esto perfectamente. Todo el mundo lo veía, lo vitoreaba, lo reconocía. Era el hombre del momento, el segundo de a bordo que había superado en celo a su líder, Ian Paisley.

De repente nos encontramos en el barrio protestante de
Waterside. Una gran muchedumbre se había congregado
en torno a Robinson y un grupo más reducido rodeaba a
Paisley. Las calles rezumaban tensión. No había policías por
ninguna parte. Yo empecé a mirar nerviosamente a mi alrededor. Quería salir de allí. Si abría la boca sabrían que
era del sur de Irlanda. Los unionistas protestantes, a diferencia de sus homólogos católicos, sospechaban profundamente
de los periodistas.

Algunos de los jóvenes parecían estar ya borrachos. Estaban en grupos y la expresión de sus rostros era adusta.
Traté de retroceder hacia el puente, pero había demasiada
gente en la calle y no me atrevía a empujar, tenía miedo de
que alguien reconociera en mí los primeros momentos
de pánico. Compré un panfleto con la bandera inglesa en
la portada, pero seguía pensando que no podía deshacer-
me del aspecto de un forastero. Me fui abriendo paso para
apoyarme contra la pared y me quedé allí, de pie, dando la
espalda a un escaparate. Estaba seguro de que alguien se
acercaría a mí por detrás. No se notaba ni humor ni placer
en esta reunión, ni se tenía la sensación de que esta gente
estaba de fiesta o pasando un día fuera de sus casas.

Pensé que si estallaba cualquier tipo de violencia, si
empezaban a atacar a alguien—a mí, por ejemplo—la situación podía ser seria. Tenía la impresión de que apalearían
a cualquiera que provocara su ira. Vi a un fotógrafo que yo
conocía dando vueltas de un lado a otro con un grupo de
fotógrafos norteamericanos. Me dijo, en voz baja, que a
uno de ellos lo habían molido a patadas cuando cruzaba el
puente. Le contesté, también en voz baja, que creía que nos
debíamos ir. Le inquietaba que alguien pudiera notar la
preocupación en nuestros rostros; no sabíamos qué hacer.

Nos echamos hacia atrás y nos alejamos de donde
Robinson y Paisley saludaban todavía a sus correligionarios,
y nos fuimos abriendo camino hacia el puente. Empezaba
el desfile; la música de los acordeones, las gaitas y los tambores llenaba el aire. Continuamos andando hacia el cen-

tro de la ciudad para poder ver mejor el desfile desde allí, sin correr peligro. Fue una estupidez por mi parte el seguir a Robinson durante tanto tiempo. No pensaba volver a hacerlo.

Al llegar al Diamond, vi que los *Apprentice Boys* se quitaban el sombrero cuando pasaban por el monumento dedicado a los muertos en la guerra. Shipquay Street estaba bloqueada por jeeps de la RUC. La policía y el ejército montaban guardia por los alrededores; algunos de los grupos que pasaron se burlaron de ellos, especialmente de un soldado negro a quien dirigían insultos, utilizando términos peyorativos como «Nigger», «Blackie» y «Darkie».

Había bandas de música procedentes de todo el Norte, bandas de gaiteros con faldas escocesas, otras con corbatas de pajarita color púrpura, otras precedidas por dos niños lanzando bastones al aire y volviéndolos a coger con inmensa pericia. Había también bandas de acordeones, vestidos de rojo, blanco y azul. Hasta los más jóvenes, los adolescentes, tenían una expresión severa en el rostro.

Cada banda llevaba un estandarte dedicado al rey William, que había salvado al Ulster del papismo, o al general Walker, que había estado al frente de la resistencia al asedio, o a alguna otra figura de la mitología unionista, con eslóganes como «No nos rendiremos» y el nombre del lugar de origen de la banda. Algunos de ellos procedían del otro lado de la frontera.

Cada una de las bandas tenía también hombres que llevaban espadas, a uno de los cuales le seguí la pista con los ojos, disfrutando de la impresión de placer, importancia y pomposidad reflejadas en su rostro. Otras tenían hombres que llevaban enormes bastones de ceremonia. En la de Coleraine había un hombre vestido de general. Los Hijos del Ulster, de Carrickfergus, llevaban delante un cabeza rapada con un pesado bastón en la mano; al dar la vuelta a la esquina lanzó un alarido y miró frente a él como desafiando a cualquiera que se atreviera a negarle el derecho a hacerlo. Unos cuantos muchachos con camisetas del Frente Nacional pululaban por los alrededores y miraban también el desfile. Pasó también una sección de Liverpool. Un hombre le sacó la lengua a los de la RUC.

Después de mirar el desfile me dirigí al barrio de Bogside para ver qué habían estado haciendo nuestros hermanos católicos mientras sus compatriotas celebraban su liberación en el año 1689. En Shipquay Street, los de la RUC sacaron sus porras y salieron en persecución de unos cuantos muchachos; aparte de eso, reinaba la calma. Estaba todo aún más tranquilo cuando tiré por la izquierda, pasé por unos cuantos jeeps de la RUC y me encaminé hacia Bogside.

Caminaba distraído, sin prestar la menor atención a lo que ocurría a mi alrededor. Pero una voz con acento de Derry me volvió repentinamente a la realidad:

—¡Márchate de aquí!

Justo delante de mí había dos tipos con pasamontañas cubriéndoles la cabeza, excepto las dos ranuras de los ojos. Ambos avanzaban con precaución hacia la esquina. No tardé mucho en darme cuenta de que llevaban en las manos cócteles molotov. Crucé corriendo al otro lado de la calle hacia un café que había empezado a bajar sus persianas.

Lanzaron los cócteles molotov al mismo tiempo que se quitaban los pasamontañas, de manera que en un espacio de unos pocos segundos era imposible distinguirlos del resto de transeúntes. Tan pronto como las bombas explotaron, los jeeps de la RUC llegaron a toda velocidad a la calle y el café se llenó de gente buscando refugio. Yo podía oír el sonido de balas de goma que se estaban disparando fuera.

Cuando cesó el ruido, subieron de nuevo la persiana del café y yo me puse en camino hacia Rossville Street. La gente había salido de sus casas y pisos y permanecía de pie por los alrededores. Seis equipos diferentes de televisión se colocaron en puntos estratégicos en el terreno yermo de alrededor. Había fotógrafos por todas partes. Observé a unos niños que se estaban poniendo pasamontañas y dirigían a un grupo de fotógrafos a un callejón lateral. La mayoría de los fotógrafos eran extranjeros. Alguien me señaló a un hombre que estaba de pie entre la multitud y me dijo que era un miembro destacado del IRA, que vigilaba cómo iban las cosas.

Un niño, que no podía tener más de diez años, se separó de la multitud y tiró una piedra al jeep de la RUC. Se marchó corriendo y volvió con otra piedra. No se molestó en ocultarse con un pasamontañas. Unos cuantos jeeps de la RUC se movían por los despoblados, pero no se acercaron. Un poco más abajo, en Bogside, unos chavales habían encendido una hoguera en la calle. Un muchacho pululaba alrededor y llevaba cubierta la cabeza con un pasamontañas de color rosa. Por encima de nuestras cabezas sobrevolaba un helicóptero.

A los fotógrafos en el Bogside y a los equipos de cine que se habían quedado allí no les habían ido bien las cosas aquella tarde. Si se hubieran aventurado a cruzar al otro lado del río, al Waterside, habrían sido testigos de una batalla entre la RUC y los manifestantes unionistas más militantes. Esta batalla habría sido inconcebible antes del acuerdo anglo-irlandés.

Unos cuantos fotógrafos habían sacado fotos de esa batalla y ahora cenaban en un restaurante indio. Estaban muy ufanos. Una fotógrafa norteamericana y su colega francés estaban haciendo un trato según el cual ella entregaría las fotos a la agencia de él y él le pagaría. Un fotógrafo iraní estaba en una cabina telefónica tratando de ponerse en comunicación con París y otras capitales en lugares lejanos, y volvía una y otra vez a nuestra mesa quejándose de que no lo estaba logrando.

En el Bogside católico, algo más tarde esa misma noche, un autobús del Ulster, que habían secuestrado, bloqueó Rossville Street y varias personas estaban de pie agrupadas alrededor de los pisos. A la izquierda, las autoridades iniciaban la demolición de todo un bloque de pisos; todo se había echado abajo excepto las paredes exteriores, los suelos y las paredes entre uno y otro piso. Se podía mirar este casco y ver los papeles pintados de las paredes, los pocos apliques de luz que habían dejado y los diminutos, estrechos espacios donde se habían criado familias enteras. El lugar parecía una librería, gigantesca y vacía, descollando sobre los periodistas y fotógrafos, que esperaban que en cualquier momento estallara un motín, y los de la localidad, que estaban amablemente dispuestos a no defraudarlos.

Con los pubes cerrados y todo el mundo reunido, unos cuantos tipos enmascarados se dirigieron al autobús y lo rociaron de gasolina. Nosotros retrocedimos y los vimos empapar los asientos y el suelo y prender después fuego al autobús antes de escapar, corriendo, por un callejón. El autobús empezó a arder, al principio despacio, después con creciente ferocidad. Conforme seguía ardiendo, la persona, fuera quien fuera, que dirigía esta operación decidió que esto no era suficiente; se forzó a un periodista francés y a otro de la BBC a que entregaran sus coches, que fueron conducidos de arriba abajo de la calle, con gran deleite, por un grupo de adolescentes locales, para ser devueltos, afortunadamente sin haber sufrido ningún daño.

El autobús en llamas aceleró durante un rato, como si un conductor fantasma lo hubiera puesto en marcha. Después el fuego se fue apagando.

—Ahora que se ha apagado, siento frío—dijo un fotógrafo norteamericano.

Yo también tenía frío y decidí que era hora de irme a casa. Iba a salir para Clones a la mañana siguiente para continuar mi peregrinación a lo largo de la frontera. Así que me dirigí, calle arriba, a mi pensión. Al pasar por un bloque de casas nuevas un coche se detuvo y salieron de él varias mujeres de edad mediana. Se quedaron mirándome.

—¿Te apetece un poco de tarta de manzana?—me preguntó una de ellas—. Anda, ven, toma un poco, no nos gustaría tenerla que tirar—. Llevaba en la mano una fuente cubierta de tarta de manzana. No tenía cuchillo, ni tenedor, ni cuchara, así que me hizo cogerla con las manos.

—Toma más, toma más—insistió. Las otras mujeres salieron del coche y alguien abandonó la casa; se quedaron allí, de pie, a las tres de la madrugada, el autobús carbonizado justo a la vuelta de la esquina, e insistieron en que terminara la tarta, riéndose y gastando bromas, encantadas de haber encontrado un joven hambriento camino de su casa.

Si había un pueblo en Irlanda que mereciera un héroe era el pueblo fronterizo de Clones a donde fui el día siguiente. Se veían por todas partes vestigios de su anterior prosperidad, los pude ver en cuanto llegué de Derry; los antiguos edificios de la estación de ferrocarril, por ejemplo, el mercado o los bancos en el Diamond. El pueblo era importante por ser un lugar donde se cruzaban líneas de ferrocarril, una versión septentrional de la estación de empalme de Limerick, una versión irlandesa de Crewe. Los ferrocarriles septentrionales se cerraron en 1959, Clones estaba también separado del Norte, que era su *hinterland* natural; la carretera estaba cortada en el puente de Lackey, en la frontera. El pueblo se había quedado dormido. Se vendían trescientos o cuatrocientos ejemplares a la semana del periódico de los Provos, *An Phoblacht*.

Yo estaba en Clones la noche en que Barry McGuigan perdió su título de campeón de pesos ligeros a manos de un joven tejano, Steve Cruz. Llegué tarde, ya de noche, porque el desfile no estaba programado hasta después de la una de la madrugada. El pueblo estaba vacío, los pubes parecían cerrados, una pareja de *Gardaí* se paseaba por las calles. Se me vino a la cabeza el pensamiento de que Clones se había acostumbrado a las luchas de McGuigan. Con ocasión de su victoria sobre Pedroza, que le dio el título de campeón, el pueblo pareció enloquecer: la bebida y el jolgorio se prolongaron durante días y días. La noche de la segunda pelea, esta vez contra Cabrera, fue bastante más tranquila. Era posible que la fiebre de McGuigan fuera declinando.

McGuigan era un muchacho del pueblo cuya familia
tenía una tienda en el centro. Su padre, cantante, había
representado una vez a Irlanda en el festival de Eurovisión.
La gente estaba orgullosa de McGuigan y esperaba que
ganara también esa noche. Llamé a la entrada lateral de
The Paragon, en el que se veía un resquicio de luz a través
de las persianas, y me dejaron entrar. La televisión estaba
en el cuarto trasero, donde el escritor Eugene McCabe
tomaba unas copas con su familia. Su casa estaba a unos
pocos kilómetros carretera abajo, justo en la frontera; era
pariente político de McGuigan. Me aseguró que esta noche
no habría mucha excitación. La gente estaba acostumbrada a que McGuigan ganara y la pelea era demasiado tarde
para que hubiera muchos espectadores en los pubes de
Clones.

Nos sentamos en espera de que empezara el combate.
Había algunos bebedores en la parte delantera del bar; la
parte de atrás estaba casi vacía. Era mediodía en Las Vegas,
donde iba a tener lugar la pelea, y el único problema de
McGuigan sería el calor. No prestamos mucha atención a
los preliminares.

Era más de la una y la gente empezaba a cansarse. El bar
seguía sirviendo bebidas. Inmediatamente después de ver
unas imágenes de McGuigan mientras lo pesaban, me di
cuenta de que había mucha gente en el bar, estratégicamente colocada para poder ver la pantalla de la televisión.
Unos minutos más tarde el local estaba completamente
lleno. La cuñada de Eugene McCabe aborrecía el boxeo,
nunca lo miraba, según dijo, pero añadió, como se trataba
de McGuigan, no tenía más remedio que hacerlo. Yo podía
notar lo nerviosa que se iba poniendo cuando empezó la
pelea.

Todo el mundo estaba tenso. Entre un asalto y otro la
concurrencia tomaba cortos tragos de sus bebidas o hablaba o cambiaba de sitio. Los que estaban en el bar perma-
necían inmóviles durante el curso de la pelea, con una
expresión de concentración en los rostros, la mirada clava-

da en la pantalla y gritos alentadores cuando McGuigan parecía estar a punto de golpear a Cruz. McGuigan no daba la impresión de estar en una situación crítica durante los primeros asaltos, pero la lucha era todavía excitante y se podía palpar esa excitación por todo el bar, como si el combate estuviera teniendo lugar delante mismo de nosotros, como si McGuigan pudiera oír los gritos de aliento.

Los asaltos cuarto y quinto dieron ventaja a McGuigan, que acorraló a Cruz contra las cuerdas y le dio puñetazos en el cuerpo. La cuñada de Eugene se tapaba la cara con las manos cada vez que uno u otro boxeador golpeaba al otro. La muchedumbre que estaba congregada en el bar quería simplemente que McGuigan ganara. Las manifestaciones de aliento se exteriorizaban en voz cada vez más alta y de manera más agresiva. «¡Pégale, Barry, pégale!».

Hacia el final del sexto asalto la gente se empezó a dar cuenta de que algo extraño estaba ocurriendo. Un gancho de izquierda contra la mandíbula lanzó a McGuigan al otro lado del ring; Cruz seguía golpeando la cabeza de McGuigan. Pero Barry se había encontrado antes en situaciones difíciles, y evidentemente estaba ganando. Se podían oír los gritos de la muchedumbre en Las Vegas cantando «¡Vamos a ganar, vamos a ganar!». Pero el asalto siguiente fue todavía peor para McGuigan, con Cruz encarnizándose con su cabeza. La gente del bar se había puesto ahora de pie en sus asientos. A los espectadores en Las Vegas se les podía ahora oír cantando «¡Adelante, adelante, adelante!». Pero el asalto siguiente fue aún peor para McGuigan, que tenía a Cruz golpeándole sin tregua la cabeza. La gente del bar estaba de pie en los asientos dando gritos de ánimo a McGuigan, como si estuviera cerca, como si los pudiera oír.

Los dos asaltos siguientes fueron mejor y parecía ser simplemente cuestión de tiempo que McGuigan fuera declarado vencedor. Lo que necesitaba era resistencia, eso era todo, porque parecía que la pelea iba a durar al menos otros quince asaltos.

A mitad del décimo asalto, Cruz tiró a McGuigan al suelo. Parecía imposible, pero le resultaba difícil levantarse. En el bar se oyeron gritos y alaridos. La gente se llevó las manos a la boca, como si hubiera presenciado un terrible accidente. «¡Vamos, Barry», gritó alguien. «¡Vamos, vamos, vamos!». La cuñada de Eugene tenía la cabeza entre las manos. Podía oír la respiración de la gente a mi alrededor mientras esperábamos el comienzo del noveno asalto.

Durante los dos asaltos que siguieron uno tenía la impresión de que era a la gente del pub a quien se estaba derrotando y golpeando en la cabeza contra las cuerdas. Cada vez que se golpeaba a McGuigan alguien daba un grito. «¡Barry, Barry!», le llamaban una y otra vez, a veces en susurros. Cuando decían ahora «¡Vamos, Barry!», lo hacían en un tono distinto, como si no les hubiera hecho caso antes, le estaban urgiendo, intimidando, implorando. «¡Vamos, Barry!». Después del duodécimo asalto se hizo un gran silencio: nadie tenía nada que decir. Estaba perdiendo. Tendría que hacer algo.

McGuigan estuvo genial en el asalto décimotercero. El temor que había manifestado por primera vez, la tímida mirada en sus ojos, habían desaparecido. Había pasado a la ofensiva. Golpeó a Cruz y fue detrás de él con más golpes. Lo iba a lograr, iba a ganar; esto era lo que necesitaba; estaba ganando. El bar estaba alborozado. Lo único que tenía que hacer era no meterse en líos en los dos asaltos siguientes y ganaría por puntos.

En el asalto siguiente estaba tratando de ganar tiempo, de mantener el espectáculo. Un asalto más y ganaría en el recuento. Yo estaba íntimamente seguro de eso. Pero el asalto final fue un desastre. Nadie podía creer lo que estaba pasando. Hombres y mujeres gritaban al televisor. Hubo consternación cuando se derrumbó. Estaba grogui, aturdido. Ese aspecto de derrota, que yo había observado en el décimo asalto, había vuelto a aparecer en su rostro. Todo el mundo lo vio, lo reconoció instantáneamente. Esto no había pasado nunca: iba a perder. La gente no quería mirar a la pantalla cuando lo dejaron KO por segunda vez. Había una cierta emoción en la forma en que le llamaban, en que pronunciaban su nombre.

Entonces hubo una demora mientras los jueces llegaban a sus propias conclusiones. A mi alrededor la gente empezó a discutir la posibilidad de que McGuigan ganara en el recuento de puntos. Yo dije que no creía que ganara. «No digas eso», dijo alguien volviéndose hacia mí. Pero era demasiado tarde. Los jueces declararon a Cruz el nuevo campeón mundial de pesos ligeros.

En ese momento todo el mundo se preparó para marcharse. Nadie quería tomar otra copa, nadie hablaba. La televisión empezó a mostrar de nuevo el último asalto, lo cual fue recibido por alaridos de la gente en el pub, «¡apágala, apágala!». Nadie quería volverlo a ver, todo el mundo quería irse a su casa, alejarse de esto. «Esto es lo peor que ha ocurrido en este pueblo desde que cerraron el ferrocarril en 1959», dijo el sobrino de Eugene cuando pasó por mi lado.

Al día siguiente salí andando de Clones, en dirección norte, hacia Lackey Bridge. Era un día cálido, con un sol brumoso. Unos obreros del ayuntamiento que estaban recortando la hierba de las cunetas con una hoz me mostraron donde empezaba el Norte, continuaba a lo largo de un tramo de carretera y volvía a ceder el paso al Sur. Habían oído decir que aterrizaban helicópteros en este pequeño terreno, pero no creían que ocurriera con frecuencia. Kilómetro y medio más adelante estaba la casa de Eugene McCabe, Dromard, que tomaba su nombre de dos palabras, *drom*, que significa cresta, y *ard*, que quiere decir alto o alta. La casa, situada en una pequeña colina, estaba rodeada de hayas; la mayor parte del terreno estaba en el Sur, pero un extremo de él estaba en el Norte.

Eugene era granjero además de escritor. Tenía una manada de vacas de Jersey y estaba intentando cortar un campo de heno para ensilaje antes de que la lluvia volviera e inutilizara los campos una vez más. La casa era preciosa, aunque sus comodidades modestas y discretas. Era una casa antigua, un nuevo ventanal en el comedor era el único elemento moderno; la decoración era discreta, los colores, sin ser tristes, apagados.

Desde la amplia ventana, en las escaleras, hacia el norte, se veía el puesto de control del ejército británico. Margot, la mujer de Eugene, se preguntaba si se daban cuenta de si alguien subía o bajaba las escaleras. Aunque el ejército tenía un puesto de control en el Norte, justo pasado el puente, la carretera estaba interceptada en Lackey Bridge, con los acostumbrados bloques de cemento y las barras que salían de ellos e impedían el paso. Esta operación se hizo por primera vez en 1957, se volvió a abrir en los primeros años de la década de 1960 y se volvió a interceptar en 1980.

Bajé con Margot a ver el puente mientras Eugene se ocupaba de los asuntos de la granja. Los protestantes eran dueños de todas las granjas de la otra orilla del río. Margot me señaló varias casas. Hubo una época en que los dos lados del arroyo estaban en frecuente contacto, pero ahora no había ninguno. A la izquierda había un punto en que los coches podían cruzar el arroyo, pero este punto había sido también interceptado. A su lado se erguía una casa abandonada, en otro tiempo propiedad de una mujer que solía trabajar en Dromard para los McCabe.

A la derecha de Lackey Bridge había otra carretera que anteriormente llevaba a una granja en el Norte, pero ahora también estaba bloqueada y el granjero no tenía ya acceso al Sur. Margot comentó que era triste el que, teniendo vecinos, no pudieras tener comunicación con nadie. Se acababan de enterar, siete años después de que ocurriera, de que uno de los hijos de su vecino más cercano se había casado. Recordaba que un día de verano, cuando sus hijos eran aún pequeños, fue con ellos a una tiendecita regentada por una mujer protestante en el otro lado de la frontera. Había también allí niños protestantes y eran todos demasiado pequeños para asistir a la escuela y demasiado pequeños también para darse cuenta, en sus aulas separadas, unas para católicos y otras para protestantes, de que había divisiones tan profundas entre ellos. Así que aquel día podían jugar juntos, pero pronto tendrían que ir por caminos separados. Sabiendo esto, se experimentaba una extraña sensación al observarlos.

Eugene y Margot habían aportado su contribución personal a la posibilidad de que este sectarismo terminara un buen día, habían mandado a su hijo mayor a una escuela multiconfesional. Esto parecía ahora un gesto de poca relevancia comparado con lo que había pasado durante quince años a lo largo de la frontera de Monaghan a Fermanagh. Unos lo llamaban genocidio, pensando que se elegía a los protestantes porque eran hijos únicos y para evitar que una granja pudiera caer en manos católicas. Todo el mundo sabía que el IRA tenía una eficiente red informativa local que podía controlar los movimientos de las personas a quienes querían matar. Los protestantes tenían sobrada razón para sospechar de sus vecinos católicos

Se encontraban sitiados. En mayo de 1981, uno de ellos declaró al *Irish Times*: «Quieren quitarnos la tierra, los negocios, quieren que nos marchemos. Nosotros somos los *Planters*, los colonos. Así es como nos sentimos. Ésa es la manera en que se nos obliga a sentir. Somos como los rodesianos, como los israelíes. Pero llevamos cientos de años viviendo aquí. Y no nos vamos a dejar intimidar. Vamos a luchar. Hay muchísimas granjas en Fermanagh que han tenido que ser abandonadas. Demasiadas. Eso no va a pasar aquí».

Pero no había habido lucha propiamente dicha, solamente más asesinatos en propiedades aisladas, año tras año. El IRA justificaba esta guerra de desgaste diciendo que los miembros del UDR y de la RUC eran blancos legítimos, miembros de un cuerpo de seguridad nativo y sectario, que respaldaba la ocupación británica. Pero para los protestantes los hombres del UDR y los hombres de la RUC eran vecinos, a veces granjeros, feligreses de la misma iglesia, miembros de la misma comunidad. Para ellos, era un genocidio, organizado, apoyado e instigado por las mismas personas con quienes se cruzaban en la carretera todos los días, que vivían en granjas adyacentes, pero que asistían a los servicios religiosos en una capilla católica.

Eugene había escrito acerca de ello en dos libros, publicados en los años setenta, *Victims* y *Heritage*. La idea para *Heritage* le había venido de la mujer que vivió en la casa abandonada cerca de Lackey Bridge y que venía a Dromard a trabajar como asistenta. Trabajaba también al otro lado de la frontera para los Johnston. Un día mencionó, como de paso, que había desavenencias en casa de los Johnston, porque el hijo, Ernest, se había afiliado al UDR. Esto se grabó en la mente de Eugene: la casa, la asistenta, la familia y el hijo en el UDR, el paisaje.

La historia empieza con un halcón que entra volando en la granja para coger a una paloma. Eric O'Neill, un protestante y miembro del UDR, observa cómo el ave se aleja.

Siguió su vuelo hacia Shannock y Carn Rock, un paraje triste y escondido, cunetas de sinuosa maleza, de zanjas y espinos atrofiados hundiéndose en una tierra ácida; campos yermos removidos por la azada, cabañas de techos de latón mohoso, que servían de vivienda a gentes de rostros impasibles que vivían de ganado esquelético y limosnas del Estado. Desde sus tierras míseras miraban el paisaje verde de la frontera debajo de ellos, observando, esperando. Para ellos cien años eran ayer, doscientos años anteayer.

—Una raza podrida—dijo George—que no sirve para nada más que para la malicia y el asesinato; gente como Hitler los habría puesto en un crematorio y habría esparcido sus cenizas sobre las ciénagas ácidas y habría hecho bien, porque no servían para otra cosa.

El sendero se inclinaba bruscamente hacia la carretera de condado. Pasó por la huerta y el bosquecillo de hayas plantado por su abuelo en 1921 para ocultar el Sur de los

Fenian. Podía ver a través de lo grises troncos de los líque-
nes el río de color de pizarra serpenteando entre juncos
espesos, hacia Lough Erne, más allá de la casa parroquial y
la iglesia de Inver. Una semana antes había presenciado una
escaramuza entre soldados británicos y fusileros al otro lado
del río, en la República. Vio a un hombre herido y arrastra-
do por otros dos. Tuvo la boca seca muchas horas después.
Un día sí y otro no, durante estos últimos años, las explosiones en ciudades y pueblos cercanos hacían traquetear los
cristales de las ventanas. Ahora, desde que se había hecho
miembro del UDR, las cosas se habían puesto feas. Tres
hombres que conocía habían muerto, dos del UDR, un policía católico. Esta noche, cuando se pusiera el uniforme, a su
madre se le llenarían los ojos de lágrimas. Todos los días,
cuando hablaban de la tierra, de los vecinos o de los precios
del ganado, sus pensamientos estaban en otro lugar. Era
una presa fácil. Lo tenían al alcance de la mano. La muerte
le acechaba por una grieta o un tremedal, una curva cerrada en la carretera, un mercado de ganado o el mostrador de
una tienda, un cuerpo atrapado entre dos pueblos o despe-
dazado sobre su tractor cuando sacaba turba del bosque de
Doon, donde reinaba la oscuridad, ahora en el mismo mes
de julio.

—Es como la selva desde aquí hasta las rocas—le dijo un
vecino—, no necesitan teléfonos, radios o helicóperos; si
alguien estornuda desde el fondo de una cuneta saben
quién es y por qué esta allí. Conocen todos tus movimientos, no tenemos defensa.

Es evidente desde el principio cómo va a terminar la historia. Asesinarán a Eric, salta a la vista desde la primera
línea.

Una noche, cuando iban a acostarse, Margot y Eugene
oyeron un tiroteo; pasaba a menudo. Eran los últimos días
de septiembre de 1980; *Heritage* se había publicado dos
años antes. No se enteraron de lo ocurrido hasta que salieron en el coche para Dublín la mañana siguiente. Durante
la noche, habían asesinado a Ernest Johnston, su vecino del
otro lado de la frontera. Se mencionó su nombre en la

radio, era miembro del UDR. Escucharon la noticia, horrorizados. Aún ahora, seis años después, continuaban anonadados por lo ocurrido. Al protagonista de *Heritage* lo habían asesinado, al hombre que había servido de modelo lo habían asesinado también.

9
Los campos de la muerte

Pasaron días y días y el cielo seguía gris. Las carreteras eran estrechas. La tierra estaba anegada. Y durante días y días anduve por un mundo perseguido por el espíritu de dos hombres. Fuera a donde fuera oía hablar de ellos. Me enteré de algunas cosas sobre los dos, suficientes para compararlos y contrastarlos, como si la historia fuera simple y ordenada, como si se pudiera precisar.

Uno era católico y el otro protestante, uno vivía justo al sur de la frontera, el otro justo al norte, ambos murieron violentamente de heridas de bala el mismo año, 1986, a unos pocos kilómetros uno del otro, uno en abril, otro en julio. Ambos tuvieron entierros solemnes. Es posible que el hombre que murió en julio hubiera estado presente cuando el primero murió; es incluso posible que el hombre que murió en julio fuera asesinado como represalia por el primer asesinato; es también posible que ninguna de estas cosas sea cierta, pero ha de decirse que hubo quien las creyó.

Seamus McElwain, John McVitty.

Cuando salí de casa de Eugene, crucé a pie Lackey Bridge y pasé por el puesto de control del ejército británico. El primer sendero a la izquierda llevaba a casa de McVitty. A John McVitty lo asesinó el IRA el 8 de julio de 1986. Su granja estaba justo en la frontera. Consumado el asesinato, los miembros del IRA huyeron a campo traviesa y cruzaron Lackey Bridge para entrar en el Sur. McVitty era miembro de la RUC y granjero de oficio. Estaba trabajando en el campo con su hijo de doce años de edad, cuando lo cogieron.

Su hermana, una maestra de escuela de la localidad, y su marido vivían en la casa siguiente a la izquierda. Su cuñada y el marido de ésta vivían a mano derecha, y más allá, en una casa pequeña, vivían los padres de Ernest Johnston. La viuda de Ernest Johnston vivía en un bungaló a mano izquierda.

Más adelante, en la misma carretera, vi un gran número de coches aparcados en el arcén. Parecía que estaba teniendo lugar algo, como una subasta o una venta de ganado. Unos cuantos hombres, de pie al lado de la carretera, me estaban observando con recelo, según me iba acercando. Les saludé pero no me devolvieron el saludo. Había un anuncio que decía «Afiliaos a los clubes del Ulster» un poco más abajo, antes de llegar a la iglesia católica, descrita en *Heritage* como «un feo edificio de estuco, semejante a un granero, con un campanario separado del cuerpo principal y una estatua de la Virgen en una gruta entre la iglesia y el bungaló donde vivía el cura».

El cura era el padre McCabe, el primer paisano que vio muerto a Seamus McElwain. A McElwain lo asesinaron los SAS el 14 de abril de 1986. McElwain era de Scotstown, en el norte de Monaghan, y había sido oficial en jefe de la división del IRA del condado de Fermanagh, antes de ser capturado cerca de Roslea por la RUC en 1981. Se le condenó después a treinta años de cárcel. Presentó su candidatura en las elecciones generales irlandesas de febrero de 1982 y obtuvo cuatro mil votos como candidato por el H-Block. Escapó de la Maze en 1984 y continuó operando en el sector del sur de Fermanagh hasta su muerte. Asistieron a su entierro más de cuatro mil personas.

The Northern Standard, el periódico local, informó así de su muerte:

> En la bien cuidada granja de dos pisos, entre las colinas de Knockatallon, yacía en su ataúd el cuerpo acribillado de

balas de un apuesto joven de tez morena. La juventud turbulenta de Seamus McElwain había sido brutalmente cortada en flor en un campo a sólo unos kilómetros de su casa.

Ahora se le velaba como a un soldado de Oglaigh na Eireann (el IRA), el ejército de las creencias políticas de su padre, en su residencia de granjero. El cuerpo estaba expuesto para que se le rindieran honores, con dos figuras esculturales vestidas con el uniforme de combate con el rostro tapado, que se ha identificado con el IRA... Él [McElwain] y un camarada, Sean Lynch, un muchacho de la zona de Roslea, estaban cruzando un campo a algo menos de un kilómetro del pueblo de Roslea, armados con dos fusiles, cuando lo que se alegó ser una unidad de los SAS abrió fuego desde un lugar oculto. Se cree que los dos hombres iban a activar una mina que habían colocado unos días antes en un conducto subterráneo en la carretera de Roslea a Donagh. Era opinión general que las fuerzas británicas habían detectado la presencia de la mina y la habían neutralizado.

Al rayar el alba, aproximadamente a las cinco de la madrugada, los dos hombres del IRA emprendían camino hacia la terminal de la puesta en fuego del mecanismo que ellos mismos habían instalado. Es evidente que las tropas, emboscadas, abrieron fuego sin previa advertencia o sin sugerirles a los dos muchachos que se rindieran.

Los periódicos citaron a continuación las palabras de Sean Lynch, quien afirmó que «no hubo ni desafío ni advertencia. La bala le dio en el estómago y en la mano, pero pudo saltar y caer en la cuneta... Logró defenderse durante unos ciento cincuenta metros antes de caer rodando en un desagüe y cubrirse con barro, hojas y ramas... Podía oírlos interrogar a McElwain, gritando: "¿Quién estaba contigo?". Esto duró algún tiempo y después oyó tres disparos».

El cura no estaba en casa cuando fui a verlo. No esperé, telefoneé más tarde y le pregunté cuándo había oído él por primera vez que McElwain había sido asesinado. Respondió que le habían llamado por teléfono esa mañana. Tenía la impresión de que fue un poco antes de las ocho. Le dijeron que habían asesinado a alguien y que el ejército le daría más información cuando fuera a la carretera principal. No dieron nombres ni detalles. No le dejaron conducir por la carretera hasta Roslea, así que se abrió camino por carreteras secundarias para dirigirse después adonde estaba el cadáver. Tuvo que llevar botas de agua para cruzar los campos. Lo que le pareció más extraño fue que no conocía a nadie. Todo el ejército y la RUC eran extraños en la zona. Cuando estaban a unos cinco pies del cadáver le dijeron el nombre: Seamus McElwain. Lo conocía, había sido coadjutor en Scotstown y conocía a la familia. Aunque el cuerpo yacía boca abajo, habría identificado al muerto. Le dijeron que no podía mover el cuerpo, lo cual hizo difícil administrarle la extremaunción. Tuvo que ponerle la mano debajo de la cara para ungirle con el óleo, mientras los demás observaban.

Más allá de la casa del padre McCabe, subiendo una colina a la izquierda, se encontraba la iglesia protestante de Aghadrumsee. Allí enterraron a John McVitty. Ya había estado antes, el día de su entierro, un día gris de verano. La iglesia, pequeña y sencilla, estaba construida encima de un *drumlin,* frente al Orange Hall. Era la iglesia protestante en la obra de Eugene McCabe, *Heritage*: «un pequeño bloque románico, todo puntas y parapetos, con sólo un afilado capitel delante y emplazada en una hectárea de cementerio». Me quedé al pie de la colina y observé cómo se aproximaba la carroza fúnebre por una carretera lateral, donde algunos de los antiguos colegas de McVitty en la RUC querían llevar el féretro colina arriba hasta la iglesia. La gente del pueblo, vecinos de los McVitty, algunos políticos y jefes de la RUC estaban esperando. El ataúd estaba cubierto por la bandera inglesa, además de la gorra del policía muerto.

Empezó a llover suavemente. Todo fue moderado y mesurado. Los hombres de la RUC trataron de transportar el féretro en medio del mayor silencio posible. La única campana de la iglesia dejaba oír un repique apagado. La carretera era estrecha, bordeada de sicomoros cuyas ramas y hojas formaban una especie de palio sobre el cortejo. Podía haber sido un entierro discreto en cualquier pueblo de Irlanda. El hijo del policía difunto, que tenía doce años, estaba sentado en el asiento de atrás del coche, que subió lentamente la colina detrás del féretro.

La iglesia estaba llena, de manera que hubo gente que tuvo que quedarse en el exterior, entre las tumbas del cementerio o al otro lado de la verja donde se habían colocado altavoces. La familia—viuda, hermanas, hijas y un hijo—siguió al ataúd a lo largo de la nave central de la iglesia, donde fue recibida por el obispo y el pastor de la localidad. Habían impreso un folleto con el «Orden del servicio funerario», con la fecha y el nombre del difunto, así como las lecturas, los himnos y las oraciones.

«No dejes que te atormenten los impíos, ni envidies a los que hacen el mal... Porque serán pronto segados como la hierba e incluso marchitos como la hierba verde... Los impíos observan al virtuoso y buscan la ocasión de matarlo...». El obispo leyó un extracto del salmo 37 y de la primera carta de san Pablo a los corintios.

«Él [McVitty] simbolizó», dijo en su sermón, «una gran parte de lo que supone ser un miembro de la Iglesia de Irlanda, en estos tiempos difíciles en los condados fronterizos de Irlanda del Norte, dispuesto a arriesgar su vida, trabajador y valeroso, tratando de servir a la comunidad en circunstancias prácticamente imposibles».

Un profundo silencio reinaba en la iglesia y desde el porche de entrada donde yo estaba podía ver las caras en el cementerio escuchando cada una de las palabras, como si éstas pudieran explicar por qué otro hombre de la RUC había sido asesinado en esta misma zona y por qué los asesinos habían huido impunemente. El obispo continuó advirtiéndoles que no dejasen de cooperar con la policía por razón del acuerdo anglo-irlandés; dijo que esto provocaría la anarquía.

Cuando terminaron de cantar *El Señor es mi pastor*, el

cura de la localidad, el reverendo Kille, pronunció unas palabras. Describió cómo el sonido de un helicóptero era algo frecuente en los alrededores de Roslea, pero cómo, a pesar de ello, él tuvo la otra tarde el presentimiento, al oír pasar por los aires el helicóptero, justo cuando su mujer y él iban a sentarse a cenar, de que algo ocurría. Unos momentos más tarde recibieron una llamada telefónica de un atribulado feligrés que les dijo que había ocurrido otra tragedia. Se dirigieron en seguida al escenario de exterminio y destrucción que desgraciadamente estaban tan acostumbrados a ver. El tono de su voz era dramático, su manera de expresarse sumamente emotiva. Su auditorio le escuchaba atentamente, les aconsejó que dirigieran su corazón a Jesús para hallar el consuelo que necesitaban. Fuera, había dejado de llover.

Habló entonces de cómo «las invisibles huestes del bien y del mal están librando batalla». Mencionó el entierro de Seamus McElwain en Scotstown, sólo unos meses antes, y se preguntó cómo a un hombre así se le pudieron otorgar todos los honores de su iglesia, con tres sacerdotes oficiando y «habérsele hecho aparecer como el más valeroso de los héroes y el más excelso de los santos». «La obediencia civil», continuó, «los preceptos del Evangelio están relacionados unos con otros, como el tenedor y el cuchillo, el marido y la mujer».

Empezó a enumerar los nombres de los que habían sido asesinados en Fermanagh desde el comienzo de las *Troubles*. Hacía una pausa en su letanía entre un nombre y el siguiente; los nombró a todos, algunos nombres evocaban en la memoria conocidas atrocidades, que nadie había olvidado, mientras que otros eran viejos titulares en los periódicos, olvidados hacía ya tiempo, nombres esculpidos en una lápida, en algún lugar. A veces citaba simplemente el nombre, a veces mencionaba si pertenecían a las fuerzas de seguridad, y otras veces mencionaba sus profesiones o sus negocios. La voz revelaba cada vez más emoción conforme iba leyendo su larga lista. Se leyeron más de setenta nombres, en su mayor parte protestantes, y cada persona en la congregación habría conocido al menos a uno de ellos. Había en lo que estaba diciendo una advertencia implícita: los que estaban allí escuchándole eran tal vez candidatos adecuados para figurar en la lista.

En el extremo del cementerio empezaron a surgir varios miembros de la RUC armados con rifles, cuando el ministro protestante terminó de leer su lista diciendo que sólo un hombre había sido declarado culpable de estos setenta crímenes más o menos y que se «le dejó escapar del Maze». El hombre de quien estaba hablando era Seamus McElwain.

Había ahora cólera en su voz. «Vivimos en una tierra prohibida», dijo. «Creemos que se debe hacer algo por nosotros, para que el pasado no se vuelva a repetir una y otra vez». Las cabezas estaban ahora inclinadas hacia abajo, la gente eludía a todo trance la mirada de los demás. «John era un hombre valiente», continuó, diciendo cómo podría muy bien haberse incorporado a la policía en el Canadá, pero en su lugar se había quedado aquí para servir a su patria. La congregación cantó *Quédate conmigo*, y el féretro fue transportado desde la iglesia al cementerio. Cerca de la sepultura de John McVitty había otras dos sepulturas de hombres del UDR y las palabras «asesinados por el IRA» estaban grabadas entre paréntesis sobre sus lápidas, después de sus nombres.

Un par de meses después, llegué a un cruce de carreteras, con una tiendecita en un edificio provisional, pues el que era permanente había sido bombardeado. En el lado opuesto de la carretera había un granero viejo con el cartel «Afiliaos a los Ulster Clubs» y las letras UFF, las iniciales de Ulster Freedom Fighters, un grupo paramilitar protestante. Cogí la primera carretera a la derecha en dirección a Roslea. Era un día hermoso y pude caminar durante un buen rato en mangas de camisa sin tener que ponerme el jersey.

Estaba buscando un bungaló, a la derecha, porque me habían dicho que allí vivía un maestro que conocía la zona.

Llamé a varias puertas hasta que encontré la casa que buscaba. El maestro era un hombre de treinta y tantos años, que enseñaba en la escuela pública local. Era católico. A Seamus McElwain le habían matado no lejos de aquí. Me contó que el ejército rebosaba de júbilo por haberle encontrado. Pararon un día su coche y le dijeron: «Cogimos a McElwain el sábado pasado, y no tardaremos mucho en hacernos con el resto de vosotros». Esto le había causado una terrible impresión.

No había ningún contacto ahora entre los escolares protestantes y los católicos, añadió, aunque había abundantes sumas de dinero disponibles para actividades compartidas por niños de diferentes religiones. «Nosotros seríamos partidarios de que así fuera, pero ellos no quieren ni oír hablar de ello», dijo. La directora de la escuela local protestante era una hermana de John McVitty, añadió.

Clones estaba solamente a unos seis kilómetros de distancia, pero como Lackey Bridge estaba cerrado eran ahora dieciséis o diecisiete en coche, y la gente del pueblo no iba ya allí. Me advirtió que tuviera cuidado al caminar de noche por los alrededores de la zona, sobre todo por la carretera que lleva a Fivemiletown, donde era probable que me encontrara con patrullas del UDR, todos ellos protestantes de la localidad. Dijo que no había esperanza alguna hasta que desmantelaran el regimiento.

Solía trabajar como presidente en la época de las elecciones pero las cosas se habían exacerbado y tuvo que dejar de hacerlo. Presenció un asesinato en 1979 en la escuela donde impartía sus clases. Una mañana, al entrar en la cocina de la escuela, se encontró con el conserje y el personal de la cocina sentados alrededor de una mesa. Preguntó qué ocurría, pero la reacción fue un absoluto silencio. Entonces vio al lado de la puerta a un hombre encapuchado, que le preguntó que quién era él. Otro hombre encapuchado entró en la habitación.

Era evidente que querían matar a alguien, pero el personal no tenía idea de a quién. Varios nombres cruzaron por sus mentes; ni siquiera sabían a qué partido pertenecían; tal vez pretendían asesinar a un maestro con afinidades republicanas.

Les pidió que le dejaran salir para poner a los niños a salvo de lo que pudiera ocurrir. «No se hará el menor daño a los niños», dijeron ellos, y dirigiéndose al maestro le ordenaron que se callara. El personal no tardó mucho en darse cuenta de que los dos hombres encapuchados estaban esperando a Herbie, que venía ciertos días determinados en una camión de transportes. Era miembro del UDR en calidad temporal. Alguien de la escuela debía de haberles informado de qué días y a qué hora venía. Llegaron temprano aquella mañana y, tras coger al conserje por sorpresa, le quitaron las llaves del coche. Más tarde, lo utilizarían para escapar y, por supuesto, desaparecería para siempre.

Esperaron en la escuela a que se oyera el ruido de una camioneta que se acercaba, sabiendo que si Herbie estaba en ella, como lo estaba siempre, lo iban a asesinar. Los dos encapuchados les dijeron que se echaran boca abajo en el suelo y que no dieran la voz de alarma hasta pasados diez minutos. Entonces se acercó el camión. El personal oyó el ruido agudo y penetrante de los disparos. Herbie no tendría la menor oportunidad de escaparse. Se acercaron a él y le metieron en el cuerpo más de veinte balas. Era muy probable que alguno de los niños lo hubiera visto. El maestro, sentado frente a mí en su cuarto de estar, me pidió que tratara de imaginarme el efecto que les causó. Dijo que hubo gritos y ataques de histeria. Los asesinos escaparon cruzando la frontera.

Me despedí de él y emprendí el camino a Roslea. Iba andando ahora más deprisa porque caía la tarde. Tenía además una cita con el pastor que había pronunciado el sermón en el entierro de John McVitty. La casa se encontraba a poca distancia de Roslea, a la derecha, pero cuando pregunté por su paradero a dos chavales con los que me encontré a en la carretera, no podían creer lo que estaban oyendo. ¿Estaba de verdad buscando al reverendo Kille, preguntaron? No iba mucha gente a su casa, añadieron, y la señalaron, a mano derecha.

Estaba trabajando en un ordenador en la habitación de delante de su casa cuando me vio venir y se puso de pie para ir a abrirme la puerta. En la pared de su despacho había un tablero con fotografías de varios miembros de la RUC, sujetos con chinchetas, así como las escenas de varios atentados. Eran la clase de fotografías que se ven en los periódicos después de un atentado o asesinatos. Reconocí a uno de los hombres de la RUC. Era McVitty.

El reverendo Kille era pastor, según él mismo me contó, en tres parroquias, dos de las cuales estaban justo pasada la frontera, en el Sur. Empezó a enumerar a la gente de la localidad que había sido asesinada por el IRA. Dijo que le asombraba la entereza de las familias de los hombres asesinados.

—Esto hiere profundamente, la gente aguantaría las pérdidas de los seres queridos si pensaran que iban a servir de algo para conseguir la paz. La gente no se intimida fácilmente, no está dispuesta a renunciar a su patrimonio.

Me contó que en 1981, cuando Bobby Sands, que estaba entonces en huelga de hambre en Long Kesh, presentó su candidatura a las elecciones y obtuvo treinta mil votos, la tensión se agudizó en Fermanagh; hubo gente que dijo: «Siempre lo creímos, ahora tenemos la prueba». Al votar por Sands, sus vecinos católicos decían: «Estamos a favor del IRA, estamos a favor de la guerra».

La Iglesia católica, continuó diciendo, habla con dos voces. Una de ellas se oyó en el entierro de McElwain, la misma voz en otro entierro del IRA cuando el sacerdote dijo: «El hombre del IRA que acaba de morir era un buen muchacho y Dios le recompensará», la misma voz cuando el papa Benedicto XV, según un documento que el reverendo Kille me mostró, dio su bendición a los rebeldes de

1916. La otra voz fue la que usaron hombres de autoridad de la misma Iglesia católica al condenar las actividades del IRA.

—Creo que es, básicamente, una cuestión moral. Las personas deben poner la santidad de la vida por encima de todo lo demás. Los paramilitares protestantes no han tenido el mismo éxito que los republicanos porque, en general, las iglesias no los aceptan. La ética protestante está en contra de toda manifestación de deslealtad al gobierno. La ética protestante es "Teme a Dios y honra al Rey". Mire usted a los protestantes que viven en el Sur, se han sometido a lo que se les exigía.

»No sé cuáles son las razones para los resentimientos católicos. En Fermanagh somos ciudadanos de segundo orden. Le puedo citar una docena de empresas donde no se emplea a ningún protestante.

Yo le contesté que la mayor parte de la tierra de labor fértil estaba en manos protestantes. No estaba dispuesto a aceptar esto. Las tierras católicas eran malas porque no las habían trabajado como debían haberlo hecho; según él, ningún terreno debía ser malo en estos tiempos.

—La asistencia social estatal les proporciona todo lo que necesitan—dijo.

Los matrimonios mixtos, continuó, causaron muchos disgustos. El código de conducta de las dos iglesias era muy distinto. Roma era autoritaria, no otorgaba a su rebaño la oportunidad de elegir. La ética protestante era más dura porque decía: «Éste es tu deber. Debes cumplirlo». Pero no te obligaba a hacerlo. No habían tenido lugar matrimonios entre católicos y protestantes en su parroquia desde 1974.

La entrevista había terminado; estaba ocupado, su ordenador lo llamaba. Era difícil discutir con él, estaba muy seguro de sí mismo. Yo también estaba seguro de que estaba equivocado cuando dijo que en el entierro de John McVitty solamente se condenó a un miembro del IRA por los setenta y pico asesinatos en Fermanagh. Pero él insistió en que tenía razón y no hubiera servido de nada mencionar nombres y fechas de otros hombres del IRA que estaban cumpliendo condena por algunos de esos asesinatos. Volvió a su trabajo y yo volví a la carretera. Me proporcionó un mapa de los lugares donde habían tenido lugar los asesinatos en el transcurso de los últimos quince años.

La primera señal de que Roslea permanecía firme en su oposición a la Corona y a todo lo que la Corona significaba se hizo patente en el primer pub en que entré. Pedí que me dieran cambio para hacer una llamada telefónica y me dieron una moneda de cincuenta peniques irlandeses, cuyo valor era menor que el de su homóloga británica, y me dijeron que se la devolviera si no conseguía comunicar.

Fui a visitar a un activista del Sinn Fein que vivía en una urbanización del ayuntamiento en el pueblo. El UDR no venía a Roslea, me dijo, tenían miedo de hacerlo. El lugar conservaba aún cicatrices de un pasado lejano. El pueblo había sido incendiado en 1920 por los Black and Tans, una división especial del ejército británico de tan mala reputación en Irlanda como la tuvo Cromwell. El incendio había sido una represalia por los fusilamientos perpetrados por el IRA. Exactamente un mes más tarde el IRA prendió fuego a dieciséis casas protestantes en la zona y mató a dos miembros de los B-Specials, los predecesores del UDR. Dijo que había habido siempre una historia de resistencia.

¿Era el asesinato de hombres de la localidad que eran miembros de la RUC y del UDR parte de esta resistencia? Me contestó que cuando la gente pertenece a las fuerzas de seguridad, o mejor dicho a las fuerzas de ocupación, arriesga el pellejo. El fuego estaba encendido en la chimenea del salón de su casa. Su mujer trajo té, pan moreno y galletas. Yo le pregunté si conocía a McElwain. Sí, lo conocía. Sonrió.

—Era un hombre simpático, totalmente entregado, creía firmemente que había una tarea que hacer—dijo. De aquí pasó a hablar de la muerte de McElwain.

Dijo que, según la gente del pueblo que oyó el tiroteo, hubo un intervalo de veinte minutos, entre los primeros tiros y el último. El otro hombre que estaba con McElwain logró sobrevivir milagrosamente, escondiéndose después de que le hiriera el primer disparo de los SAS. Si le hubieran encontrado le habrían matado a sangre fría, dijo mi informador. Porque esto fue lo que le hicieron a McElwain. La RUC lo asesinó mientras los de los SAS lo sujetaban. Añadió que había gente que creía que John McVitty, asesinado recientemente en Lackey Bridge, a cuyo entierro asistí, fue el hombre que los alentó a que matasen a McElwain, pero no tenía más evidencia que lo que había oído decir a la gente.

Dijo que el último año de la vida de McElwain debió de haber sido difícil. Los *Gardaí* lo estaban buscando en el Sur, como lo buscaba la RUC en el Norte. Sin vida social ni dinero. Añadió que un guerrillero es un pez que nada en el mar. El mar eran las pequeñas granjas del norte de Monaghan que habrían albergado a McElwain, cuidando de él y prestándole ayuda. Tal vez Seamus McElwain asesinara a un buen número de personas, pero no hubiera hecho lo que las fuerzas de seguridad le hicieron a él: dejaron que se desangrara dolorosamente hasta morir en una cuneta, antes de darle el tiro de gracia.

—Cuando hablas de él, tienes continuamente la impresión de que estás omitiendo algo—continuó—. Shamie era especial, no era una persona a la que se pueda describir con palabras.

No había hotel ni casa de huéspedes en Roslea y estaba empezando a oscurecer. Tenía la alternativa de seguir por el angosto sendero montañoso que llevaba a Fivemiletown o la carretera principal a Monaghan, y empecé a hacer autostop. A los pocos minutos, un coche grande y potente se detuvo. Lo conducía una muchacha de unos veinte años, que iba sola en el coche. Me preguntó que adónde iba. Yo le contesté que iba a Monaghan. Mientras me ponía el cinturón de seguridad, me dijo que ella también iba allí.

Veinte minutos más tarde me dejó en la plaza mayor del pueblo.

A la mañana siguiente estaba lloviendo. Una lluvia que te empapaba y te atormentaba como un dolor de muelas. «Agosto lo pudre todo», dice un personaje en una de las historias de Eugene McCabe. Yo podía imaginar los campos pudriéndose a mi alrededor conforme agosto se acercaba a su fin, llenos de lodo.

Decidí ir andando en dirección a Scotstown, pasando por esa especie de protuberancia por la que el condado de Monaghan se introduce en el Norte. La desolación que caracteriza al norte de Monaghan no había empezado todavía y, a pesar del tiempo, parte del terreno tenía buen aspecto. Había árboles viejos alrededor de las casas. Pasé por una gran extensión de invernaderos, la mayoría de ellos destrozados y con las ventanas rotas, en la carretera que conduce a Bellanode.

Bellanode estaba muy bien conservado, con un jardín cuidadosamente diseñado cerca del puente, una advertencia a los visitantes de que no tiraran basura, macetas con flores en los alféizares de las ventanas, asientos en las aceras, una bellísima iglesia protestante con una placa dedicada a la familia Wood Wright, un cementerio bien cuidado; todo ello legado del patrimonio protestante de Monaghan.

Scotstown, unos kilómetros más hacia el norte, era completamente diferente. Lo primero que vi cuando llegué fue un garaje al aire libre, rodeado de coches que se iban oxidando lentamente. El lugar parecía dormido, abandonado. Entré en el primer pub que apareció ante mis ojos. Reinaba un silencio absoluto, la concurrencia me miró de arriba abajo, sin decir nada, los hombros absortos en sus bebidas. Nadie trató de ocultar el desagrado que causaba mi presencia. Un hombre empezó a hablar en voz muy alta acerca de desconocidos que se mezclaban en sus asuntos y de cómo nadie tenía derecho a decirle nada a nadie acerca de él, excepto su nombre. Ni siquiera quería que nadie dijera dónde vivía, añadió. Yo terminé mi bebida y me fui.

Las ventanas de la comisaría de la *Garda*, a la derecha, estaban enrejadas, parecía como si tuvieras que hablar por medio de un portero automático antes de que se te admitiera en el local. Volví a la calle mayor y me di cuenta de que un hombre me estaba observando desde la puerta de una tasca. Cuando me aproximé, él se metió dentro. El pub se llamaba Moyna's.

Los mellizos Moyna, Tommy y Mackey, eran jugadores de fútbol por el condado de Monaghan en los años cincuenta. Mackey vivía en Dublín; algún tiempo atrás se habían descubierto en su casa micrófonos ocultos, hecho que había causado una enorme agitación en Dublín y del que se había hablado en los periódicos y en el *Dail*. Charlie Haughey, entonces jefe de la oposición, insistió, como lo hicieron otros, en que habían sido los *Gardaí* los que habían instalado tales micrófonos. Las opiniones se dividieron: un bando creía que era porque el vicepresidente del SDLP, Seamus Mallon, se alojaba en la casa cuando iba a Dublín; otro, que la razón de que la casa tuviera micrófonos ocultos era que Donal, el sobrino de Mackey Moyna, que era de Scotstown y se alojaba también en la casa cuando estaba en Dublín, había sido inculpado de serios delitos en materia de explosivos, y más tarde absuelto.

Fui al pub y me senté en el bar. El propietario, que me pareció Tommy Moyna, estaba mirando una fotografía de un equipo de fútbol de los años cincuenta, con un hombre más joven y un camionero que había venido a entregar suministros de bebida al pub. Estudiaron cara tras cara, mencionaron nombre tras nombre. Tommy estaba bien informado de la situación actual de cada uno de ellos, de quién estaba vivo y quién había muerto, de quién estaba en Inglaterra y quién estaba en Norteamérica, de quién vivía todavía cerca y quién se había trasladado a Dublín. Tan minucioso fue el examen de la fotografía que tardaron bastante tiempo en darse cuenta de que yo estaba allí.

Tan pronto como levantó la cabeza, Mr. Moyna me preguntó cómo me llamaba y cuál era la razón de mi viaje al norte de Monaghan. Sabía quién era yo; conocíamos a alguien en común en Dublín, que había escrito con gran lujo de detalles la historia de lo que se conoció después con el nombre de «El escándalo Moyna de los micrófonos ocultos». Me invitó a que me quedara a cenar cuando terminara mi bebida. Yo pedí entonces un vaso de limonada.

Le dije que había llegado andando desde Monaghan, pasando por Bellanode. Conocía Bellanode. Habían tenido lugar grandes cambios allí, añadió. En 1945, al término de la Segunda Guerra Mundial, se izó una bandera inglesa sobre la iglesia protestante en la Irlanda neutral. En aquella época el noventa y cinco por ciento de la población de Bellanode era protestante. De hecho, sólo podía recordar a dos familias católicas que vivieran allí en aquella época. Ahora tres cuartas partes del pueblo eran católicas; la escuela protestante se había transformado en un bungaló y el cuartel de la Royal Irish Constabulary era una simple vivienda. ¿Dónde habían ido los protestantes?, le pregunté yo. «Al Norte, a Inglaterra, a Canadá, a Suráfrica», me contestó.

El nombre de la parroquia era Urbleshanny más bien que Scotstown, *eirball* quiere decir «cola» y *sionnach* significa «zorro». Mr. Moyna no tenía la menor idea de por qué a un pueblo se le puede dar el nombre de «cola de zorro». Pero la estafeta de correos local tenía su propia opinión acerca de la nomenclatura del lugar. Ostentaba el nombre de *Baile an Scotaigh* escrito sobre la puerta de entrada: *baile* significa «pueblo» o ciudad y *an* «el» o «de él», pero *Scotaigh* no significa nada, siendo la palabra inglesa *scot* un caso genitivo (la palabra irlandesa para Escocia era *Alban*). Así que el nombre a la entrada de la estafeta de correos era totalmente absurdo, un evidente ejemplo de mala traducción. Mr. Moyna, que era nacionalista y miembro del partido de Charlie Haughey, Fianna Fail, y yo cavilábamos acerca de esta muestra de confusión poscolonial.

Scotstown era diferente de Bellanode, añadió. Era un

pueblo católico con una acerada tradición republicana, lo cual explicaba el que las ventanas de la comisaría de la *Garda* estuvieran enrejadas. Las ferias de contratación se habían celebrado hasta los primeros años de la década de 1940. La mayoría de las tierras católicas eran demasiado pequeñas para mantener a una familia, así que se mandaba a los niños y niñas a trabajar en las granjas más grandes de los protestantes, que estaban además situadas en mejor terreno en el condado. El acontecimiento más importante en años recientes fue el entierro de Seamus McElwain, que tuvo lugar en Scotstown, a menos de ciento cincuenta metros de distancia. Fue un entierro al que acudieron muchas personas. Su familia era del pueblo y él gozaba de gran popularidad.

Había un hombre en el bar que conocía a la familia, como la conocía Mr. Moyna, y este hombre se ofreció a llevarme a verlos. Dijo que los padres de Seamus vivían en Knockatallon, no muy lejos. Yo contesté que no estaba muy seguro de si quería hablar con ellos.

Empezaron las noticias con un reportaje sobre un grupo de unionistas visitando una escuela de verano en Donegal en conmemoración del poeta obrero Patrick McGill.

—Una buena bomba de mortero no les vendría mal —me dijo el hombre del bar. Yo entré en la cocina de los Moyna para comer una buena fritada y tomar grandes cantidades de té bien caliente. Cuando salí el hombre estaba todavía en el bar.

—Vamos, yo le llevo—dijo.

—Está bien—contesté.

Condujo por la estrecha carretera, censurando el acuerdo anglo-irlandés.

—Lo único que ha hecho por nosotros es causar la muerte de uno de nuestros voluntarios—observó. Se refería a McElwain.

Añadió que todas las casas en la zona habrían dado asilo a McElwain en su época de fugitivo de la justicia. Hasta la gente que no le apoyaba directamente habría sido incapaz de echarlo de su casa si necesitaba ayuda.

La tierra que íbamos atravesando en el coche era principalmente tierra de turberas, que no había empapado aún del todo la lluvia de verano. Las carreteras eran estrechas y rectas. Me enseñó varios lugares de la frontera donde los ingleses habían volado los puentes. En uno de los lugares, en el lado norte, la carretera había desaparecido por completo; la turba la había recubierto y no volvería ya a aparecer porque no se la necesitaría más. Reinaba la desolación por todas partes. Toda la zona estaba despoblada y solitaria; no había realmente necesidad de estas pequeñas carreteras.

Yo temía la llegada a la casa de la familia McElwain, tener que hacerles preguntas sobre su hijo difunto, importunarlos en su dolor. Mi conductor dijo que no me preocupara, que todo iría bien, que eran gente muy agradable.

Condujo por una carretera extremadamente estrecha hasta que llegamos a una casa pequeña. Era la casa de la familia McElwain. El padre no estaba en casa, pero sí la madre ordeñando las vacas. Nos dijo que entráramos y nos sentáramos, que ella vendría cuando hubiera terminado.

Había varios niños en la casa, que entraban y salían del cuarto mientras hablábamos. Se sentaban, se levantaban, escuchaban la conversación, salían de la habitación y volvían a entrar. La madre mandó a uno de ellos que fuera a la cocina y nos preparara té y sándwiches. Era una mujer de treinta y ocho o treinta y nueve años, tal vez, y con una expresión decidida en su rostro.

—Qué quiere saber acerca de Seamus—me preguntó. Y me miró fijamente.

—¿Qué tipo de persona era?—dije yo. Era una pregunta estúpida, pero ella la recibió con toda seriedad. Dijo que era un muchacho servicial y un buen hijo. Gozaba de gran popularidad: la asistencia a su entierro lo había demostrado. Estaba dispuesto a morir por sus convicciones.

—Hablaba la lengua gaélica a la perfección—interrumpió el hombre que me había traído. Se decía de él que sabía más irlandés que el maestro. Conocía muy bien el país, lo cual tuvo gran importancia cuando se escapó del Maze en 1984.

—Tuvo un papel decisivo—dijo mi amigo el conductor—al guiar al grupo de fugitivos por un terreno difícil.

Le pregunté a la madre que cómo se había enterado de la muerte de su hijo. Se podía palpar la tensión en el cuarto. Fue por la mañana, empezó ella. Oyó en las noticias de las ocho que dos miembros del IRA habían sido sorprendidos en el curso de una operación; a uno lo habían asesinado, el otro estaba herido. Los *Gardaí* debían de haber suministrado información a los ingleses que les había permitido descubrir a Seamus y a su camarada.

Continuó hablando. Su relato era preciso y minucioso como si toda la historia estuviera cuidadosamente almacenada en su memoria, cada detalle, cada pensamiento. Los *Gardaí* no vinieron ni telefonearon. Ella esperó. Había una emisora de radio en la que Seamus tenía fe; le gustaban los boletines de noticias. Y ésa era la emisora que ella tenía sintonizada. Escuchó las noticias a las ocho y media, a las nueve, a las nueve y media.

—¿Y no se le ocurrió a usted pensar que habían asesinado a su hijo?—le pregunté yo.

—No pensé en otra cosa—contestó ella. Sus palabras resonaron en la habitación como una súplica, en un tono más alto y más intenso que el resto de su historia. Las pronunció lentamente, como si le estuvieran causando un dolor físico, cada sílaba tenía el mismo duro énfasis. El cuarto estaba en silencio. Uno de los niños entró y empezó a escucharla, otro se quedó de pie a la puerta de la cocina y miró a su madre cuando ésta dijo que lo había oído en las noticias de las diez. Era él. Lo habían asesinado. Solamente más tarde, cuando su marido y ella fueron a ver a su camarada en el hospital, éste les contó cómo habían disparado contra Seamus, primero en las piernas y lo dejaron entonces allí y poco después en el estómago y en el corazón. Les contó también cómo le abofetearon e insultaron mientras lo hacían.

Los *Gardaí* no le dijeron nada a la madre hasta más tarde esa misma noche, cuando llamaron para preguntar si la familia prefería un entierro privado a un entierro militar organizado por el IRA. Si era así *los Gardaí* la ayudarían en lo que pudieran. Ella les dijo a los *Gardaí* que no necesitaba su ayuda. La carroza fúnebre fue apedreada por activistas protestantes en el trayecto de Enniskillen a la casa en una de cuyas habitaciones tuvieron a su hijo de cuerpo presente hasta el momento del entierro. Abrieron las puertas de su casa a todos los que quisieran venir a expresar condolencia y solidaridad.

Entró entonces el marido, que había estado trabajando en su modesta granja. Era mayor que ella. Era un hombre muy delgado, con actitud cautelosa y una mirada dura y algo irónica. Le hizo gracia la presencia del visitante. No quería entrar en detalles personales, estaba interesado en la historia, en cómo habían llegado las cosas hasta ese extremo. Le hizo gracia mi interés en las ferias de contratación y rechazó las opiniones sentimentales que yo pudiera tener sobre este asunto. Algunos de los contratados habían recibido buen trato de sus amos protestantes, hasta tal punto que habían llegado a heredar las granjas en las que trabajaron. Dijo que conocía varios casos.

Habló de las diversas colonizaciones del siglo XVI en adelante, en qué fecha exacta los propietarios habían llegado a un lugar determinado y cuándo se desplazó a la población. Muy pocas familias habían mantenido ardiendo la llama republicana después de que terminara la guerra civil, añadió. La mayoría de la gente se había contentado con asentarse y poder vivir con tranquilidad. Los sentimientos de rebeldía eran patrimonio de unos pocos. Unas cuantas familias, la mayoría de ellas al otro lado de la frontera, en el Sur. Si los ingleses hubieran sabido esto en 1969 y 1970, continuó diciendo, si se hubieran dado cuenta de que había sólo una docena o algo más de activistas del IRA, si hubieran internado a esa gente y dejado en paz a los demás, las cosas habrían seguido un curso diferente.

Fue desde esta casa, en 1957, de donde varios hombres del IRA habían salido para atacar la comisaría de la RUC en Brookeborough. Dos de ellos, Sean South y Feargal O'Hanlon, sucumbieron en el ataque y dieron lugar a una oleada de simpatía en el Sur, aunque la campaña de la década de 1950 no tuvo en general un gran apoyo. El ataque inspiró dos de las más ardientes baladas, *Sean South de Garryowen*, una verdadera arenga incitando a la rebelión, y *The Patriot Game*, una tonada más irónica y amarga:

> *Come all ye young rebels and list while I sing*
> *For the love of one's country is a terrible thing*
> *It banishes fear with the speed of a flame*
> *And makes us all part of the Patriot Game.* *

Mientras él hablaba de historia y del pasado, su mujer buscaba algo en un rincón de la habitación. Vi que tenía un álbum de fotografías en la mano. Se inclinó y me lo dio. Tenía en la portada una especie de gatita de las que se ven en las cajas de bombones. Lo abrí. Las primeras páginas contenían fotos del entierro de Seamus McElwain, fotos corrientes, de color, de tamaño ordinario, el tipo de foto que la gente hace cuando está de vacaciones. Eran simplemente rostros en medio de la multitud, un ataúd, sacerdotes. Uno de los hermanos más pequeños, sentado en una silla en el rincón, me miraba mientras iba pasando las páginas. El padre seguía hablando, preguntándose por qué nadie había escrito nada acerca de cómo su hijo fue asesinado a sangre fría, por qué no se había investigado el asunto. En las últimas páginas del álbum había fotografías de Seamus McElwain en el féretro. No quería mirarlas, pero me sorprendí examinando su rostro sin vida, que parecía

*Venid todos, jóvenes rebeldes y alistaos mientras yo canto / porque el amor a la patria es un sentimiento muy fuerte / hace desaparecer el temor con la rapidez de una llama / y nos hace a todos partícipes del Juego del Patriota.

tener un cardenal o una señal en el lado izquierdo. Era un muchacho moreno, bien parecido, joven. Pasé las páginas y había más. Cerré el álbum y se lo devolví a su madre.

Trajeron té y sándwiches de pollo. Una de las hijas se ocupaba de que comiéramos bien. Cada vez que terminaba un sándwich, insistían en que tomara otro. El padre salió de la habitación unos minutos y volvió poco después.

—Niall Tóibín—dijo—. Tiene gracia la cosa—. Y se rió.

—No, mi nombre es Colm Tóibín. Niall Tóibín es un actor. No somos parientes.

—Usted tiene también algo de actor—dijo. Fijó en mí sus ojos, medio irónicos, medio feroces. Sonrió.

Unos pocos meses después, tendría lugar otra escisión en el Sinn Fein por la cuestión de si el partido continuaría absteniéndose de formar parte o no del *Dáil*, el Parlamento del Sur. Este hombre iba a tomar el partido de los perdedores, la decisión impopular, aliándose con Ruairi O'Brádaigh contra Gerry Adams en la dramática votación que iba a tener lugar en Dublín. Adams ganó el derecho de ocupar escaños en el *Dáil* en Dublín.

La madre habló de los parientes que tenían en Norteamérica, de cómo ofrecieron llevarse a Seamus y mandarle a la universidad para apartarle de todo esto; eran ricos. Pero Seamus decidió no ir, quedarse aquí en su lugar para luchar por su país. Era curioso, dijo, no se pusieron en comunicación con la familia cuando asesinaron a Seamus.

Estaba oscureciendo. Me quedé de pie junto a la puerta contemplando la desolada tierra, que se extendía durante kilómetros a partir de la casa; la tenue media luz resultaba aun más tenue por la llovizna. No se veía otra casa en varios kilómetros a la redonda. El padre y la madre se acercaron a la puerta y contemplamos la caída de la noche, que ahora se nos echaba encima más temprano porque el verano tocaba a su fin.

10

La carretera a Darkley

Regresé a Monaghan; el día siguiente, después de examinar mi mapa, hice autostop hacia Roslea, y decidí ir andando en dirección norte a Fivemiletown y al valle de Clogher.

Hasta que el soldado británico registró mi equipaje en el pueblo de Roslea no me di cuenta de la razón por la que había escogido esta ruta: era remota. No era probable que me encontrara con nadie ni que me contaran historias de asesinatos, venganza o dolor. Yo poseía ahora un mapa del Servicio Oficial de Cartografía, que resultó aún más inútil que el mapa Michelin que había estado utilizando. Este mapa oficial tenía demasiadas carreteras, el otro demasiadas pocas. Enfrentado con tal plétora de ellas era difícil saber cuál elegir, así que seguí mi intuición y tomé la dirección que yo creía ser norte. Había algo bien claro: el río Finn había vuelto a aparecer, con aspecto de inocencia, pardusco, aparentemente desorientado. Había regresado para que su espíritu me persiguiera y lo crucé cautelosamente. Estaba ahora en el Sur, después de haber caminado a lo largo de un sendero desde el Norte. La carretera iba todo el tiempo cuesta arriba.

Estaban construyendo dos casas nuevas cuando pasé por allí, una exactamente en el solar de una casa vieja, cuyo muro frontal estaba todavía en pie. La segunda casa tenía unas excelentes vistas al campo, pero los ventanales daban a la carretera. Llegué a un cruce de carreteras y, como si yo fuera una vara puntiaguda que se mueve en busca de agua, apareció una vez más ante mis ojos el perezoso Finn, trazando de nuevo un diseño serpenteante. Miré el mapa para asegurarme de que ésta era la última vez que lo iba a ver.

Pasó a mi lado un hombre en un tractor. Volvía una y otra vez la vista atrás, como si yo fuera un fantasma, como si quisiera asegurarse de que yo estaba todavía allí. Los campos estaban llenos de juncos; cuanto más ascendía, más desolador era el paisaje. Un perro callejero de gran tamaño vino corriendo detrás de mí, ladrando y dando aullidos. Pronto apareció su dueño, un hombre de unos cincuenta años que llamó al perro para que me dejara en paz. Le sorprendió mi presencia. Me dijo que poca gente pasaba por allí. Le expliqué que me dirigía a pie a Fivemiletown. Una buena caminata, contestó él. La frontera estaba cerrada, pero seguramente podría cruzarla a pie, añadió. Se la podía cruzar por otro sitio, pero la carretera estaba ahora llena de socavones en varios lugares y era casi totalmente intransitable.

La carretera se estrechó aún más al mismo tiempo que empezó a caer una ligera llovizna. Tenía ahora un bosque de pinos a ambos lados del camino. Pasé sobre una gran X, pintada en la carretera para que los helicópteros pudieran ver dónde empezaba el Reino Unido de Gran Bretaña y dónde Irlanda del Norte. Pronto se esfumó la carretera, y las bien conocidas barras de hierro, mis viejas amigas, aparecieron ante mis ojos, apuntando hacia el cielo desde una fea e informe masa de cemento dentro de una armadura de hierro. Se veían algunos coches abandonados aquí y allá, que se iban cubriendo de herrumbre. Durante un buen trecho no había más que fango y barro. Después de las primeras barras apareció un gran socavón, seguido por más cemento y más barras.

Al otro lado había una casa abandonada. Yo anduve por el borde para intentar quitarme el barro de los zapatos. Me encontré con dos trabajadores forestales que me dijeron que un poco más adelante vería una vuelta en el camino que me llevaría al Sur, con la carretera bloqueada por más barras de hierro, cráteres y cemento. Fivemiletown estaba todavía bastante lejos, pero no tenía otra alternativa que perseverar, porque allí había varios hoteles donde podría dar descanso a mis pies y ponerme al abrigo de la llovizna que caía cada vez con más fuerza. Avanzaba la tarde. Empezó a hacer más frío. Se notaban ya las señales precursoras del invierno. No había tráfico en la carretera.

En cuanto llegué al hotel de Fivemiletown me metí en la cama y dormí unas cuantas horas. Cuando me desperté, cené, tomé unas copas, me di un paseo de arriba abajo por la lúgubre calle mayor cuyos recónditos secretos dejé sin desvelar, y volví a meterme en la cama, donde dormí a pierna suelta hasta la mañana siguiente.

Después de desayunar examiné el mapa una vez más, descubrí que la montaña por la que había ascendido era Slieve Beagh, y decidí escalarla otra vez pero ahora en dirección este, hacia Emyvale, Glaslough y Armagh. La carretera principal tenía mucho tráfico; los coches pasaban a gran velocidad y yo quería encontrar una carretera secundaria lo antes posible. Era un día nuboso, pero las nubes eran suaves, y hacía calor.

La bandera inglesa ondeaba en el mástil de la iglesia presbiteriana del valle de Clogher, parte de los dominios de Ian Paisley. Giré a la derecha y empecé a ascender una vez más, dudoso acerca del camino que me convenía seguir, pues el mapa Michelin y el oficial se contradecían y ninguno de ellos parecía corresponder a la realidad del terreno. Pasé al lado de tres hombres que, de pie, junto a un granero, miraban atentamente el trasero de una vaca. Uno de ellos le levantó la cola para verlo mejor.

Llegué a la iglesia metodista de Kell. Allí le pregunté al hombre que estaba pintando la fachada si sabía cuál era el camino que me llevaría a la frontera. Le dije que iba andando. Me contestó que hacía años que no había estado cerca de la frontera, pero que creía que si seguía ascendiendo encontraría un paso transitable. Empezó a brillar el sol. Una mujer me miraba, pasando de una ventana a otra en su

nuevo bungaló, no me quitaba ojo de encima. Pude notar
en su rostro inquietud y temor.

Volvió a aparecer el bosque. Había un letrero que anunciaba el bosque de Fardross y un camino bordeando el río,
que fue un alivio después del asfalto duro de la carretera.
Crucé un puente de madera y, antes de continuar viaje, me
tumbé un rato en un banco. No se veía a nadie por ninguna parte. Salí por el camino del río a otra carretera. Cuando subí un poco más arriba, pude ver a mis pies todo el
valle de Augher-Clogher. Había una atalaya en una de las
colinas adyacentes.

Al primer hombre que encontré le pedí información
sobre esa atalaya. Me dijo que en ella estaba enterrado un
viejo terrateniente que había ordenado erigir la torre a
modo de tumba, por ser la vista desde ella tan espectacular,
con tantas montañas diferentes en el horizonte. Un buen
sitio para que descansen tus huesos, añadió el hombre que
me estaba dando todos estos detalles. Pero habían desente-
rrado al buen terrateniente y los que iban en busca de tesoros habían esparcido sus huesos. Contaba la leyenda que
dentro del ataúd de plomo había una botella de whisky y
un reloj de oro. ¿Eran los buscadores de tesoros gente de la
localidad?, pregunté. No, fue el ejército norteamericano.
¿Quería decir el ejército británico?, volví a preguntar. No,
dijo él, un destacamento del ejército norteamericano, alojado aquí durante la guerra, la Segunda Guerra Mundial,
conocida en el Sur con el nombre de la Emergencia. La
gente de la localidad les había hecho creer que había un
tesoro en la tumba del terrateniente y después de haberse
echado unos tragos se fueron todos una noche colina arriba y abrieron el ataúd.

Me señaló una pareja que estaba aventando el heno en
un campo debajo de donde nosotros estábamos. Trabajaban.

—Es extraño lo que tienen que hacer algunas personas
para sobrevivir—comentó.

El hombre tenía ochenta y cinco años y la mujer más de
setenta. Su hijo, casado, había abandonado la región.

Era una zona católica, añadió, pero a pesar de ello ninguno se iba al Sur. Vivir en el Sur era caro. La vida aquí era dura en el invierno, sobre todo cuando nevaba. Algunas veces la nieve tardaba varias semanas en derretirse y las casas quedaban incomunicadas. Los coches no podían subir. Recordaba que hacía años, si alguien moría en invierno, el ataúd tenía que ser transportado montaña abajo, hasta el valle. La tierra era mala, porque las subvenciones para el drenaje, que habían alcanzado la cifra del noventa y cinco por ciento, habían bajado ahora hasta el veinte por ciento. Dijo que el ejército nunca llegaba por carretera. Iban en helicópteros.

—No tengo la menor duda de que someterán a personas como usted a un buen interrogatorio—dijo, sonriendo al pensar en ello. Me advirtió que, según le habían dicho, el ejército andaba hoy por aquí. Y que debía mantenerme alerta.

La tierra pasaba de terreno de turberas a terreno donde nada crecía. Señales o indicaciones de que esto era una reserva de caza aparecían a intervalos regulares. Surgieron las aulagas y después el brezo. No había casas ni señales de vida. El día mejoró, el sol calentaba a rabiar, y se cernían nubes blancas en el horizonte. Tras unos cuantos kilómetros, el terreno mejoró. Una vez vi a un granjero y a su hijo trabajando en un campo, aventando el heno. Me dijeron que la frontera estaría a no más de un kilómetro.

El viento producía un leve sonido, se veían colinas y campos yermos, retazos de brezo color de púrpura. Tuve la sensación de que el mar estaba cerca, de que más allá de la colina habría dunas de arena y el océano. Entonces vi a los soldados, no muy lejos de donde yo estaba, el primero tumbado boca abajo apuntando su rifle a algún blanco en la colina cercana. Se volvió hacia mí y me pidió identificación. Le enseñé el carnet de prensa, y me dijo que caminara hacia adelante, hasta donde estaba su compañero, que probablemente querría hablar conmigo.

El soldado resultó ser muy afable. Le dije que caminaba

hacia el Sur y pareció interesarle, como si hubiera deseado acompañarme. Dijo que estaba muy bien, que le gustaba esta parte del mundo. Se parecía a las Malvinas, los colores, el paisaje árido, el brezo, la tranquilidad. Pero en las Malvinas no habían ningún árbol, dijo. Le había gustado aquello también; un día fue a hacer *windsurfing* en el Atlántico Sur y fue realmente fabuloso, una auténtica maravilla: le iban siguiendo los delfines.

Pude adivinar, por el acento, que era galés. Dijo que llevaba separado de su mujer y sus hijos más de tres meses; los echaba de menos, pero estaría en su casa en unas semanas. Después volvería por un espacio de tiempo más largo; podría traérselos, y tendrían un alojamiento. Me mostró su mapa asegurándose de que ninguno de sus compañeros podía ver lo que estaba haciendo. El mapa tenía un detalle increíble, cada casa, cada campo, cada carretera, estaban minuciosamente indicados y descritos. Con un mapa así sería imposible equivocarse. Colores diferentes lo hacían todo más claro. Se rió cuando le expliqué los problemas que yo tenía con los mapas. Le enseñé mi Michelin y el mapa oficial y meneó la cabeza asombrado de lo antiguos que eran. Su mapa era el mapa que yo necesitaba, añadió.

Lo dejé y atravesé un campo que una vez había sido una carretera, pero que ahora estaba cubierto de vegetación, para dirigirme al Sur, resbalando unas cuantas veces en el fango. Una vacada empezó a mostrar un exagerado interés en mí, conforme yo iba caminando. No tardé mucho tiempo en descubrir al toro entre ellas, abriéndose camino hasta donde yo me encontraba. No estaba muy lejos de la carretera, que empezaba en una casa cercana, y decidí que lo mejor que podía hacer era echar a correr. Pero el fango era demasido espeso y me caí unos metros después, me manché de cieno y lodo las manos y los pantalones. Miré hacia atrás; el toro seguía observándome, pero era más una mirada de incomprensión y asombro que de ira o amenaza. Me recuperé y me puse a andar, como quien no quiere la cosa, hacia la carretera, asegurándome, con miradas furti-

vas, de que el toro guardaba las distancias. Traté de quitarme el fango de manos y zapatos frotándolos contra la hierba, pero estaba húmeda. Así que tuve que soportar el barro
que se iba secando mientras yo seguía caminando a la luz
del sol.

No se oía ni el vuelo de una mosca. Pasé por unas cuantas casas que parecían habitadas, pero no había la menor
señal de vida, ni coches, ni caras en las ventanas, ni niños
jugando. Pasé por una escuela privada abandonada.

Cuando llegué a un cruce de carreteras, me di cuenta de
que estaba otra vez cerca de Scotstown, donde había visita-
do a los padres de Seamus McElwain, pero di la vuelta a la
izquierda hacia Emyvale. Conforme iba caminando había
más y más señales de vida, coches, casas, bungalós, niños.
Un chiquillo se separó de un grupo que estaba fuera de
una fila de casas y me preguntó si yo pertenecía a una
patrulla de a pie. Me pareció una buena descripción de mi
aspecto, así que le dije que sí, que así era, y él volvió a donde estaba su compañero para comunicarle la noticia.

Entré en el primer pub que vi en Emyvale, donde devoré varios sándwiches y varias pintas de cerveza con limonada antes de ir a telefonear a Desmond Leslie, el propietario
de Castle Leslie, que estaba a unos cinco kilómetros. Había
estado antes en la casa y me había llevado a hacer un gran
tour de la localidad, así que le pregunté si estaría libre para
repetir parte de ese *tour* o para que él me propusiera algunas visitas adicionales. Me sugirió que fuera a Glaslough, el
pueblo adyacente a la propiedad de los Leslie, que me aco-
modara en el hotel local y que le telefoneara desde allí.

Había barcos en Emylough, en la tarde cálida y serena.
Pero señales de mal tiempo eran aparentes en las profundas rodadas que los tractores y cosechadoras habían abierto en los campos, todavía blandos y anegados después de
uno de los peores veranos que se podían recordar. El
hotel de Glaslough estaba situado al lado de una de las
puertas de entrada a Castle Leslie. Dejé arriba mi mochila, tomé una copa en el bar, pedí que me trajeran la cena

y llamé por teléfono a Desmond Leslie una vez más. Me
dijo que estaba ocupado, pero quedó en verme a las once
la mañana siguiente.

Hubo una época en que los Leslie, que llegaron aquí en
1644, eran propietarios de treinta mil hectáreas y tenían
empleados a treinta y tres criados y a veintiocho jardineros.
Poseían terrenos que se extendían hasta Station Island en
Lough Derg. El padre de Desmond, sir Shane Leslie, escribió un libro sobre la historia de la isla. La familia se pasaba
la vida escribiendo libros. Jonathan Swift, cuando estuvo
alojado en la casa, escribió en el libro de visitas:

> *Glaslough with rows of books upon its shelves*
> *Written by the Leslies all about themselves.**

Aunque la fortuna de la familia disminuyó después de la
Primera Guerra Mundial, los Leslie pudieron mantener la
casa señorial, Castle Leslie, algunas de las tierras y mucha
de la excentricidad y la pasión por los libros heredada de
sus aristocráticos antepasados. Desmond componía música
celestial y había escrito un best-séller sobre los OVNI. A las
once de la mañana siguiente llamé con fuerza a la gran
puerta de entrada, pero tuve que esperar un buen rato
hasta que el propio Desmond la abrió solemnemente. Su
apariencia era una mezcla de lechuza y roble: alto y desgarbado, sus ojos, grandes e inquietos, te miraban detrás de
unas gafas de cristales muy gruesos; su cabello, espeso y
algo grisáceo, era largo y rizado en las puntas. Llevaba un
inmenso batín de color marrón, que parecía una mortaja,
y su voz, con afectado, casi exagerado, acento inglés daba la
impresión de haber salido de una película de vampiros.
Hablaba lentamente, observando el efecto de cada palabra
sobre su interlocutor.

En mi última visita a sus propiedades, nos había enseña-

*Glaslough, con filas de libros en sus estanterías / todos ellos escritos
por los Leslie acerca de ellos mismos.

do las secuoyas y los pinos de Douglas, que tenían una altura de ochenta o cien metros de altura, y el invernadero, así como el jardín cerrado que tenía ahora alquilado a un hombre de la localidad.

—Esto—había dicho entonces, señalando un sendero—fue una vez la carretera del campo, pero no queríamos que la plebe se acercara demasiado, así que la cambiamos de sitio—. Recordaba la manera en que había dicho «plebe» y cómo me observaba a mí para estudiar mi reacción.

La plebe estaba ahora diseminada por todas partes, sus casas en Glaslough estaban protegidas para impedir que hicieran mejoras o ampliaciones antiestéticas (la frase de Leslie era «horribles ventanales») al pueblo que los Leslie habían construido en piedra para los que trabajaban en sus propiedades. La gente del pueblo hacía buenos negocios gracias a la industria del contrabando; aquellos que estaban dispuestos a correr el pequeño riesgo que suponía el trasladar a través de la frontera maquinaria agrícola, piezas de repuesto para coches, alcohol, tabaco y artículos eléctricos, o aquellos que transportaban animales en la profunda oscuridad de la noche, podían hacer mucho dinero con poco trabajo. Desmond me hizo fijarme en un hombre joven, que pasó por nuestro lado, y me contó que cada vez que iba al Norte lo arrestaban y acusaban de estar implicado en actividades terroristas a causa de su nombre, aunque no tenía ninguna relación con el IRA; obligaban a Desmond a ir a la comisaría de policía, donde tenían arrestado al joven, y a responder de su inocencia.

Había tres propiedades, una al lado de la otra: la que pertenecía a Leslie, cuya línea divisoria era paralela a la frontera, la de lord Caledon, en el Norte, y Tynan Abbey, la casa de sir Norman Stronge, que había sido presidente del Parlamento de Irlanda del Norte y asesinado por el IRA, junto con su hijo James, en 1979; su casa fue reducida a cenizas.

Los Leslie no habían tenido nunca mucha relación con los Caledon. Desmond pensaba que eran muy aburridos.

En el siglo XVIII habían comprado la biblioteca del obispo Percy.

Desmond me contó que lord Caledon le había dicho al administrador que fuera a comprarla. Nadie sabía lo que contenía hasta que el padre de Desmond fue a verla. Incluía un primer folio de una obra de teatro de Marlowe, con un autógrafo de Shakespeare por añadidura, así como un libro de pinturas de pájaros de Audubon. Hubo una época en que cuatro hijos de los Caledon y cuatro de los Leslie estuvieron juntos en Eton; solían hacer juntos el viaje a Dublín, en la vieja línea del ferrocarril. Según Desmond, se negaban a pagar el billete «con gran consternación del revisor».

Recorrimos el castillo, pasando de los viejos y ornamentados salones a los aposentos del servicio donde los Leslie pasaban ahora la mayor parte del tiempo. Desmond evocó con nostalgia los viejos tiempos, cuando «los sirvientes más jóvenes servían a los mayores», cuando el mayordomo del duque de Devonshire ocupaba un puesto preferente sobre el mayordomo de lord Brookeborough, cuando el ama de llaves tenía su propio aposento.

Ahora su mujer estaba ocupándose de algo en el fregadero mientras Desmond y yo tomábamos café en *mugs*, tazas altas de loza sin platillos debajo. Su hija, que dirigía una escuela de equitación en las tierras de la propiedad, estaba a punto de celebrar su cumpleaños. Desmond me dejó en la mesa de la cocina hojeando un folleto acerca de la casa y su historia, mientras que él se fue a su despacho donde estaba escribiendo, según me dijo, una larga novela, una «dinastía de categoría», una «obra divertida sin pretensiones», con la ayuda de un pequeño ordenador.

Mientras tanto, la madre y la hija, de pie detrás de mí, hablaban sobre los invitados que iban a asistir a la fiesta de cumpleaños; a la lista de quién estaría o no estaría invitado le siguieron juiciosas consideraciones sobre la pequeña aristocracia rural de la región. Yo escuchaba todo atentamente mientras leía la información sobre el bosque primitivo que se hallaba dentro de las murallas del dominio y alrededor del cual se calculaba que, a ciertas horas del día, volaba «medio millón de grajos».

Pronto regresó Desmond y me preguntó si necesitaba algo más. Había una buena historia de Monaghan que podía consultar en la biblioteca del condado, me dijo. Yo contesté que me gustaría hacer otro recorrido por la casa, si a él no le importaba. Estaba cansado. Había dormido más de diez horas la noche anterior, me sentía exhausto, como si necesitara diez horas más de ese mismo sueño profundo. Estaba deseando sentarme junto a una de las ventanas de Castle Leslie y contemplar el exterior durante un rato, antes de empezar a andar otra vez, absorber la opulencia, el legado de siglos, deleitarme en los despojos de treinta mil hectáreas. Desmond me dijo que podía mirar todo lo que quisiera, me acompañó a una habitación contigua a su despacho y allí me dejó. Él entró en el despacho y cerró firmemente la puerta.

Yo me dirigí a la ventana, un poco avergonzado y violento, pensando que tal vez debía irme y no molestar a nadie. De pronto, se abrió una puerta y entró un hombre que se quedó de pie frente a mí. Parecía un fantasma. Estaba sorprendido de verme. Se presentó a sí mismo como el hermano de Desmond. Yo me preguntaba si esto no sería una broma rebuscada.

—Cómo está usted?—me dijo. Yo le expliqué que Desmond me había dicho que podía pasearme por la casa a mi gusto.

—Muy bien—dijo entonces él. Era difícil encontrar nada más que decirle. Nos quedamos mirándonos el uno al otro hasta que yo le pregunté dónde estaba la puerta principal. Él me mostró cortésmente la puerta por donde acababa de entrar.

—Adiós—le dije.

—Adiós—me contestó. Yo abrí la gran puerta de entrada y bajé por la avenida hasta el pueblo, donde recogí mi mochila y seguí mi camino.

Desmond me había dicho que si seguía el muro que rodeaba la mansión llegaría a la frontera, que podía cruzar a pie, y desde allí dirigirme a Caledon, Tynan, Middleton. Mientras caminaba vi, a la derecha, lo que quedaba del viejo ferrocarril, parte de la red de Los Grandes Ferrocarriles del Norte que tuvo en otro tiempo líneas que cruzaban todo el Norte, pero que ahora se limitaba a la ruta entre Dublín y Belfast, ya que se había cerrado el resto en 1959. Pasé por un antiguo y magnífico puente de ferrocarril hecho de piedra. Los muros que rodeaban la propiedad de los Leslie estaban todavía relativamente intactos.

Justo cuando la carretera empezaba a deteriorarse y las casas abandonadas empezaron a aparecer, vislumbré el consabido bloque de cemento. Crucé al Norte y llevaba andando un rato cuando una mujer, que se iba acercando a mí, me abordó. Quería saber si yo era miembro del Parlamento británico. Le contesté que no lo era. Añadí que ni mucho menos. Al parecer, estaban esperando a un grupo de parlamentarios que estaban visitando la zona. Me dijo que el bloqueo de la carretera estaba ahí sólo hacía un par de semanas. Antes la carretera estaba abierta. El IRA asesinó aquí a dos hombres, a uno en 1979 y al otro en 1982.

—A uno de ellos le pegaron un tiro al dar la vuelta a ese recodo—dijo, señalando la carretera que se extendía frente a mí—. El otro fue asesinado cuando llevaba a pastar a su ganado.

Uno de ellos trabajaba para lord Caledon. Ambos eran miembros del UDR. La propiedad de los Caledon era grande, siguió diciendo, pero sir Norman Stronge, a quien asesinaron con su hijo, no tenía más que un centenar de hectáreas. Le pregunté quiénes eran ahora los propietarios de las tierras de Stronge. Un miembro de la familia las había heredado, me contestó ella, pero no hacía ya uso de ellas, vivía en otra parte y las tenía arrendadas. Algunos de los republicanos de la localidad habían hecho una oferta para arrendar algunas parcelas de estas tierras y se habían dedicado a cortar árboles y a mantenerlas de mala manera. El resto se arrendó a granjeros responsables. Me dijo que, con la intención de impedir que los republicanos renovaran su arriendo, había ahora un movimiento que urgía a pujar más alto que ellos. Muchos de los protestantes locales estaban disgustados por lo que había ocurrido.

Hablaba francamente, sin el menor asomo de suspicacia. Pero no quiso contarme nada de sí misma: ni dónde vivía, ni cómo se llamaba. Mientras hablábamos, un gran coche blanco bajó por el sendero en nuestra dirección.

—Mire usted al mismísimo contrabandista en persona—dijo—. Todo el santo día de arriba abajo—. Se cruzó de brazos y miró fijamente al conductor del coche que se acercaba, sin ocultar su desprecio. Yo hice el comentario de que la carretera estaba bloqueada, a lo que ella me contestó que un simple rodeo facilitaría el acceso al Sur. Lo del bloqueo de la carretera era para guardar las apariencias.

—Mírele—dijo—. Pero no la atravesará ahora al ver que está usted aquí. Mire cómo empieza a aflojar la marcha—. El hombre efectivamente había parado su coche al llegar a la frontera.

—Obsérvelo ahora—continuó—. Se dará la vuelta—. Y tenía razón. Después de una breve pausa, dio la vuelta y empezó a conducir despacio hacia donde nosotros estábamos, inclinando la cabeza al pasar. Le pregunté a mi nueva amiga qué pasaba de contrabando. Pero ella se negó a decírmelo. Se rió, añadiendo que el coche blanco era sólo uno de tantos.

Cuando llegué al río Blackwater, unos pocos metros más allá de la frontera, vi que estaban construyendo un puente nuevo. Atravesé un bosque antes de llegar a una carretera pavimentada que llevaba a Middleton. Me encontraba ahora en el condado de Armagh. Surgían continuamente vestigios de la antigua red de ferrocarriles, que parecían miembros amputados. La carretera estaba cubierta por las ramas de los árboles. La entrada a Tynan Abbey era impresionante, como la entrada a un inmenso castillo. La tierra era buena. Pasé por el primer campo de cebada que había visto en estas regiones.

En Middleton me paró el ejército, que patrullaba como

de costumbre en grupos de cuatro, y uno de ellos me indicó cómo llegar a Clontibret, que era el pueblo por donde
Peter Robinson y sus secuaces habían pasado, poco antes,
ese mismo verano. Ninguna de las carreteras que el oficial
del ejército sugirió figuraba en mi mapa. Yo había prescin-
dido del mapa oficial basándome en el hecho de que era
mejor llevar un mapa con pocas carreteras señaladas que
uno con demasiadas, algunas de las cuales ni siquiera exis-
tían. Me eché un trago en Middleton, donde el hombre del
bar me aseguró que Peter Robinson debía de haber recibido ayuda de los de la localidad para abrirse camino a lo largo
de esas carreteras solitarias. Él y sus seguidores no lo podrían haber hecho solos de noche, sin duda alguna se habrían perdido.

Atravesé el pueblo. Algunas tiendas estaban cerradas y
algunas casas abandonadas, especialmente las más cercanas
al puesto de control del ejército, que entrado ya el verano
iba a ser blanco de las bombas de mortero del IRA. El pueblo servía de protección al ejército. Los pocos kilómetros
de aquí a la frontera eran zona prohibida y la propia frontera no tenía puestos de control. La carretera era ancha
y su superficie lisa como el cristal. Había un letrero que
anunciaba una tienda de equipos de alta fidelidad para
aquellos que quisieran pasar de contrabando al Sur radios
o equipos musicales, sin tener que conducir a través de un
puesto de control británico.

Seguí la carretera lateral, según las instrucciones del soldado británico. A mi derecha, en la distancia, podía divisar
la catedral de Monaghan bajo el cielo gris. Pronto llegué a
un control, que no funcionaba ya con eficacia. Era una
enorme masa de cemento con las acostumbradas barras en
punta que impedían el acceso a una carretera, pero se había
construido una nueva carretera paralela, haciendo de esta
manera perfectamente ridícula la existencia del bloque de
cemento. Estaba ahora en el Sur, en uno de esos laberintos
de pequeñas carreteras que Robinson y su cuadrilla habían
utilizado para visitar Clontibret en mitad de la noche.

Un poco más allá, al dar la vuelta al recodo donde empezaba la carretera que me llevaría a Clontibret, me encontré con un hombre que estaba de pie a la puerta de su casa. Tendría unos sesenta años. Me dijo que no creía que lloviera. Cuando le pregunté acerca de Robinson dijo que no sabía por qué camino había venido. No le gustaba la idea de Robinson y sus secuaces y añadió que, de todas maneras, no creía que esta parte del país tuviera ningún porvenir.

—Cuando el amor abandona un lugar, no queda nada en él—dijo—. A los jóvenes se los educa ahora a base de bombas y fusiles.

—El ejército británico había llamado a su puerta sólo una vez, para registrar su casa. Sabían que estaban en el Sur, añadió, y le amenazaron con matarle si no les dejaba entrar, pero cuando vieron que era inflexible y que se negaba a cooperar con ellos, volvieron a cruzar la frontera para entrar en el Norte.

Señaló un lugar en el norte de Monaghan y me contó una historia acerca de cómo un protestante llevó a su padre al bufete de un abogado en la ciudad, hace ya más de treinta años. Le habían dado a su padre varios vasos de whisky. Como no estaba acostumbrado a beber accedió a firmar un documento que finalmente supuso la pérdida de su pequeña granja y casa. Su padre había muerto y también había muerto el protestante. Pero el hijo del protestante vivía; él sabía dónde habitaba y antes de morir estaba decidido a prenderle fuego a su casa. Su tono era práctico y objetivo, su voz baja y confidencial.

—Satisfacción—reflexionó—. Lo único que se necesita es satisfacción.

Yo me quedé allí parado y escuchando. Él me dijo el nombre del hombre a cuya casa iba a prender fuego.

Al torcer por la derecha y empezar a bajar la colina que me llevaría a Clontibret, me tropecé con un granjero que conducía una vacada y le pregunté si éste era el camino por el que Peter Robinson había venido a Clontibret. Me contestó que no lo sabía. Cuando iba caminando, con todo el norte de Monaghan extendiéndose a mis pies, pasó una camioneta azul, frenó súbitamente, empezó a moverse otra vez, frenó de nuevo y así sucesivamente. Unos minutos después la misma camioneta subía la colina en dirección opuesta. No me gustó la expresión del rostro del conductor. A mi izquierda un helicóptero sobrevolaba en el firmamento del atardecer, recordándome que el Norte estaba muy cerca y que yo estaba cerca del sur de Armagh. Continué mi camino colina abajo. La camioneta se aproximó otra vez, me pasó lentamente y se paró después. De repente el conductor dio marcha atrás hasta situarse a mi altura. Bajó el cristal de la ventanilla.

—¿Por qué tiene usted tanto interés en Peter Robinson? ¿Qué quiere saber de él?—me preguntó.

—Soy periodista—contesté—, y estoy volviendo sobre sus pasos. La contestación sonaba ridícula.

—¿Podría usted identificarse si una patrulla pasara por aquí?—me preguntó.

—Por supuesto—contesté con todo el aplomo de que fui capaz.

—¿Qué está usted haciendo con eso?—me preguntó señalando mi mochila.

—Voy a pie y llevó aquí mi ropa—contesté, empezando a preguntarme por qué me molestaba en contestar a las preguntas de ese tipo.

—¡Que manera más extraña de viajar para un periodista!—dijo.

Yo no contesté. No se me ocurrió nada que decirle. Me volvió a mirar de arriba abajo para que no me quedara la menor duda de que ni mi atuendo ni mi aspecto merecían su aprobación, puso en marcha el coche y desapareció. Al ir descendiendo la colina pensé en lo que debía haberle contestado, pero era demasiado tarde.

Tan pronto como llegué a un cruce de carreteras torcí a la derecha y me di cuenta de que un coche patrulla de la *Garda* se dirigía hacia mí y un coche conducido por un detective vestido de paisano se acercaba por detrás. Ambos coches se pararon, de manera que bloquearon la carretera. El detective salió de su coche y uno de los dos *Gardaí* bajó la ventanilla del suyo. Se me pasó por la cabeza la idea de que el detective podía muy bien estar armado. Me preguntaron que a dónde iba.

—¿Les ha llamado a ustedes por teléfono un hombre, para decirles que yo le pregunté por Peter Robinson?—interrogué. Ellos asintieron. Yo les dije lo que estaba haciendo y les di mi nombre e identificación, explicándoles al mismo tiempo cómo me había apremiado e incordiado con sus preguntas un tipo que conducía una camioneta azul.

—Espero que escriba usted acerca de la rapidez con la que lo hemos controlado—dijo el *Garda* que iba en el asiento de al lado del conductor, y sonrió.

Le garanticé que lo haría. Me contó que uno de los *Gardaí* que habían sido heridos la noche de la invasión de Robinson se había vuelto a incorporar a su trabajo, pero que el otro estaba todavía en el hospital con una lesión de espalda.

La patrulla de la *Garda* se fue; el detective dio media vuelta a su coche y se marchó detrás de ellos.

Yo me dirigí a la carretera principal de Monaghan a Castleblayney y seguí camino hacia Clontibret. Los coches pasaban a toda velocidad, algunos a ciento cuarenta kilómetros por hora. La carretera era nueva; un gran letrero proclamaba: «Este proyecto está subvencionado por el Fondo Europeo de Desarrollo Regional». Era peligroso ir andando por esta carretera; no se le habían hecho muchas concesiones al peatón y pensé que, si uno de estos coches me rozaba, ése sería mi fin. Pasaron varios camiones transportando heno del Sur al Norte, que aún sufría las consecuencias de una mala cosecha. Yo seguía interesado en la trayectoria de Robinson, aunque nadie quería hablar de ella, así que me dirigí al primer hombre con quien me topé en el pueblo de Clontibret y le hice la siguiente pregunta:

—¿Es éste el camino por donde ha venido Robinson?—No me contestó. Dijo simplemente:

—No le debían haber dejado entrar. Debieran de haberlo matado de un tiro, al muy cabrón.

En el pub, que estaba vacío, la mujer que estaba detrás del bar me dijo que aquella noche había dormido de un tirón y que, por lo tanto, no se había enterado de nada, ni había oído los gritos y chillidos de los manifestantes.

Habían pintado eslóganes en las paredes de la escuela y de la comisaría de la *Garda,* añadió. Debía mirar ambos edificios para detectar señales de pintura reciente. Robinson tenía que comparecer, dentro de unos días, ante los tribunales en Ballybay, a nueve kilómetros exactos de distancia, habiendo hecho ya acto de presencia en Dundalk. Se llevó con él a sus secuaces, y los jóvenes de la localidad los atacaron. Una ráfaga de cócteles molotov lanzada desde una ventana estuvo a punto de matar a varias personas. Robinson y sus amigos regresaron al Norte. La mujer detrás del bar esperaba que no trajera demasiados de sus partidarios a Ballybay. Habría jaleo si lo hacía. El ejército y los *Gardaí* estarían presentes.

Estaban pintando aún la casa de la escuela cuando pasé por allí. No había cobijo en Clontibret; el lugar más próximo donde poder alojarse era Castleblayney, a más de diez kilómetros. No me gustaba ir andando por esta carretera principal; por añadidura iba oscureciendo, así que empecé a hacer autostop y pronto me cogió en su coche un viajante de comercio que me dejó en la calle mayor de Castleblayney.

Castleblayney era el centro de la industria de la música *country* en Irlanda, cuyo sumo sacerdote, Tony Loughman, tenía todavía un pub en el pueblo. Loughman dirigía todos los grandes actos locales, como los de Big Tom y Susan Mc-Cann, que tocaban ante un público considerable en salas de baile por todo el país. Pero yo estaba ahora demasiado cansado para canciones de amor, honor y adulterio cantadas con acento americano en Castleblayney los viernes por la noche, así que después de tomar unas copas me metí en la cama.

A la mañana siguiente me puse en camino desde Castleblayney a Keady, en el Norte. Otro día gris. Los camiones transportaban heno al Norte. Los surtidores de gasolina en las afueras del pueblo estaban cerrados a piedra y lodo. Se habían convertido en un monumento para conmemorar días pasados, sin utilidad ninguna para el futuro. Había una casa grande con dos garajes en un cruce de carreteras, rodeada de turberas; un balcón del dormitorio principal tenía una balaustrada estilo español, puertas de cristales que daban a las turberas y columnas por todas partes. Desmond Leslie miraba despreciativamente toda esta arquitectura moderna desde las alturas de su palacio, refiriéndose a los nuevos bungalós como el «estilo gombeen», siendo *gombeen* un término del argot para designar a un hombre de dinero o a un tendero católicos en el siglo XIX. Al estilo más elaborado, inspirado en los seriales de televisión *Dallas* o *The High Chaparral*, lo llamaba «el elevado estilo gombeen».

Estaba cansado. El cielo gris y acuoso me deprimía; la ausencia de sol me hacía sentir moroso. Al salir de una pequeña tienda de campo donde compré una barra de chocolate y una botella de limonada, vi aparecer por una bocacalle un coche de la *Garda*, con un inspector en el asiento delantero y varios oficiales superiores de los *Gardaí* en la parte de atrás. A éste lo seguía un coche oficial reservado para ministros del gobierno. En el asiento de atrás estaba sentado Alan Dukes, el entonces ministro de Justicia de la República. Me miró fijamente un instante y yo le devolví la misma mirada. Era la última persona del mundo que yo esperaba ver un sábado por la mañana. Un par de minutos después todo el cortejo se dio la vuelta. Yo saludé a Alan Dukes con un gesto de la mano cuando pasó cerca de mí, pero él no se inmutó. Dentro de un año iba a sustituir a Garret FitzGerald como dirigente del Fine Gael.

El hombre del puesto de aduanas me dijo cuando llegué a la frontera que los tres coches habían subido por la carretera, se habían parado unos segundos y habían dado la vuelta. Al parecer querían echar una ojeada a la frontera.

Me contó que Dukes había venido en helicóptero a Carrickmacross esa misma mañana para inspeccionar los cruces de la frontera. Si era así, no podía inspeccionar nada. El único indicio de frontera que había era el puesto de aduanas del Sur. El ejército británico había trasladado el suyo al pueblo de Keady, y yo decidí quedarme unos días y descansar. Mientras seguía andando soñaba con una habitación de hotel con una buena calefacción, un baño calientes, cordero asado, pintas de cerveza Guinness, whiskys calientes, muchas horas de sueño y ningún esfuerzo físico de ningún tipo. Pasé el puesto de control del ejército en Keady sin ningún contratiempo y me enteré, tan pronto como lo pregunté, de que no había hotel en Keady. Había cerrado. Entré en un pub y cavilé sobre lo que debía hacer.

El dueño del pub y su mujer me acompañaron a la puerta y me enseñaron dónde habían estado el mercado y la biblioteca. Los bombardearon en el *Bloody Sunday* de 1972, cuando trece manifestantes desarmados fueron asesinados por el ejército británico en Derry. El día 9 de agosto tuvo lugar un gran desfile en Keady que había causado muchos estragos en el pueblo. El dueño del pub, al empezar a contármelo, se dio cuenta de que sería mejor dar una vuelta en coche por el pueblo y mostrarme lo que había pasado. Salimos del pub y nos metimos en el coche. Me dijo que la mayoría de los habitantes de Keady era católica, pero que había una urbanización protestante llamada Annvale Gardens, conocida localmente como Paisley Park, en honor del líder del DUP. Un puñado de gente nos observaba mientras recorríamos la urbanización.

El desfile del 9 de agosto salió de Paisley Park y trató de abrirse paso hasta el centro de la ciudad pero la policía había interceptado la carretera con unos cuantos Land Rovers. La muchedumbre rompió los cristales de los escaparates de las tiendas católicas; las tiendas protestantes quedaron intactas. El desfile cambió entonces de rumbo y se dirigió al Orange Hall, en las afueras del pueblo, y la masa de manifestantes rompió los cristales de las ventanas en la urbanización católica. El propio dueño del bar, que vivía allí, me contó que la gente estaba muy asustada.

De vuelta en el bar le pedí que me hablara de Darkley, el lugar donde el Ejército Irlandés Nacional de Liberación (INLA), un cuerpo militante más fanático aún que el IRA, fue a una casa de campo donde se estaba celebrando un servicio religioso, un domingo por la tarde del mes de noviembre de 1983, y abrió fuego: mató a tres hombres e hirió a otros. Me aseguró que el pastor vivía todavía allí y que se llamaba Bob Bain. El dueño del pub me explicó cómo llegar a su casa.

Tuve la tentación de volver a Castleblayney y llamarle por teléfono, pero había llegado ya hasta aquí y esto se encontraba a una distancia de sólo unos kilómetros carretera abajo. Me puse a andar otra vez, pasando por una patrulla del ejército que iba moviéndose cautelosamente a través de una urbanización en la parte alta del pueblo. Me equivoqué varias veces de camino hasta que finalmente di con la carretera adecuada.

Tuve que preguntar varias veces por la dirección, porque el área estaba llena de encrucijadas y cruces en forma de T; cada vez que preguntaba dónde estaba la casa de Bob Bain, recibía miradas de perplejidad, pero cuando dije que era el pastor cuya congregación había sido atacada me comprendieron, y me mostraron cómo llegar a su casa. Tan pronto como entré en el patio me vi rodeado de perros, que no cesaron de ladrar y me impidieron seguir adelante. Finalmente salió una mujer de unos cincuenta años, con el pelo negro sujeto en un moño en la nuca, y se quedo mirándome a cierta distancia. Yo le dije que estaba buscando a Bob Bain; ella me dijo que no estaba en casa. «¿Ha vuelto usted a nacer?», le pregunté. No era lo que le quería preguntar, pero se me escapó así de los labios. La expresión de su rostro cambió totalmente. Sonrió como una jovencita y se apartó de la cara un mechón de pelo «Sí, así es», fue su respuesta. Había un resplandor en sus ojos cuando me miraba.

Le pregunté si todavía celebraban servicios religiosos en su iglesia los domingos. Dijo que sí, pero que desde el asesinato asistía a ellos menos gente. Tenían miedo. Habían perdido a muchos miembros de su congregación. Entonces le pregunté si creía que se me permitiría asistir al servicio. Me contestó que tendría que preguntárselo a su marido; lo mejor sería llamarle por teléfono. Me dio el número y yo lo apunté.

Le pregunté dónde estaba el edificio en que se celebraba la ceremonia y ella me mostró un lugar a cierta distancia de su casa. Había que subir una cuesta empinada. Las palabras «Fuck the IRA» (¡que se joda el IRA) estaban escritas por toda la carretera. Las colinas circundantes estaban cubiertas de árboles. La congregación se encontraba en un edificio de madera con el letrero «Asamblea de Pentecostés del Refugio de Montaña» escrito a la entrada. Las ventanas estaban cubiertas de rejas. Estaba construida sobre una estribación. de la colina. Por el otro lado se veían kilómetros y kilómetros de paisaje, hasta Armagh y más allá. La frontera estaba a poco menos de un kilómetro carretera adelante.

Cuando iba descendiendo la colina, vi que se acercaba un camión y puse el dedo pulgar en señal de autostop. Tuve suerte, el conductor iba a Newry. Me dejó fuera del pueblo, donde se congregaban los camiones para poner sus documentos en orden antes de pasar al Sur. Decidí que volvería a hacer autostop durante cinco minutos y que si no conseguía que nadie me llevara, seguiría caminando hasta llegar a Newry. El segundo coche se paró—tuve suerte por segunda vez—y me llevó hasta Dundalk.

Cuando encontré un hotel telefoneé a Bob Bain al número que me había dado su mujer.

—Quiero hacerle dos preguntas—dijo él, tan pronto como le hice saber lo que deseaba.

—¿Cuáles son?—le pregunté yo.

—Primeramente quiero saber si es usted miembro del INLA.

Le expliqué que no lo era, que era simplemente un periodista que deseaba asistir a un servicio religioso de su congregación. Traté de exponer mi deseo con la mayor vehemencia posible, pero él permaneció sereno, y una vez que le hube contestado, dijo que necesitaba saber lo que me acababa de preguntar, porque si yo hubiera sido miembro del INLA habría tenido problemas. Me preguntó si lo comprendía. Parecía encontrar bastante natural el que un miembro del INLA le telefoneara pidiéndole permiso para asistir a sus servicios religiosos.

—La segunda pregunta es la siguiente: ¿cuál es su religión?

Yo dudé un momento y le contesté:

—Soy católico.

—Está bien—dijo él—, entonces usted sabrá que tiene que volver a nacer.

—¿Quiere usted decir para poder asistir a su servicio?—pregunté yo a mi vez.

—No, para vivir su propia vida—me contestó.

Me dijo que viniera al servicio de las tres el día siguiente y que él se aseguraría de que fuera bien recibido.

Al día siguiente tomé un taxi desde Dundalk. Debido a los controles tuvimos que hacer varias desviaciones, una de las cuales nos llevó al monumento conmemorativo de la niña de doce años Majella O'Hara, en el lugar donde diez años antes había sido asesinada por los soldados británicos.

Había varios coches aparcados a la entrada de la Asamblea de Pentecostés del Refugio de Montaña. Al pagar al taxista pude oír los ecos de la música. Me quedé de pie cerca de la entrada durante un rato mientras se oían los acordes de un órgano pequeño, un piano, tambores y un acordeón. El hombre a quien tomé por Bob Bain estaba al fondo de la sala tratando de que los escasos asistentes cantaran en voz más alta. El coro repetía: *Once and for all,* (de una vez para siempre). Él agitaba su puño en el aire al compás de la música. «Quisiera oír a alguien empezando a cantar otra vez. Cuando vayáis a Markethill o a Portadown, formad un coro y cantad durante todo el camino», encareció. Era un predicador al estilo antiguo, en un lugar que tenía una tradición de grandes predicadores que se remontaba dos siglos atrás. Volver a nacer no era nada nuevo en el Norte. En 1859, por ejemplo, hubo un Gran Renacimiento de la fe en el curso del cual cien mil personas nacieron de nuevo.

La larga habitación empezaba a llenarse ahora, en la tarde de domingo. Muchos integrantes de la congregación parecían simples miembros de una comunidad agrícola. Todas las mujeres llevaban sombreros. Había un joven desgarbado al otro lado de donde yo estaba, de pie, con los brazos extendidos. Si exceptuamos esto, el acordeón y los tambores, podría haber sido una pequeña congregación rural reuniéndose para rezar, cualquier domingo, en cualquier lugar de Irlanda.

Al entrar, el señor Bain me saludó con una inclinación de cabeza y señaló un sitio donde me instó a sentarme. Ahora, al bajar por la larga habitación para cerrar la puerta, me guiñó el ojo al pasar. El guiño parecía tener la intención de asegurarme que todo iba bien, como él me aseguró que iría. Era un hombre de corta estatura, animado y rebosante de entusiasmo.

Cuando regresó a su sitio, les dijo a los aproximadamente treinta asistentes que había un extraño entre ellos, y unos cuantos volvieron la cabeza y me sonrieron. Dijo que yo estaba interesado en lo que había pasado en 1983, en las circunstancias en que tres miembros de su congregación fueron asesinados por aquellos «que habían hecho lo imposible por matarlos a todos. Los hombres que lo hicieron, si no han sido salvados aún, necesitan ser salvados». Añadió que el mundo entero había visto a la congregación en la televisión; habían llegado cartas, más de ocho mil, escritas por personas de todos los rincones del mundo. Lo que querían hacer ahora era cantar el mismo himno que estaban cantando cuando entraron los asesinos. Himno 171. Buscaron el himno en sus libros.

La música empezó. El señor Bain sacó una pandereta y la tocó mientras ellos cantaban:

> *Have you been to Jesus for the cleasing power?*
> *Are you washed in the blood of the lamb?*
> *Are you fully trusting in his grace this hour?*
> *Are you washed in the blood of the lamb?**

*¿Has ido a pedirle a Jesús el poder purificador? / ¿Te has bañado en la sangre del cordero? / ¿Confías plenamente en su gracia de este momento? / ¿Te has bañado en la sangre del cordero?

Cantaron tres versos y cuando estaban a la mitad del cuarto llegaron los asesinos a la puerta exterior y mataron a los tres hombres que estaban allí de pie. La puerta de dentro estaba cerrada. Los asesinos no la abrieron, sino que intentaron disparar a través de ella y después salieron y continuaron disparando contra las delgadas paredes del edificio. Dispararon bajo, porque la congregación se había tirado al suelo, e hirieron a varias personas. Llevaban antifaces rojos.

Había una placa en la pared dedicada a los tres hombres:

> En afectuosa memoria de nuestros tres miembros del consejo William Harold Browne, John Victor Cunningham, Richard Samuel David Wilson, que fueron asesinados por terroristas durante el servicio religioso de esta iglesia. Todos lloramos su muerte. «¿Quién nos separará del amor de Cristo?» Romanos 8v: 35. Dedicada por la Iglesia de Pentecostés del Refugio de Montaña, Darkley.

Concluido el himno, empezaron con el verdadero orden del día. Habían venido dos mujeres a predicar: la primera tendría algo más de sesenta y cinco años y llevaba gafas; la otra era al menos veinte años más joven. Al parecer estas mujeres recorrían iglesias de este tipo por todo el Norte. Cuando la mujer mayor empezó a hablar, apareció fuera de la iglesia el ejército británico.

—Durante toda mi vida pertenecí a la Iglesia Católica Romana—empezó diciendo—. Creía todo lo que me enseñaba mi Iglesia. Me convertí en una alcohólica; las circunstancias son irrelevantes. Después de muchos años de beber y fumar y tomar drogas, seguía siendo una devota católica. Solía ir a la iglesia tambaleándome.

Después de haber pasado otro año bebiendo, me puse peor. Había veces en que no sabía si era de día o de noche. Tenía úlceras. No podía empezar el día sin tomar un trago de whisky para calmar mis dolores. Una mañana, después de haerse ido los niños a la escuela, me di cuenta de que no quería seguir viviendo. Me preparé una bebida y las pastillas. Estaba dispuesta a morir, cuando oí una voz que decía:

«Métete dentro de ti misma en busca de tu alma y allí me encontrarás»—. Su voz se fue haciendo más sonora y jubilosa: —Jesús me salvó aquella mañana. Salvó mi cuerpo y salvó mi alma. Yo solía salir siempre de la confesión confusa y desdichada. Cuando le decía al sacerdote. «¡Ayúdeme!», él me contestaba: «Vete a casa y no bebas demasiado». El doctor me decía lo mismo. No tenía a nadie y me volví a Jesús. Jesucristo es la única esperanza que tiene este mundo. Jesús es la única esperanza que tiene Irlanda. Jesús es todo mi ser. Jesús lo es todo para mí. Pensad en las balas que perforaron esas paredes. El tiempo es tal vez más corto de lo que creéis.

Cuando empezó a cantar con una voz de contralto, el ejército británico se movió de un lado al otro del edificio. La otra mujer se unió a su canto. El coro era: «El amor puede perdonar, el amor puede perdonarlo todo». La segunda mujer se levantó para hablar, elogiando a la gente que tenía delante, gente que, después de la matanza, podía muy bien haber dicho que no quería abrir la iglesia de nuevo. «Alabado sea el Señor porque no lo hicisteis», dijo. ¿Es posible—preguntó—reconstruir un país de estos escombros, de esta confusión? Sí, es posible de una manera y sólo de una manera y ésa manera es el Evangelio del Señor. Jesús murió por todos los hombres.

»Me educaron conforme a los preceptos de la Iglesia presbiteriana—continuó—y no oí el Evangelio hasta el día en que fui salvada. A los protestantes se les dice que los católicos son el enemigo. Y a los católicos que lo son los protestantes. El Diablo es el enemigo.

Les exhortó a que tuvieran valor y permanecieran firmes: «Hay demasiados "evangelistillos" por el mundo; lo que necesitamos es fibra», añadió. Padeció una enfermedad seria y había consultado a trece médicos diferentes. «Deposité mi confianza en el Señor, ¿necesito deciros que Él me curó? ¡Jesús puede curar!». De la congregación salieron gritos de ¡Amén!

Las dos predicadoras se sentaron. Hubo entonces lecturas de la Biblia y después himnos. La gente decía a gritos cuáles eran sus himnos favoritos y entonces los cantaba. Una mujer que estaba sentada a mi lado me dijo después que había sido bautizada en esta misma iglesia el domingo anterior, junto a otros catecúmenos. La ceremonia había tenido lugar detrás de la iglesia, en un depósito de agua. Creían en la inmersión total. «¿Estaba fría el agua?», le pregunté. «Sí que lo estaba», dijo, «pero merecía la pena».

Se quedaron algunas personas esperando: aquellas que estaban enfermas y querían que el pastor Bain las curara. Entre ellos había una chica que tenía un ojo deforme. Desde fuera, yo podía oírle gritar: «Ordeno al Diablo que quite sus manos sucias de esos ojos». Yo me quedé mirando al ejército que iba bajando la colina en coche. Las predicadoras agitaban las manos para decirme adiós.

Cuando salió el pastor Bain anduvimos en torno al edificio hasta encontrarnos cara al norte, en dirección a Armagh. Yo señalé el edificio de la catedral católica cuya silueta dominaba el resto de la ciudad

—¿Le gustaría a usted tener una iglesia tan grande como ésa?—le pregunté.

Me contestó que no le gustaría; que lo que él tenía aquí era mejor y más fuerte, estaba seguro de ello.

Salir ileso del sur de Armagh

A primeros de septiembre llegué a Crossmaglen, famoso en la canción y en la historia. Todo el mundo me recomendó que tuviera cuidado: esto era el sur de Armagh, era peligroso ir de un lado a otro charlando con la gente. La gente de la localidad tenía motivos para sospechar de los desconocidos. De todos modos, no había hoteles ni casas de huéspedes en la zona. Llamé al cuartel general del Sinn Fein en Belfast y hablé allí con alguien a quien le dije lo que quería hacer: vivir en una casa común y corriente en Crossmaglen y recorrer la zona para hablar con la gente. El hombre de Belfast no vio ningún impedimento: me dio un número de teléfono de Crossmaglen y me puso en manos de un miembro local del Sinn Fein, Jim McAllistair.

Crossmaglen era una gran plaza de la que salía buen número de calles. La plaza estaba dominada por un puesto del ejército británico, detrás del cual se encontraba la base militar. Los helicópteros del ejército iban y venían, volando a ras de los tejados de las casas, y sus motores ensordecedores sonaban sin cesar. A veces, el ejército patrullaba la plaza o las calles que salían de ella, pero en ocasiones desaparecía dentro de la base y no se lo podía ver. Del mismo modo, algunas veces los helicópteros dejaban de ir y venir.

Cuando llegué a Crossmaglen la oficina del Sinn Fein, en la calle mayor, estaba cerrada. No tenía la menor idea de dónde me habían alojado, así que me fui a la biblioteca local y hurgué entre los libros.

En una revista hallé información sobre los diversos episodios de la historia del sur de Armag. Cito a un tal Joshua Magee, juez de instrucción en las sesiones de los tribunales de Armagh, el 1 de noviembre de 1847: «El terreno alrededor de Newtownhamilton es montañoso. La gente tiene un ínfimo nivel de educación y un carácter salvaje y violento. Están divididos en dos facciones hostiles, la orangista y la católica». Cinco años después el inspector general adjunto de policía, comandante Henry Browne, escribió: «Crossmaglen, según creo, es posiblemente la peor zona del país».

Salí de la biblioteca y fui una vez más en busca de Jim McAllister, que estaba en la oficina del Sinn Fein. Me había encontrado alojamiento. McAllister tendría poco más de cuarenta años, y era de conversación fácil, repleta de giros cortantes e irónicos. Me contó que escribía poemas y me mostró algunos de ellos, mecanografiados. Trataban de cuando fue arrestado por el ejército británico y transportado en helicóptero a la base de Bessbrook, al otro lado de su mundo, de su territorio, de los lugares que conocía; cosas que aquellos que lo arrestaron nunca llegarían a conocer y sobre las que no tendrían derecho. El poema simulaba un accidente aéreo:

> And should my bones smash on Sturgan Brae
> Or bleach in Camlough waters, I'd be at home in my land
> The rest at map reference F 13, sheet 3, South Armagh.*

La disputa más reciente acerca de a qué tierra se refería este poema se centraba en un número de granjas al borde de la carretera, todas ellas cerca de la frontera. En el *Observer* del domingo anterior Mary Holland había escrito sobre Hugh O'Hanlon, un hombre que criaba ovejas en Glasdrumman, a unos pocos kilómetros de distancia, en cuyas

---

* Y si mis huesos se quiebran sobre Sturgan Brae / o se calcinan en las aguas de Camlough, yo reposaré en mi hogar / (referencia en el mapa F 13, hoja 3, sur de Armagh).

tierras «se yergue ahora una torre de cemento y hierro corrugado, sostenida por andamios y protegida por sacos de arena y alambre de púas. Al otro lado de la carretera, se ha colocado una cámara de televisión para controlar los movimientos de los que pasan por allí. En los setos se han abierto grandes agujeros y árboles muertos yacen por los campos. Éste es el último en una serie de puestos de observación fortificados alineados a lo largo de una sección vulnerable de la frontera en el sur de Armagh [...] Cuando el ejército llegó aquí por primera vez, el señor O'Hanlon le preguntó a un joven soldado cuánto tiempo necesitarían sus tres campos. Le contestaron: "Estaremos aquí hasta que desaparezca la frontera y eso no ocurrirá mientras usted o yo vivamos"».

Jim McAllister dijo que el partido católico moderado, el SDLP, se aprovecharía de esto y haría declaraciones, pero la posición del Sinn Fein estaba clara y era lógica: «no solamente queremos que desaparezcan estas monstruosidades, queremos que desaparezca también todo el dispositivo británico, absolutamente todo». En su despacho, detrás de él, había carteles advirtiendo a la gente que no hablara con desconocidos. «Este inglés puede estar de pie a tu lado» y «Una palabra descuidada puede costar la vida» eran las leyendas.

Jim me llevó a través de la plaza a la casa de su madre, donde comimos y desde allí fuimos a una urbanización al lado del campo de fútbol gaélico. Me presentó a mi patrona, que vivía en una casa de tres dormitorios con un hijo pequeño. En mi habitación había un ordenador, propiedad de su hijo, que, según decía ella, tenía curiosidad por saber si me interesaba la informática. Cuando me deshice de la mochila, Jim quiso llevarme a dar una vuelta por el pueblo y presentarme a la gente ilustre, por supuesto de ideas republicanas.

Pasamos por una torre de alta tensión inclinada, parte de un sistema eléctrico Norte-Sur que el IRA había bombardeado sin cesar. Al pasar por una pequeña iglesia protestante, Jim me dijo que no había habido nunca ningún problema sectario en Crossmaglen: había unas cuantas familias protestantes en la zona.

Por eso mismo se preguntaba qué estaban haciendo los ingleses. No estaban manteniendo la paz, pues el lugar era perfectamente pacífico, no había problemas entre católicos y protestantes, entre vecino y vecino, como los había en otras partes. La guerra era más bien entre la gente del pueblo y el ejército inglés. Así pues, ¿qué pasaría si el ejército inglés se retirara? Paz, tranquilidad, armonía, eso es lo que pasaría. Entonces, ¿por qué estaban aquí? Jim me miró como si yo lo supiera. Le dije que no tenía la menor idea.

Existía una gran tradición de morir por Irlanda; la historia de la zona de Crossmaglen estaba llena de pequeños sacrificios individuales. Por todas partes se veían monumentos a aquellos que habían muerto por la libertad de Irlanda. El Sinn Fein y el IRA querían formar parte de esa larga y sentimental tradición irlandesa, colocar a sus mártires de los dieciséis años pasados en compañía de los cabecillas ejecutados en el levantamiento de 1916, de los hombres asesinados en la guerra de la Independencia o la guerra civil. Conmemoraciones y monumentos tenían una gran significación para ellos, como la tenían para los unionistas; domingo tras domingo visitaban las tumbas de los muertos y los miembros jóvenes del Sinn Fein mantenían esta práctica tanto como la vieja guardia, que comprendía la importancia de la tradición.

Jim se detuvo junto a un enorme monumento en el pueblo de Cullyhanna. Yo salí del coche y fui a mirarlo. Se había erigido en el lugar de honor que en un pueblo se reserva a menudo para una estatua de la Virgen María. «En orgulloso y amante recuerdo de uno de los hijos más nobles de Irlanda, capitán Michael McVerry, oficial en jefe del primer batallón de la brigada del sur de Armagh, *Oglaigh na Eireann*. Nacido en Cullyhanna el 1 de diciembre de 1949, muerto en combate con las fuerzas británicas de ocupación en Keady, cuarteles de la RUC, 15 de noviembre de 1973».

¿Cómo consiguieron permiso para erigir un monumento, aquí en el Norte, a un hombre que había sido ejecutado tan recientemente cuando trataba de hacer explotar una comisaría de policía? Jim se encogió de hombros. No pidieron permiso, simplemente lo levantaron. «El Departamento de Medio Ambiente pagó por la construcción del muro», dijo riendo. En el Sur, los monumentos o estatuas se erigían en memoria de los que llevaban mucho tiempo muertos; a este hombre le habían matado recientemente, en 1973. El ejército no se atrevería a tocarlo.

Ninguna de las carreteras al Sur estaba interceptada, continuó diciendo. Cada vez que el ejército volaba puentes o ponía bloques de cemento en los cruces de frontera, la gente de la localidad acudía en masa para reemplazarlos o demolerlos. Según el Acta de Provisiones de Emergencia, el ejército tenía derecho a ocupar tierras y casas cuando le diera la gana, y esto era lo que estaba haciendo en este momento en los puestos de avanzada. Habían construido tres de estos puestos, pero habían perdido más de cinco hombres en los preparativos; varios miembros del ejército y de la RUC habían sido heridos también. Los puestos de avanzada, dijo Jim, los colocaba en una posición muy vulnerable.

—Habría poca compasión en este lugar hacia un inglés o un hombre de la RUC víctima de una bomba en esta zona—dijo.

Pasamos por una tienda que estaba en el Sur; la entrada a ella era la frontera, el interior de la tienda estaba en el Norte y cada entrada y salida suponía un acto de contrabando. Hicimos visitas cortas a varias casas y Jim me presentaba a los que las ocupaban como a alguien que probablemente se quedaría en esta parte del mundo otra semana más.

—Mirarlo con detenimiento—dijo riendo—para que así lo podáis reconocer.

Pasamos por el pub The Three Steps, donde se vio por última vez al capitán Robert Nairac en 1977; entramos en Camlough, donde Raymond McCreesh—uno de los diez hombres que murieron en la huelga de hambre—estaba enterrado; pasamos por un lugar donde un inglés, experto en la desactivación de explosivos había sido víctima de una bomba.

—No debía de ser muy experto—dijo Jim. Yo contuve el aliento.

Estuvimos en la casa de otro miembro del Sinn Fein, donde nos sentamos un rato y hablamos de historia. No dejaba nunca de asombrarle el punto de vista de superioridad moral desde el que se censuraban las actividades del IRA. El estado del Sur estaba basado en prácticamente el mismo tipo de guerra Los hombres que algún tiempo después se convirtieron en pilares de la sociedad del sur de Irlanda, habían dirigido, en el pasado, la más brutal, despiadada y sanguinaria campaña de terror.

Uno de los hombres con quien nos encontramos describió Crossmaglen como «un pueblo pequeño, sin importancia, que se ocupaba de sus asuntos cotidianos, con una presencia militar desmesurada». Según el libro de Desmond Hamill, *Pig in the Middle: The Army in Northern Ireland 1969-1985*, que llevaba en la mochila, el ejército británico opinaba de forma diferente. El fuerte del ejército en Crossmaglen:

> daba a la gran plaza del mercado (el campo de la muerte donde habían ya perecido diecisiete soldados). Rutas de escape para el IRA Provisional salían de ella como los radios de una rueda de bicicleta: cuatro a la frontera a sólo noventa segundos de distancia y dos hacia el Norte, al territorio hostil del sur de Armagh. En el pueblo ondeaba la bandera tricolor de la República de Irlanda y el Carro de la constelación de la Osa Mayor, símbolo del movimiento sindicalista y, mientras los soldados observaban y controlaban a la gente de la localidad, ésta los consideraba como una fuerza de ocupación.

El libro de Hamill da cuenta de las cosas que ocurrieron después del asesinato de un soldado en 1977, que incluyeron, entre otras, regocijadas celebraciones en uno de los pubes locales.

Una semana más tarde uno de los principales cantantes de aquella noche se puso en camino para ir a casarse. Tenía que conducir algo menos de un kilómetro para llegar a la iglesia y cada ciento cincuenta metros lo paraba una patrulla muy cortés que le pedía que esperara hasta que hubieran registrado su coche. Un oficial de la compañía rememora: «Tardó hora y media en llegar a la iglesia y para cuando llegó allí sabía exactamente lo que estaba pasando y la razón de ello. Era algo a lo que la gente del pueblo no estaba acostumbrada. A lo que sí estaba acostumbrada era a soldados llegando precipitadamente a los pubes, tirando al suelo los vasos del bar, agarrando a la gente por los pelos y llevándolos apresuradamente al fuerte, obligándolos a veces a andar con los pies descalzos sobre vidrios rotos, metiéndolos a empujones en un helicóptero, sin que ellos tuvieran la menor idea de qué pasaba o por qué los habían arrestado. Nosotros intentamos un procedimiento distinto».

Nadie en Crossmaglen hablaba con el ejército. Nadie les servía en los pubes. Con regularidad, se trataba de tirar bombas de mortero contra la base desde camiones aparcados cerca del centro del pueblo. Era difícil para un desconocido que se le sirviera en los pubes. Jim McAllister, después de la experiencia en una tasca en Crossmaglen, donde se me trató como a un intruso indeseable, me advirtió que les dijera exactamente quién era tan pronto como entrara por la puerta, que mencionara su nombre y les contara que él había dicho que respondía de mí. De no ser así, tendría dificultad en conseguir una pinta en Crossmaglen.

Me di un paseo por las estrechas carreteras y vericuetos que cruzaban en zigzag la frontera. La mayor parte del tiempo se me podía ver desde uno de los nuevos puestos de avanzada. Sabía que el ejército me estaba vigilando. Podían verme a una distancia de varios kilómetros, por el Norte y por el Sur. Su posición ventajosa era un arma nueva en la larga lucha para pacificar el sur de Armagh. El día anterior, el IRA había intentado bombardear uno de los puestos de avanzada, sin éxito. La única señal que quedaba de la tentativa era un enorme agujero en la cuneta, con ramas de árboles esparcidas aquí y allá como si hubiera habido una tormenta. Subí carretera arriba a una granja cerca del puesto de avanzada en Drummuckavall. Cuando me acerqué a una mujer que estaba de pie en el patio de delante, me preguntó que de dónde venía. Le contesté que era del Sur. «Mire usted lo que ha hecho su gobierno», dijo, dándome la espalda y alejándose. Le echaba la culpa al acuerdo anglo-irlandés por lo de los puestos de avanzada. Volvió a entrar en su casa.

El pueblo estaba profundamente silencioso; apenas se movía una hoja. (El dueño de una pañería me preguntó que dónde vivía. Dublín, le contesté yo. «Dublín», caviló él. «He oído decir que hay muchos conflictos allí».) Me convertí en un parroquiano regular del pub de Paddy Short. A los dos días de llegar allí, hablé con un hombre que aseguraba haber sido el primer papista que había pasado una noche en Ballinamallard. Estaba trabajando en una construcción haría casi treinta años, en el pueblo donde habían tenido lugar aquel año las celebraciones del 12 de julio; se le encontró una cama para pasar la noche y la patrona estaba dispuesta a defender su derecho a dormir en el pueblo, a pesar de las amenazas de que su casa sería reducida a cenizas.

Paddy Short, el dueño del pub, detrás del mostrador, escuchaba con gran atención. No sabía que Ballinamallard fuera un pueblo protestante. Hacía unas semanas había recibido una llamada telefónica de los *Gardaí* en Castleblayney, pidiéndole ayuda. Una pareja de Ballinamallard, de vacaciones en el Sur, en Dublín, había aparcado su caravana en uno de los centros de veraneo costero en el norte de la ciudad. Al regresar de unas compras descubrieron que les habían robado la caravana. Los *Gardaí* averiguaron que se la habían robado los gitanos y que estaban ahora viviendo justo al norte de la frontera, pero al sur de Crossmaglen. Estaba aparcada a un lado de la carretera.

El problema era cómo recuperar la caravana. El hecho de que se hallara dentro del Reino Unido no cambiaba las cosas. El ejército, la RUC, o el UDR no reaccionaron a las solicitudes de ayuda. Esta parte del sur de Armagh era oficialmente una zona prohibida. Tendrían miedo de una emboscada. La pareja de Ballinamallard también tenía miedo de esa tierra de nadie donde se encontraba su caravana. Los *Gardaí* en Castleblayney querían saber si Paddy Short estaba dispuesto a llevar a la pareja al lugar del vehículo robado. Paddy dijo que lo haría.

Cuando llegaron a su pub, querían que él condujera en su coche, porque tenían miedo de ser secuestrados. Paddy insistió en sentarse en la parte trasera del coche de ellos. Había un hombre a su lado. Paddy les dijo a los tres que si la policía, del Norte o del Sur, dejara de hostigar a los del pueblo y se concentrase en combatir el crimen, Crossmaglen sería un lugar más feliz. La pareja, que iba delante, le advirtió que tuviera cuidado: el hombre que estaba a su lado era un *Garda*. Paddy se preguntó qué estaba haciendo un *Garda* en el norte de Irlanda.

Encontraron la caravana. El problema era cómo recuperarla. Paddy les dijo que sólo había una manera. Traer unos cuantos muchachos con fusiles y pasamontañas, y saldrían corriendo como alma que lleva el diablo. La mujer, sobre todo, estaba horrorizada. Hizo comentarios despreciativos sobre este país de bandidos, territorio de indios. Paddy se encogió de hombros y pidió que lo volvieran a llevar a Crossmaglen. Si querían recuperar su caravana, esto era lo que tendrían que hacer. No oyó nada más acerca del asunto hasta unos días despues, cuando un *Garda* telefoneó desde Castleblayney para darle las gracias por su ayuda. ¿Recuperaron la caravana?, preguntó. Sí, la recuperaron, contestó el *Garda*. ¿Hicieron lo que él les dijo?, preguntó entonces Paddy. El *Garda* no quiso añadir nada.

Otro hombre en el pub me preguntó si, en mis viajes, había hecho la peregrinación a Lough Derg. Dije que sí. Él también la había hecho, viajando en autobús hasta Pettigoe con un amigo, ambos con la intención de hacer la peregrinación. Pero había ido al hotel del pueblo y decidieron dejar que el autobús se marchara sin ellos a Lough Derg. Pasaron el fin de semana bebiendo y divirtiéndose, mientras los otros las pasaban moradas en la isla; se volvieron a unir a la peregrinación cuando el autobús se paró en Pettigoe de regreso a casa. Dijeron que fue una gran peregrinación.

Mientras hablábamos, entró en el pub un hombre que había estado observando la detención por parte del ejército británico de una camioneta oficial de la Junta del Suministro Eléctrico del Sur, que no tenía por qué estar en el Norte. Cuando la abrieron, descubrieron que estaba llena de refrescos y bebidas no alcohólicas, que costaban casi el doble en el Sur, una mercancía que figuraba a la cabeza en la lista de los contrabandistas.

Paddy Short me confesó que estaba cansado de la gente que venía a su pub y decía que el Sur, la República de Irlanda, estaba dando las boqueadas. Sabía que la deuda nacional excedía la suma de veinte billones de libras, sabía también que los impuestos eran excesivamente gravosos y que los precios eran altos, pero aun así era mejor lugar para vivir que el Norte y estaba harto de oír lo contrario.

El capitán Robert Nairac, cuando estuvo destinado en Crossmaglen, solía venir al pub de Short. No le servían ni le vendían cigarrillos, pero él se quedaba simplemente allí y hablaba con la gente. Supieron desde el principio que estaba en el ejército pero no podían entender exactamente lo que estaba haciendo. Desmond Hallis explica su papel en *Pig in the Middle*:

Sugirió (en 1974) que el problema era de inteligencia y no de comportarse simplemente como un soldado, porque el IRA en Crossmaglen no iba a ser derrotado por el ejército «aumentando el número de fusilamientos o de emboscadas». Se trataba de hacer un expediente completo de cada hombre, mujer y niño en la zona [...] Lo que se necesitaba era un buen oficial de inteligencia secreta instalado en la zona durante al menos un año. Sería una operación de inteligencia a largo plazo, que permitiera al oficial elegido hacer acopio de fragmentos de información.

Dos años más tarde dejaron que Nairac, más o menos solo, recopilara la información. En el pub de Short lo recordaban. Un hombre en el grupo había estado en otro pub del pueblo, desde entonces destruido, la primera noche que se dieron cuenta de la presencia de Nairac. Era casi la hora de cerrar. Se celebraba una sesión de canto y, en el estrado, un hombre que estaba ligeramente borracho le ofreció en actitud de mofa el micrófono a Nairac, que iba vestido de uniforme. Nairac, con gran asombro de todo el mundo, cogió el micrófono y empezó a cantar. Cantó una canción republicana, *The Broad Black Brimmer of the IRA*:

> *But when Ireland claims her freedom*
> *The men she'll choose to lead 'em*
> *Will wear the broad black brimmer of the IRA.**

No podían dar crédito a lo que estaban oyendo. Otro hombre que estaba en la barra recordó la noche en que todos se pusieron de pie para cantar el himno nacional irlandés, *The Soldier's Song*. Nairac estaba a su lado, cantándolo en irlandés. Se sabía la letra de memoria.

Cuando se llevaron a la gente del pueblo a la base militar para interrogarla, Nairac pedía a menudo que los pusieran en libertad. Adoptaba distintas identidades cuando salía del pueblo; era capaz de imitar acentos, pero no en Crossmaglen. Tenía buena voz y había cobrado fama por su manera de cantar *Danny Boy*. Se le conocía por el apodo de «Danny». El día 14 de mayo de 1977 fue a The Three Steps,

---

* Pero cuando Irlanda recupere su libertad / los hombres que elegirá como dirigentes / llevarán los anchos sombreros negros del IRA.

que aquella noche estaba abarrotado de gente de la localidad. Cantó dos canciones desde el estrado. Algo más tarde salió fuera del pub. No estaba claro lo que ocurrió, pero había señales de una pelea en el aparcamiento del pub; gotas de sangre, y nuevas evidencias de lucha se encontraron al otro lado de la frontera. El IRA se atribuyó el asesinato y, aunque varios hombres fueron sentenciados en el Sur a cadena perpetua por el asesinato de Nairac, nunca se encontró su cuerpo.

Jim McAllistair pasaba muchas horas trabajando en la oficina del Sinn Fein, en la plaza de Crossmaglen. Todas las semanas publicaba su propio suelto de noticias locales, que añadía a *An Phoblacht,* el periódico semanal del Sinn Fein. Jim era uno de los cinco miembros del Sinn Fein en el concejo del distrito de Newry, y tomaba una parte activa en representación de sus miembros constituyentes, que habían llegado a considerar al Sinn Fein como un partido omnipotente. Por ejemplo, un día una mujer le preguntó si podía ayudarle a transportar su perro a la casa de uno de sus parientes. Al parecer creía que esto formaba parte de las atribuciones del Sinn Fein.

Jim me contó que la mayoría de los miembros de su familia de la generación anterior habían sido contratados en las ferias de contratación. Nunca tenían lugar en Crossmaglen, porque no había grandes terratenientes en la zona, así que la gente tenía que ir a otros pueblos. Cuando volví a la casa de huéspedes le hablé de ello a la patrona. Me dijo que la mayor parte de la familia de su madre había sido también contratada, incluida su propia madre. El día siguiente esta señora vino desde Castleblayney a hacer una visita. Era una mujer de poco menos de setenta años. Dijo que la habían contratado una vez; a menudo señalaba la casa que estaba situada en la carretera a Newry. Fue terrible. Tenía que dar de comer a los cerdos, limpiar las pocilgas, y la comida era asquerosa. No quería hablar de este asunto. Los tiempos eran ahora mejores, a pesar de las *Troubles.*

El domingo por la mañana Tony O'Shea (un amigo fotógrafo) y yo emprendimos el camino de Crossmaglen a Forkhill, a unos diez kilómetros, donde se iba a celebrar un festival de canto. Hacía mucho viento. El cielo cambiaba en cuestión de minutos pasando de un color azul celeste a estar cubierto de nubes blancas, pero la temperatura era muy agradable conforme íbamos caminando. Nos encontramos con unos cuantos jóvenes gitanos que iban hacia Crossmaglen y que nos dijeron que procedían de un campamento un poco más allá en la carretera.

A esta gente se la podía encontrar ahora por todas partes de Irlanda, acampada dondequiera que se la dejaba en paz. La población sedentaria los despreciaba y los llamaba rateros y gitanos. Se les asociaba generalmente—y a menudo erróneamente—con la bebida y el hurto. El dueño de la pañería de Crossmaglen me había dicho que, diez o doce de ellos juntos, armaban un lío tremendo en su tienda. Había, junto con la intensidad de los sentimientos que despertaban, una especie de temor; tal vez eran un recordatorio de que no hacía demasiado tiempo una elevada proporción de los habitantes de Irlanda había sido expulsada de sus tierras y obligada a andar por las carreteras. El número de estos gitanos iba aumentando progresivamente debido a que se casaban muy jóvenes y que tenían familias muy numerosas. Por lo general, eran muy religiosos, y se negaban a aceptar cualquier forma de control de la natalidad. A algunos se les habían proporcionado viviendas, pero la mayoría preferían llevar una vida nómada. En general, no sentían mucho respeto por la población sedentaria. Había siete u ocho caravanas aparcadas a un lado de la carretera. Las mujeres se mantenían a distancia. Pero los niños nos rodeaban, querían que les hiciéramos fotos o enseñarnos ellos un nuevo bebé en una de las caravanas. Ninguno de los padres parecía estar allí, solamente unos cuantos muchachos sentados en una camioneta en la carretera. Me dijeron que las cosas eran difíciles, que no tenían agua y que Crossmaglen no los ayudaba; una noche, hacía poco, unos hombres con escopetas habían disparado al aire para conminarles a que se marcharan, que se largaran a otro sitio. Y les habían amenazado con volver otra noche. Los muchachos de la camioneta parecían estar bajos de forma, deprimidos. No me miraban cuando me estaban hablando. Yo me preguntaba dónde estaban los hombres. Los niños, por otra parte, deseaban que nos quedáramos y los divirtiéramos. Querían venir detrás de nosotros como si fuéramos un par de flautistas de Hamelin, pero les hicimos volver.

Llegamos a un cruce de carreteras donde había otra caravana aparcada, cuyo propietario salió corriendo a nuestro encuentro para invitarnos a tomar el té con él. Sentía una profunda compasión por nosotros porque íbamos andando. Dijo que bien sabía él lo que era andar. De repente, mientras hablaba, su familia salió de la caravana. Primero su mujer y después un hijo y una hija, adolescentes, seguidos de un montón de niños. Nos metimos todos dentro a tomar nuestro té. El marido y la mujer me preguntaron si yo sabía escribir. Les contesté que sí. Entonces me pidieron que escribiera una carta a un sacerdote en Leitrim, solicitando que enviara una copia del certificado de bautismo de la mujer, a la lista de correos de Crossmaglen. Estaba encontrando muchas dificultades en conseguir ayuda estatal, porque, según dijo, su nombre era muy corriente entre la comunidad nómada. Supuse que, como otros muchos, estaba solicitando asistencia social, al mismo tiempo, al Norte y al Sur. Mientras escribía la carta, los niños se divertían rebuscando en mi mochila, que había dejado fuera de la caravana, pero no me quitaron nada.

Reanudamos nuestro camino hacia Forkhill, pasando por diez cruces blancas en memoria de los diez huelguistas de hambre, en las cuales un eslógan decía «Mi hermano no es un criminal». A ambos lados de la carretera crecían enormes champiñones y las moras empezaban a madurar; la cosecha era abundante, jugosa y dulce, debido a la lluvia caída. Conforme nos íbamos acercando a la costa, cruzó el horizonte una suave luz blanca y el día aclaró. Pasamos por un campo, en una colina, que un grupo de trabajadores trataba de allanar con una excavadora mecánica: el aire estaba lleno del olor de tierra recién arada.

Forkhill era como una fortaleza. Un enorme cuartel de la RUC y del ejército se levantaba en el centro mismo del pueblo, y arriba, sobre la roca desnuda que dominaba Forkhill, estaba encaramada otra base de la cual salían y entraban helicópteros. El festival de la canción iba a tener lugar en el salón de actos del pueblo, que tenía un bar, y en los intervalos entre canción y canción se retiraban a un pub local. No habría ningún tipo de instrumentos, ni violines, ni gaitas ni tambores: el festival, de dos días de duración, estaba dedicado exclusivamente a la voz humana, baladas, aires populares, canciones rebeldes. Muchas de las personas que esperaban en el pub a que empezaran las sesiones habían estado también en el *Fleadh Ceoil* en Ballyshannon. Era éste un mundo pequeño y muy suyo, donde todos se conocían, donde la edad no contaba, pero donde la habilidad para cantar o tocar instrumentos era muy importante.

Los cantantes y el auditorio, así como Tony O'Shea y yo, que habíamos encontrado alojamiento en un pueblo cercano, fuimos temprano al salón de actos, frente a la base del ejército. En la larga habitación había poca luz, y nos acomodamos dispuestos a disfrutar de una tarde de canciones. A las canciones de amor les siguieron canciones sobre emigración, a las de contrabando, canciones sobre patriotas muertos. La mayor parte del tiempo el tono era sombrío; eran canciones de dolor y de pesar.

Salí a la entrada del salón, donde uno de los organizadores estaba de pie con un vaso de alguna bebida en la mano. Estaba contemplando Slieve Gullion, la montaña más allá de Forkhill. Dijo que éste era el sitio más maravilloso del mundo. «Mire usted hacia allí». Permanecimos en el mismo lugar juntos mientras las primeras luces del atardecer descendían sobre Slieve Gullion. Le gustaba la manera en que la luz alteraba los colores día tras día. No había otro lugar semejante en el mundo. Por esa razón odiaba la presencia de los ingleses. Creían que tenían derecho de detenerte y hacerte preguntas, creían que el lugar era suyo. No habían tocado Slieve Gullion todavía. No respondía de sus acciones si ponían una base o una torre de vigilancia en Slieve Gullion.

En un momento determinado de la tarde, fui al bar en busca de bebida y casi me tropecé con dos policías que, armados con rifles, investigaban lo que pasaba. Nadie habló con ellos.

En el pub se oían más canciones. Hubo un intervalo después de una canción. De repente, la cantante folk Mairead Ní Dhomhnaill, que estaba sentada cerca de mí, empezó a cantar. Había oído su voz sólo en discos y no tenía idea de su fuerza. La canción estaba en irlandés, una versión de *Roisin Dubh,* o *Dark Rosaleen*, que le había enseñado su tía, en Donegal. Sentada en un taburete, con los ojos cerrados, su voz parecía estar jugando con la canción, dilatándose hasta alcanzar sus notas más altas y profundizándose conforme la canción bajaba de tono.

El día siguiente a la hora de comer se reanudó el festival en Mullaghbawn. Fue una larga noche, prolongada aún más por una fiesta en dos casas adyacentes, una de ellas propiedad del cantante Len Graham, desde la que se veía Mullaghbawn, que había sido en otros tiempos un cuartel. Había mucha bebida en las casas y una sesión diferente en cada habitación. Cuando nos despertamos, tarde, por la mañana, nos estaba esperando un gran desayuno en el piso de abajo de la casa.

Esta vez el concurso de la canción tenía lugar en el local de la GAA. Los bebedores de domingo pululaban de un lado a otro, con pintas en las manos, mientras los organizadores llamaban a la gente para que cantara. Un hombre cantó una canción sobre el río Finn:

When the wind was west
The sport was best
On the lovely river Finn. *

Una mujer cantó otra sobre las Malvinas. No faltaron canciones sobre la emigración. Un hombre contó una historia. En una canción se maldecía a un delator. Y hubo canciones de amor:

The flowers will fade in the cold and stormy weather,
They'll droop their heads and they'll wither away,
So let us be going from amongst those green bowers
Where we'll join in wedlock in sweet unity. **

El cantante de Dublín Frank Harte interpretó una versión de *Johnny's Gone For A Soldier* con un lento estribillo en irlandés. Desde otra de las mesas una mujer se unió a él, y pronto todo el local entonó el lento y lastimero estribillo: «Suil, suil, suil», mientras el humo de los cigarrillos ascendía sobre las mesas y se oía el tintineo de la caja registradora.

Volví a Crossmaglen porque había un partido de fútbol aquella tarde entre el equipo local y el de Bellaghy. Convencí a un hombre de Derry para que nos llevara a Tony O'Shea y a mí a Crossmaglen a tiempo para el partido, que iba tener lugar en el campo junto a la base militar. El ejército había pagado una gran suma de dinero a la GAA en compensación por ocupar una sección de sus terrenos.

Antes de iniciarse el juego, la multitud se volvió en silencio hacia la bandera tricolor, la bandera de la República de

* Cuando el viento venía del oeste / el deporte era mejor / en el bello río Finn.

** Las flores palidecerán en el tiempo frío y tormentoso, / inclinarán sus cabezas y se marchitarán, / partamos pues de estas verdes enramadas, / a donde nos unamos en el dulce lazo del matrimonio.

Irlanda. Un grupo de chiquillos se colocó estratégicamente encima del banquillo de los suplentes de Bellaghy. Yo encontré un lugar en el banquillo, entre los suplentes, y presencié desde allí el partido. Desde el principio del juego era evidente que Bellaghy era el mejor equipo, aunque hubo momentos en que ambos equipos lo hicieron tan mal como para hacer que el juego les resultara embarazoso a los espectadores. Crossmaglen no había metido ningún tanto una vez transcurridos los primeros quince minutos de la primera parte.

«Sigue jugando, no lo mires», gritaban desde la línea de banda mientras un helicóptero del ejército británico sobrevolaba el campo en su camino hacia la base militar. Poco después se produjo una pelea cuando un jugador de Bellaghy dio un cabezazo a un adversario. De repente, otro jugador de Bellaghy fue agredido por la espalda y recibió una brutal patada en la pierna. Cayó al suelo. Los suplentes corrieron al campo, dispuestos a la pelea. Durante más de cinco minutos se enzarzaron en una batalla campal; patadas, puñetazos y golpes alternaron con rodillazos en la entrepierna y cabezazos. Fue realmente brutal y en mitad de todo esto, cuando la pelea estaba en su momento álgido, un helicóptero volvió a despegar de la base y sobrevoló el campo. El ejército debía de preguntarse qué estaban haciendo ahora los locales.

Al mismo tiempo que los soldados volaban a uno de los puestos de avanzada en la frontera, el árbitro logró poner fin a la contienda. Pero volvió a estallar, con la misma facilidad con que había cesado, y prosiguió como si estuvieran dispuestos a terminar unos con otros. Finalmente, el árbitro expulsó a un jugador de cada uno de los equipos y prosiguió el juego. Los suplentes del Bellaghy regresaron al refugio.

—¿Cómo te han ido a ti las cosas?—le pregunté al tipo que estaba a mi lado.

—A mí bien—me contestó—. Le he dado a un tipo un puñetazo en la oreja y luego una patada de órdago, la verdad es que no me ha ido mal.

En el descanso, se les dijo a los niños que se largaran del banquillo y se fueran a otra parte. Pero conforme progresaba la segunda parte, volvieron para vitorear al equipo de Bellaghy, que llevaba ocho puntos de ventaja, después nueve. «¡Vamos, Gerry, métesela en el culo!», bramaba el suplente a mi lado, cuando el jugador de Bellaghy se aproximaba al hombre de Crossmaglen que tenía la pelota. El helicóptero regresó del puesto de avanzada en los últimos minutos del partido y esta vez voló todavía más bajo sobre el campo.

—Son unos hijos de puta, esos ingleses—me dijo el suplente que estaba a mi lado.

Se oyó el silbato final y los chavales saltaron del tejadillo del banquillo al campo, abalanzándose a felicitar al equipo vencedor. Logramos que alguien nos llevara a Forkhill y continuamos nuestro camino a Jonesborough. Estábamos llegando al final de la frontera; pronto podríamos ver el mar.

Justamente al sur de donde estábamos, en un lugar llamado Faughart, habíamos asistido un domingo, al principio del verano, a una ceremonia en honor de santa Brígida. Era uno de esos días borrascosos, en que a un chaparrón le seguía un cielo despejado y la luz del sol, en rápida sucesión. Al sur podíamos ver los ondulantes campos de Meath, las ricas praderas de pasto, y al este podíamos ver el mar. Todo en irlandés: el rosario y la misa. La mayoría de los asistentes hablaba irlandés; muchos habían recorrido largas distancias. Una nota en la entrada del santuario decía que la verja era un donativo de los *Gardaí* «en honor de santa Brígida».

Delante del altar, cubierto con una especie de vidriera bastante fea, se extendía el campo donde se alzaban las piedras que tenían poderes curativos. Se decía que cada piedra sanaba determinada parte del cuerpo. Había dos ranuras para las rodillas en la piedra llamada «piedra de la rodilla», con la leyenda *Cloch Ghluine*, en irlandés, colocada sobre ella. La gente se movía de piedra en piedra, algunos de ellos descalzos, frotándose la cabeza contra la «piedra de la cabeza», la cintura contra la «piedra de la cintura», y así sucesivamente. Jirones de tela estaban atados a los matorrales y zarzas alrededor de las piedras, como exvotos u ofrendas.

El verano había llegado casi a su fin. Hasta en domingo, mientras hacíamos nuestro camino desde Forkhill, se veían camiones que transportaban forraje, al Norte, para el invierno. Jonesborough fue en otro tiempo el gran centro para los compradores del Sur. Autobuses abarrotados llegaban de todas los rincones del Sur, y hacían cola para comprar bebidas y artículos eléctricos baratos. Parecía ahora un lugar descolorido; su apogeo había pasado. Los compradores se iban más lejos, a Newry o incluso a Belfast. Había un hotel en la carretera de Dublín a Belfast, al que llegamos pronto; estaba justo pasada la frontera, en el lado meridional. Llegamos a tiempo para cenar, a lo que siguió una larga noche de un sueño profundo.

Fuimos andando a Newry, el día siguiente, pasados los puestos de aduanas y las filas de camiones, a lo largo de la carretera. En el *Irish Times* que compré leí una noticia que me dejó perplejo: dos hombres, ambos procedentes de un grupo de gitanos de un campamento en el sur de Armagh, cerca de Crossmaglen, habían sido abatidos por el IRA, les habían herido en las piernas el sábado por la noche; ambos estaban en el hospital. La RUC decía que el IRA estaba tratando de rescatar una camioneta. Un sacerdote católico condenó el atentado. El lugar donde ocurrió hacía pensar que los dos hombres provenían del campamento por el que habíamos pasado en la carretera. Por consiguiente, el atentado debió haber tenido lugar sólo pocas horas después de que nosotros pasáramos.

Jim McAllister, del Sinn Fein, estaría en Newry aquella noche en la reunión mensual del consejo. Era muy probable que supiera lo que había ocurrido. No tuvimos tiempo, al llegar a Newry, de buscar alojamiento; en lugar de hacerlo atravesamos la ciudad hasta llegar a las oficinas del consejo, dejamos nuestras mochilas en la puerta y entramos en la sala donde acababa de empezar la reunión.

Todo un lado de la sala estaba vacío porque dos de los consejeros del DUP y sus siete colegas del OUP estaban boicoteando reuniones en protesta contra el acuerdo anglo-irlandés. El católico SDLP, con catorce miembros, tenía mayoría en el consejo, en el que había dos del Sinn Fein y dos independientes. Uno de estos independientes, que era católico, hacía funciones de presidente, habiendo sido elegido por los nueve unionistas y los cinco miembros del Sinn Fein que se unieron, en la más inesperada coalición contra el SDLP. Así que los unionistas y el ala política del IRA estaban trabajando en colaboración en Newry antes de que el acuerdo anglo-irlandés hiciera retirarse a los unionistas. Era, por no decir otra cosa, una situación peculiar.

La retirada de los unionistas dejó a los católicos solos para solventar entre ellos sus propias diferencias. Los miembros del SDLP llevaban corbatas y tenían el aspecto de maestros de escuela, tenderos, hombres de la clase media que tenían intereses que defender. Por el contrario los cinco consejeros del Sinn Fein parecían hambrientos, flacos, desaliñados. Habían presentado la moción de que los puestos de avanzada en la frontera del sur de Armagh fueran suprimidos. El hombre del SDLP preguntó cuál había sido, en primer lugar, la razón para erigirlos. «La exterminación y el caos», dijo, «que causaron aquellos que tenían la convicción errónea de que la unión de este país sólo se podía lograr mediante la bomba y la bala».

Jim McAllister se levantó para hablar: no sólo querían que se demolieran los puestos de avanzada, lo que querían era que saliera del país todo el aparato y los aviones británicos. El SDLP empezó a interrumpirle con comentarios sobre el hecho de asesinar a pobre gente sin defensa y dejarlos tirados a un lado de la carretera.

—Trataron de robar las puertas de bronce del tabernáculo de la iglesia de Creggan—dijo Jim McAllister. El del SDLP dejó de interrumpir. Empezaron a sentir curiosidad.

La iglesia de Creggan estaba en Crossmaglen. La gente a quien se había referido había estado acampada al lado de la carretera durante más de tres meses, le dijo Jim McAllister a los que habían asistido a la reunión. No pasaba día en que no hubieran estado implicados en hurtos y robos mayores, continuó. Su voz iba subiendo de tono.

—Id a Crossmaglen y preguntad. Los ladrones no son bien recibidos y el IRA se ocupará de ellos si no lo hace nadie más—dijo. Explicó que habían sorprendido a un grupo de gente nómada en el altar de la iglesia, tratando de quitar los tornillos que sujetaban las puertas del tabernáculo. Agitó en la mano un pequeño folleto como para confirmarlo. Cuando se sentó le pedí que me dejara echar una ojeada al folleto. Me lo entregó. Tenía unas cuatro páginas, el tipo de hoja parroquial que se distribuye en las iglesias católicas los domingos, con noticias locales y anuncios en las páginas centrales y oraciones y sermones en la portada y contraportada. El sermón se titulaba «La paradoja del cristianismo». El folleto contenía también dichos como «No confundid la actividad con el logro», y «Dios está con los que perseveran». Otro de ellos rezaba: «Si no podéis estar agradecidos por lo que recibís, dad gracias por aquello de lo que se os ha librado».

Las noticias locales incluían lo siguiente:

> Durante la semana los gitanos intentaron robar la puerta de bronce del Tabernáculo. Afortunadamente, se les cogió con las manos en la masa cuando habían quitado sólo la mitad de los tornillos, así que se tuvieron que marchar con las manos vacías. Se ruega a los feligreses, sobre todo a los de la vecindad, que se mantengan vigilantes y observen si alguien se comporta de manera sospechosa en las proximidades de cualquiera de las iglesias (o casas, escuelas, etc.) e incluso que se aseguren de lo que están haciendo. No todo el mundo viene a la iglesia a rezar.

Parece ser que el IRA fue al campamento de los gitanos un sábado por la noche para decirles que se marcharan. Pero ellos estaban preparados con ladrillos y piedras; los hombres del IRA tuvieron suerte de salir ilesos y escapar. «Los tiros», dijo Jim McAllister, «fueron la consecuencia de un asalto cometido contra los voluntarios». El IRA alcanzó a dos de los gitanos en las piernas cuando trataban de protegerse. La historia era inverosímil, pero uno de los consejeros de la zona de Crossmaglen me contó después que era verdad. A él mismo le costó trabajo creerlo hasta que fue a averiguarlo. Fuera verdad o no, dos gitanos estaban ahora en el hospital, con heridas de bala, y el IRA asumió la autoría del suceso. Los gitanos se habían marchado de allí y el tabernáculo estaba ahora protegido de los ladrones.

Después de la reunión, los miembros del SDLP nos invitaron a Tony y a mí a tomar unas copas en la sala de recepción. Los miembros del Sinn Fein se negaron a confraternizar con sus homólogos nacionalistas, o a beber un vaso de ginebra con agua tónica con los periodistas, pero la mayoría de los consejeros del SDLP se unió a nosotros. Apareció una llave, pusieron las bebidas en la mesa, whisky, vodka, ginebra y refrescos. Después de unas cuantas ginebras, sugerí que nos pusiéramos otra vez en camino, porque no teníamos todavía ningún sitio donde pernoctar, ya que no había hotel en Newry. Los consejeros mencionaron que hubo una vez tres hoteles en Newry, así como otros tres en Rostrevor y tres más en Warrenpoint. A todos se les habían puesto bombas o habían cerrado. Uno de los consejeros fue al teléfono y llamó al Hotel Osborne en Warrenpoint, a pocos kilómetros de Newry, en la costa. Este hotel aún estaba abierto y el consejero del SDLP de esa zona se ofreció a llevarnos en coche.

Mientras conducíamos por la autopista entre Newry y Warrenpoint, el consejero nos dijo que, a comienzos de los años setenta, había convencido al gobierno de Stormont —que no sabía qué hacer para apaciguar a la población católica sin que resultara evidente que lo estaba haciendo— que se necesitaba urgentemente una autopista entre

Newry y Warrenpoint. Era una zona católica. La autopista se construyó.

A la mañana siguiente me desperté temprano y me quedé de pie junto a la ventana del hotel, contemplando el cielo azul que se reflejaba en las aguas de Carlingford Lough. La frontera continuaba a través del agua y terminaba un poco más allá en la torre del faro; ya no había que caminar más. Omeath, al otro lado del agua, estaba en el Sur.

Tomamos un autobús a Newry y un taxi a Bessbrook, unos cuantos kilómetros más allá. Bessbrook había sido en otro tiempo un centro textil, propiedad de la familia Richardson, que eran cuáqueros. Seguía sin haber en el pueblo ni un pub, ni una casa de empeños, ni un agencia de apuestas; la policía llevaba sólo cincuenta años operando en el pueblo. Con anterioridad, los Richardson lo dirigían y administraban todo. Bessbrook no tenía el aspecto descuidado e irregular característico del pueblo irlandés. Todo estaba construido conforme a un plan, en bloques de casas de artesanos de ladrillo rojo. Había hasta un lago y un parque (George Bernard Shaw dijo que Bessbrook era tan aburrido que hasta los cisnes del lago se morían de tedio).

Seguía siendo tranquilo y las viejas casas estaban intactas. Un letrero cruzaba la calle con la leyenda: «Bessbrook dice No». La fábrica de hilo estaba cerrada y el último de los Richardson había muerto; el sueño del siglo XIX había terminado. El edificio de la fábrica era ahora la principal base militar británica del sur de Armagh. Los helicópteros aterrizaban y despegaban día y noche donde una vez habían estado empleados dos mil obreros de la industria textil. Había llegado gente de todas partes a trabajar aquí. Los Richardson empleaban católicos y protestantes, pero estos últimos ocupaban los mejores puestos. Si se perdía el empleo, se perdía también la casa.

Había una bolera al aire libre en una de las plazas; dos equipos de cuatro estaban jugando. Nos sentamos y los miramos jugar durante un rato, hasta que uno de ellos se acercó a hablar con nosotros. Pasado un rato nos preguntó cómo creíamos nosotros que estaban divididos los ocho jugadores. ¿Cuántos católicos? ¿Cuántos protestantes? Yo los miré con gran atención, buscando la clave en la manera en que iban vestidos, las caras. Le contesté que no tenía la menor idea. Había cinco católicos y tres protestantes. En Bessbrook no había problemas sectarios.

A continuación me preguntó si había visto el monumento en memoria de los diez hombres asesinados en la matanza de Kingsmills. Estaba cerca de allí. Los diez hombres, brutalmente asesinados cuando volvían a sus casas después del trabajo, habían vivido cerca de aquí. Los dos supervivientes aún vivían en la ciudad: el católico a quien se le había dicho que huyera y el protestante que se había librado del asesinato. Richard Hughes y Alan Black. El hombre en cuestión me dijo dónde vivían. La casa de Alan Black estaba al lado de la bolera. Richard Hughes vivía en la otra punta de la ciudad.

Cuando llamé a la puerta de la casa de Alan Black, una mujer que subía por la calle me preguntó que a quién estaba buscando.

—A Alan Black—contesté yo.

—No está aquí. No volverá hasta las seis—dijo ella. Eran solamente las cinco. La mujer nos miró a ambos con gran detenimiento. Yo le dije que a lo mejor volvía.

El monumento erigido en memoria de los hombres asesinados llevaba la inscripción: «Víctimas Inocentes, Asesinados en Kingsmills, 5 de enero 1976». Se encontraba al final de la calle. La década de 1970 fue una época terrible en lo referente a asesinatos en el Norte. Pocos meses antes de Kingsmills, asesinaron a cinco protestantes en el Orange Hall de Tullyvallen en la misma frontera del sur de Armagh. Tres miembros de la *Miami Showband*, que regresaban al Sur después de haber tocado en Kingsmills, fueron asesinados. Hubo gente arrestada en la calle en Belfast y asesinada brutalmente. En todos los casos la razón era exclusivamente sectaria.

Pero de todas las matanzas de aquellos años, la de Kings-mills se llevó la palma. Los doce hombres volvían del tra-bajo, por la tarde, en un minibús que fue interceptado. Los asesinos quisieron que el único católico se desmarcara del grupo; los demás pensaron que iban a matar al católico, Richard Hughes, e intentaron protegerlo. Los otros eran todos protestantes. Pero los asesinos insistieron en que el católico se alejara. Le dijeron que se fuera corriendo, se dieron la vuelta y mataron a los once protestantes.

Precisamente el día anterior dos católicos—los herma-nos Reavey—habían sido asesinados cerca de allí, y un ter-cero herido. Parecía que una nueva oleada de virulenta intensidad se había infiltrado en la guerra sectaria en aque-lla época.

Encontré la casa de Richard Hughes y llamé al timbre. Abrió la puerta un hombre de algo más de sesenta años. Tenía un aspecto endeble y anquilosado. No supe qué de-cir. No había preparado nada y no supe qué hacer al tener-lo frente a mí. Dijo que sí, que era Richard Hughes. Yo le dije que estaba escribiendo un reportaje sobre la zona. Él hizo un gesto negativo antes de que yo hubiera terminado de hablar. Con toda cortesía me dijo que sentía sincera-mente no poderme hablar de lo que había pasado en Kingsmills. No había hablado de ello con nadie en diez años, desde que tuvo lugar. Quería asegurarse de que yo lo comprendía. Otras personas se lo habían preguntado. Un equipo de televisión había filmado una película sobre él mientras paseaba con su perro, pero él seguía diciendo que no quería hablar de ello.

Le pregunté si el resurgimiento de los asesinatos secta-rios le había vuelto a traer a la memoria lo ocurrido. Me contestó que sí, que volvía a recordarlo todo cuando veía las noticias en la televisión, reportajes de más gente ino-cente brutalmente asesinada. Los hombres asesinados en Kingsmills eran amigos suyos, dijo, meneando la cabeza en un gesto de perplejidad, las únicas discusiones que jamás tuvo con ellos fueron sobre caballos y fútbol. Ésa era la idea que más lo atormentaba, que alguno de ellos hubiera podido creer que había sido él quien amañó el asesinato.

—¿Creyó que iban a disparar contra usted cuando le dijeron que se fuera corriendo?—pregunté yo.

—¿Qué hubiera pensado usted?—preguntó a su vez con un tono lento y ponderado.

No esperaba respuesta. Nos quedamos allí, de pie, sin decir una palabra, hasta que él rompió el silencio para explicarme, una vez más, que no podía hablar de ello, que lo sentía, que nunca, nunca jamás había hablado de ello con nadie.

Se quedó de pie observándonos mientras nos alejábamos, y nos saludó con un gesto antes de cerrar la puerta. Eran ya más de las seis, pero yo no estaba todavía seguro de si quería ir a casa de Alan Black.

Cuando llamé a la puerta, me sentía inseguro, ¿cómo me iba a recibir? El hombre que abrió la puerta era joven, mucho más joven de lo que había imaginado a Alan Black. Le dije que estaba escribiendo un libro. Nos hizo señas de que entráramos, pero no dijo nada. El saloncito de la casa era pequeño y cómodo. Había un fuego encendido en la chimenea. Un televisor y un vídeo estaban en el rincón. Tony O'Shea se sentó en un sillón al lado de la ventana. Alan Black se sentó en un sofá en el lado opuesto de la habitación. Y yo me senté a su lado. Parecía sorprendido de que quisiéramos hablar con él.

Le expliqué que habíamos pasado por el monumento dedicado a los hombres asesinados y que nos habían informado de que él lo había presenciado, queríamos saber lo ocurrido. Mientras hablaba, me invadió el deseo de levantarme y salir corriendo de la habitación y cuando terminé no estaba ni siquiera seguro de que éste fuera el hombre a quien buscaba, parecía demasiado joven.

—¿Qué quiere saber?—me preguntó.

—¿Qué pasó?—le contesté yo.

Se volvió hacia mí, haciendo un gesto negativo con la cabeza. No podía contarme la historia desde el principio hasta el fin otra vez. Hacía ya diez años que había ocurrido. Yo le dije que lo comprendía. Su mujer entró y nos preguntó si queríamos una taza de café. Uno de sus hijos, de unos quince años de edad, entró en el cuarto y su padre le advirtió que tenía que estar en casa a las ocho. El hijo volvió a salir. Alan se ofreció a mostrarme un vídeo de la ceremonia que tuvo lugar para conmemorar el décimo aniversario del suceso en honor de los muchachos asesinados. Los llamó «muchachos». También podía mostrarme un programa de televisión realizado a raíz del décimo aniversario. Él no quería verlo, no lo había visto nunca, pero podía ponérmelo y salir de la habitación mientras yo lo miraba. Su mujer llegó con el café y él rebuscó entre las cintas de vídeo hasta que encontró la que estaba buscando.

Era una película, filmada por un aficionado, de una ceremonia en la iglesia. Alan me explicó que creyeron que el aniversario sería algo de poca importancia, pero que habían acudido multitudes a conmemorarlo. Un clérigo pronunció un sermón en el que dijo que estaba en casa aquella noche cuando le mandaron recado de ir al hospital en Newry. Sabía que debía de haber tenido lugar un asesinato. Cuando llegó, empezó a ver las caras de gente de la localidad, parientes de los hombres asesinados, todos conocidos. La película iba adquiriendo más y más significado cuando fueron apareciendo otros rostros. Poco a poco se dio cuenta de lo que había pasado, habiéndose estado preguntando qué hacía tanta gente de Bessbrook en el hospital.

La película era borrosa y a veces desenfocada, pero nos quedamos viéndola. Alan manejaba el mando a distancia y me preguntó varias veces si podía acelerar la cinta. No salió de la habitación como había anunciado. Su mujer estaba sentada al otro lado de la habitación mirándola también. Entonces empezó el programa de televisión; la BBC lo había proyectado el mes de enero anterior en la serie *Spotlight*. Relataba la historia de los hermanos Reavey, fusilados en un ataque sectario no lejos de Bessbrook el día antes de la matanza de Kingsmills. Eran católicos. Mostraba a su padre, manifestando su deseo de que no hubiera represalias. Pero hubo represalias. Y las hubo el día siguiente.

La película mostraba a Alan Black, de pie, junto al lugar del suceso, señalado por una cruz. Pasó entonces a enseñar a Alan en su casa, sentado donde lo estaba ahora, contando la historia de lo que ocurrió. Se detuvo al minibús en un control de carretera y creyeron que era el ejército. Les ordenaron que salieran y que pusieran las manos encima del autobús.

Cuando les preguntaron quién era el católico Alan Black se dio cuenta de que estaba ocurriendo algo extraño. Generalmente, el ejército no hacía esas preguntas. Los dos hermanos Chapman trataron de ocultar a Richard Hughes, pero finalmente se identificó, y entonces se le ordenó que corriera carretera abajo.

De repente uno de los asesinos dijo «¡Fuego!», y empezaron los tiros. A Alan lo hirieron en el estómago y cayó al suelo. «Fue una pesadilla», le decía al entrevistador, «y no quisiera hablar más de esa parte, fue sencillamente una pesadilla». Se respiraba tensión en la habitación, los cuatro teníamos los ojos clavados en la pantalla, sin atrevernos a mirarnos unos a otros. Alan seguía sujetando el mando a distancia. El entrevistador le preguntó cómo supo que los otros estaban muertos. «Sabía que a mí me habían herido gravemente, y supe que los muchachos estaban muertos porque no se oía un solo sonido», contestó.

Su hijo mayor, que tendría unos diecisiete años, entró y miró a su alrededor. Se dio la vuelta inmediatamente y salió de la habitación.

—¿Paso un poco adelante la cinta?—me preguntó Alan.

—No—dije yo.

Observamos en silencio. Nos contó que oyó llorar a alguien y a otra persona rezando una oración, alguien que había aparecido en el escenario del crimen. «Creí que me estaba muriendo. Estaba aterrado», le dijo al entrevistador en la película.

Su primer recuerdo era de dolor, no sólo el dolor de sus heridas, sino el de saber que los muchachos estaban muertos. Él tenía dieciocho heridas de balas. «Sabía ya que los muchachos estaban muertos, sabía que estaban muertos». Dijo que volvía todos los años, en la fecha del aniversario, al lugar donde tuvo lugar la tragedia. «Es realmente un lugar terrible. La palabra tristeza es insuficiente para describirlo». Creyeron que Richard Hughes iba a ser la víctima. «Richard era un caballero», dijo Alan. «Hasta entonces», añadió», «las *Troubles* eran algo que pasaba siempre en Belfast o en Crossmaglen».

Alan estuvo en el hospital con Anthony Reavey, el hermano de los dos asesinados el día antes de la matanza de Kingsmills. Se hicieron amigos; hablaron de todo menos de lo que había ocurrido. Pero Antony murió un mes más tarde y eso, dijo Alan, fue muy difícil de aceptar. Pensaron que sobrevivirían los dos. Los Reavey y los Black se mantienen todavía en contacto y en Navidad intercambian regalos.

Cuando el programa terminó nadie podía hablar. Fuera, caía la noche, y la habitación estaba en penumbra. Alan dijo que él les preguntó si utilizaban técnicas especiales para hacerlo hablar así. Lo llevaron al lugar del suceso e hicieron la película allí, con el plan de filmar la entrevista el día siguiente. Pero hubo algo en la manera en que él reaccionó que les hizo cambiar de opinión. No sabía lo que era; pensó que fue, tal vez, porque lo vieron afectado. Así que decidieron hacer la película inmediatamente. Añadió que el tener que hablar así lo dejó deprimido durante varios meses. Ésa era la razón por la que nunca antes había querido observar el programa.

Algunas veces todo lo que vio en Bessbrook le traía a la memoria lo que había pasado. No sólo el monumento en Heartbreak Corner, sino todos los niños que estaban creciendo ahora, que venían de la escuela, que deambulaban por el pueblo, los hijos de los hombres asesinados.

Su mujer encendió la luz, lo cual nos sacó de la atmósfera del programa de televisión. Podíamos ahora mirarnos a la cara. Alan dijo que en el décimo aniversario de los asesinatos, un periodista de uno de los periódicos ingleses de calidad que se publican los domingos, vino a hablar con él. En el curso de la conversación Alan mencionó, de paso, que él se oponía al acuerdo anglo-irlandés, como se oponían la mayoría de los protestantes en el Norte. Esto se convirtió en la mayor parte del artículo. Encontró profundamente penoso que sus opiniones políticas hubieran cobrado importancia por el hecho de que él hubiera sobrevivido. En Bessbrook o en Newry, entre sus amigos y colegas, no se prestaba más atención a sus opiniones por el hecho de lo que había ocurrido en Kingsmills.

Sus dos hijos volvieron a entrar en la habitación. Era ya la hora en que iban con Alan a echar una ojeada a unos cuantos galgos que tenían en un cobertizo, a una distancia de unos kilómetros, en pleno campo. Había que sacar a los perros a dar un paseo. Tuve la impresión de que quería que fuéramos con él, para proseguir la conversación.

Cuando pasábamos con el coche por la plaza, vimos a un hombre de edad cruzar la carretera. Ya lo había visto antes. Era el anciano que habló en el programa de televisión acerca de sus dos sobrinos, Reggie y Walter Chapman, que habían sido asesinados en Kingsmills. Se dirigía a casa de Alan. Alan bajó el cristal de la ventanilla y le dijo que volveríamos pronto; añadió que tenían mucho de que hablar. El anciano asintió. Alan cambió de conversación. Nos dijo que tuvieron un perro que llegó el último en una carrera: «El último, ¿se lo pueden creer?».

El hijo menor fue a donde estaban los galgos, mientras que su hermano empezó a mover el coche hacia adelante y hacia atrás: estaba aprendiendo a conducir. Alan nos mostró un perro grande y negro del que estaba particularmente orgulloso. Creía que iría lejos. Los perros eran un gran pasatiempo.

De repente se oyó un grito procedente del coche. «¡Papá, papá!». Era la voz de su hijo. Alan fue corriendo y vio que el coche se había atascado en un montón de arena.

Su hijo no podía sacarlo. Alan le dijo con calma al muchacho que saliera del coche, se sentó en el asiento del conductor y, dándole marcha atrás, dejó que el coche se pusiera bruscamente en movimiento hacia donde nosotros estábamos. El hijo me miró y levantó los ojos al cielo: había estado a punto de provocar un accidente.

Cuando Alan salió del coche, su hijo empezó de nuevo, retrocediendo, yendo hacia adelante, volviendo a retroceder.

Nubes negras se cernían ahora sobre nosotros, conforme se nos echaba encima la noche. Todavía teníamos que llevar a los perros de paseo. Alan dejó a sus hijos allí, uno para que limpiara el pequeño cobertizo, otro para que siguiera practicando la conducción. Cogió el perro negro, aquel en el que tenía tantas esperanzas, sujeto con una correa y prosiguió carretera arriba. El perro estaba rebosante de energía, deseaba que lo dejaran suelto. Alan dijo que iríamos a dar un corto paseo por la carretera y que nos llevaría a Newry después. Parecía estar totalmente relajado aquí; la expresión de su rostro y su voz habían cambiado. Se había olvidado de que era un superviviente.

Bibliografía

R. F. FOSTER, *Modern Ireland 1600-1972*, Londres: The Penguin Press, 1988.

DECLAN KIBERD, *Inventing Ireland*, Londres: Jonathan Cape, 1995.

MARTIN DILLON, *25 Years of Terror, The IRA's War Against the British*, Bantam Books, 1996.

Glosario

En este glosario se incluyen, por orden alfabético, los términos y siglas específicos de la historia y la política de Irlanda; una breve definición en cada entrada proporciona al lector en lengua española una comprensión más cabal de la realidad irlandesa. (*N. de la t.*)

ANGLO-IRISH AGREEMENT: Acuerdo anglo-irlandés. Acuerdo firmado en Hillsborough en 1985 entre Garret FitzGerald, primer ministro de la República de Irlanda, y Margaret Thatcher, primer ministro de Gran Bretaña. Este acuerdo confería al gobierno de Dublín poder consultivo en la gestión de los asuntos de Irlanda del Norte.

APPRENTICE BOYS: Habitantes de Derry que cerraron sus puertas a las tropas jacobeas en 1688. Siete mil protestantes murieron de hambre en el transcurso del sitio, dentro de las murallas de la villa. Esta hazaña se conmemora en el *Apprentice Boys Parade,* desfile orangista que tiene lugar el 12 de agosto de cada año.

ARMALITES: Rifles de asalto fabricados en América.

BLACK AND TANS: Soldados del ejército británico así llamados por el color negro y tostado de sus uniformes. Algunos de ellos fueron originalmente prisioneros en las cárceles de Gran Bretaña a los que se les dio la libertad con la condición de que fueran a luchar a Irlanda contra el IRA de principios de siglo. Se hicieron famosos por su comportamiento despiadado y brutal.

BLOODY SUNDAY: «Domingo sangriento». El 30 de enero de 1972, trece personas desarmadas fueron asesinadas por los soldados ingleses (*paratroopers*) durante una manifestación en pro de los derechos civiles en la ciudad de Derry.

BOGSIDE: Barrio católico de la ciudad de Derry, escenario de atentados sangrientos (véase TROUBLES).

B-SPECIALS: Cuerpo auxiliar de policía armada de Irlanda del Norte, establecido para refrenar la terrible violencia sectaria e imponer el orden en zonas de las dos religiones. Desmantelado por el gobierno británico en 1970 por su parcialidad en contra de la población católica, fue restablecido más tarde con el nombre de UDR (véase este término).

DAIL EIREANN: Nombre gaélico de la Cámara de Diputados o Parlamento de la República de Irlanda, situado en Dublín.

DIAMOND (Diamante, rombo): Plaza central de esa forma de donde salían varias calles. Este rasgo geográfico, común a veinticuatro ciudades y pueblos del Ulster, se remonta a la época de la colonización (*plantation*) británica.

DUP: (Democratic Unionist Party). Partido Unionista Demócrata. Partido extremista fundado por el reverendo Ian Paisley en septiembre de 1971.

FENIANS: Miembros de la Hermandad Republicana Irlandesa creada en 1858.

FIANNA FAIL: (u «Hombres del Destino») Uno de los principales partidos políticos de la República de Irlanda, fundado en 1926 por Eamon de Valera.

FINE GAEL: (o «La familia Irlandesa») Después de Fianna Fail, el partido político más numeroso en la República de Irlanda. En 1921, terminada la guerra de la independencia contra los ingleses, se firmó un tratado conforme al cual el Estado Libre de Irlanda (veintiséis condados) obtenía la independencia, mientras que Irlanda del Norte (seis condados) permanecía unida al Reino Unido. Fue entonces cuando De Valera rehusó aceptar la partición de la isla y fundó Fianna Fail, mientras que Fine Gael permaneció fiel al tratado.

GAA (Gaelic Athletic Association): Asociación Atlética Gaélica. Asociación deportiva fundada por Michael Cusack para estimular la práctica de los deportes gaélicos, como el *hurling* (juego parecido al hockey) y el fútbol irlandés.

GARDA, GARDAÍ: Abreviaturas de Garda Siochana—Guardianes de la Paz—, cuerpo de policía de la República de Irlanda y sus representantes.

H-BLOCKS: Los bloques H 3 y H 5 de la prisión de Long Kesh, donde fueron internados Bobby Sands y los que participaron en la huelga del hambre.

HOME RULE: «Autonomía interna». El pueblo irlandés deseaba controlar sus propios asuntos. El gobierno británico le concedió la *Home Rule* en 1914, pero hubo que suspenderla a causa de la Primera Guerra Mundial. Después de la guerra irlandesa de independencia (1916-1921), se volvió a otorgar la *Home Rule* de dos maneras: por una parte, en forma de autonomía restringida dentro del Reino Unido para Irlanda del Norte. Por otra, al resto del país (veintiséis condados) se le otorgó en forma de *Dominion* dentro del Imperio Británico. A este *dominion* se le llamó el Estado Libre Irlandés.

IRA (Irish Republican Army): Ejército irlandés republicano de larga y complicada historia que es, hoy en día, una organización terrorista ilegal en la República de Irlanda y en el Reino Unido.

LONG KESH: Nombre de la prisión donde fueron internados, entre otros, Bobby Sands y sus compañeros muertos en 1981 a consecuencia de la huelga de hambre.

LOYALISTS: Unionistas Irlandeses fieles a la Corona británica y partidarios de la unión con Gran bretaña.

MAZE: Otro nombre por el que se conoce a la prisión de Long Kesh.

ORANGE HALL: Centro de asambleas y reuniones orangistas que se encuentra en las ciudades y pueblos de Irlanda del Norte.

OUP (Official Unionist Party): Partido oficial unionista, dirigido por James Molineaux y ahora por su sucesor David Trimble.

PLANTATION: Colonización inglesa de la casi totalidad del Ulster, con la esperanza de hacer de esta provincia un bastión de lealtad hacia la Corona británica.

PROVISIONALS, PROVOS (abreviado): Miembros provisionales del IRA, cuerpo creado en 1970 en oposición a los dirigentes del IRA en Dublín. Conocidos por sus tendencias marxistas.

RTE (Radio Telefis Eireann): Compañía nacional irlandesa de radio-televisión

RUC (Royal Ulster Constabulary): Policía Real de Irlanda del Norte, establecida cuando ésta se separó de la República, que permaneció como parte del servicio de policía del Reino Unido.

SAS (Special Air Services): Servicios especiales del ejército británico, transportados por vía aérea y creados en 1941 con ocasión de la campaña de Libia. Estas tropas se convirtieron en unidades antiguerrilla.

SDLP (Social Democratic Labour Party): Partido Laborista Social-Demócrata. Partido formado por un amplio frente de nacionalistas moderados, esencialmente católicos pero dispuestos a cooperar, cautelosamente, con el régimen. El jefe actual de este partido es John Hume.

SINN FEIN («Nosotros mismos»): Partido republicano fundado en 1906 por Arthur Griffith. El jefe actual de este partido es Gerry Adams.

STORMONT: Sede del gobierno y Parlamento de Irlanda del Norte, cuerpos creados en 1921 para la administración de los seis condados de Irlanda del Norte. Suprimidos en 1972, después de los sucesos de *Bloody Sunday* y del progresivo incremento de la violencia en el Norte, y sustituidos por una administración directa por el secretario de Estado de Irlanda del Norte, que es miembro del Consejo de Ministros británico.

TAOISEACH: Palabra gaélica para designar al primer ministro de la República de Irlanda.

THATCHERISM: «Thatcherismo», designa la filosofía económico-política que toma su nombre de Margaret Thatcher. Favorece la iniciativa privada y el esfuerzo personal mediante estímulos, remisiones de impuestos, etc.

TROUBLES: Continuas y progresivas reyertas civiles que fueron utilizadas por el IRA como excusa para justificar sus actividades terroristas. En 1968 la ciudad de Derry es el centro del movimiento en pro de los derechos civiles. El barrio de Bogside, con una mayoría de habitantes católica y obrera, se convierte en el escenario de las primeras manifestaciones y rivalidades.

UDR (Ulster Defence Regiment): Regimiento de Defensa del Ulster formado en abril de 1970 para sustituir a los B-Specials (véase este término).

UNITED IRISHMEN (Irlandeses Unidos): Sociedad fundada en Belfast en 1791, con el fin de unir en un movimiento nacional a católicos y protestantes.

UVF (Ulster Volunteer Force): Ejército formado en 1912 por Sir Edward Carson como resistencia a la aceptación de la *Home Rule*. Resucitado en 1966, este cuerpo es responsable de muchos de los asesinatos que se atribuyen al IRA

WATERSIDE: Barrio protestante de la ciudad de Derry.